KB054439

서른,
노자를
배워야할
시간

"서른 이후의 삶, 도덕경이 답이다!"

서른,

지금부터 다른 인생을 만드는 인문학 특강

노자를
배워야 할
시간

· 둥리즈 지음 | 박미진 옮김 ·

미래북
miraebook

총체적인 시각에서 살펴본 중국의 전통문화는 유가와 도가가 서로 상호 보완하는 가운데 기타 사상이 한데 어우러져 있습니다. 도가사상, 특히 초기의 도가는 유가와 대립하는 존재가 아니었을 뿐더러 유가의 단점을 보완하기 위한 존재는 더더욱 아니었습니다.

도가는 그 자체로 이미 독립적이고 깊이 있는 철학이며 방법론입니다. 그리고 그 심오한 철학은 중화민족문화에 지대한 영향을 끼쳤지요. 또한 도가는 중국전통문화의 체계와 기능을 규정짓는 중요한 역할을 했고 그 발전과 변화에도 크게 기여했습니다. 톨스토이와 같은 사상가에게 영향을 주기도 했지요. 니체는 한 술 더 떠 "노자 사상을 집대성한《노자老子》는 영원히 마르지 않는 우물과 같다. 가득 담긴 보물을 물통만 내리면 손쉽게 얻을 수 있는 것과 같다"고 칭송하기도 했습니다.

하지만 노자사상이 중화민족의 생활이나 국민성의 형성에 미친 긍정적인 작용 외에 부정적인 영향을 미친 것 또한 부인할 수는 없습니다. 이에 옛것을 오늘의 거울로 삼아 노자의 학설을 되짚어 보고자 합니다. 전통적인 관념을 혁신하고 그 사상의 정수는 취하고 쓸모없는 것은 버려 현대 사회를 살아갈 지혜를 얻고자 하는 것이지요.

이 책은 노자 사상 체계의 풍부하고 오묘한 지혜를 꿰뚫고 있습니다. 그리고 현대 사상에 미친 수많은 영향을 관찰함으로써 현대 사상의 궤적을 명확하게 밝히고 있습니다. 노자가 남겨놓은 지혜로운 말에 담긴 구체적인 방법론을 인식하고자 노력했고요. 노자의 사상은 2천여 년 세월의 세례를 겪었지만 지금까지도 형형하게 그 빛을 발합니다. 그리고 지금을 살아가는 우리들에게 깊은 영향과 깨우침을 선사하고 있지요.

21세기를 살아가는 우리는 행운아입니다. 풍부한 정신문화와 물질문화를 동시에 누리는 행운을 얻었기 때문입니다. 하지만 현대 사회의 끊임없는 경쟁은 우리에게 잠깐의 휴식도 허락하지 않습니다. 쉴 새 없이 움직여야 하는 몸과 마음 때문에 현대인의 스트레스는 날이 갈수록 심해지고 마음까지 황폐해가고 있는 형편입니다. 우리는 남들보다 조금 더 차지하기 위해서 바삐 돌아가는 일상과 처절한 싸움을 벌이고 있어요. 끝도 없는 싸움에 빠져들어 서로를 물고 뜯고 할퀴어 상처내고 있는 것이지요. 이럴 때일수록 노자가 전하는 진정한 삶의 지혜를 배워야 하지 않을까요.

목
차

도법자연

'도'는 대자연의 운행법칙이며 규율이다. 영원히 존재하며 사람의 의지로 바꿀 수 있는 존재가 아니다. 또한 대자연은 만물을 창조하는 최고의 형식인 동시에 만물 최고의 경지이다. 그러므로 우리는 무슨 일을 하든지 자연과 어우러져야 하며 그 규칙에 따라 일을 도모하고 생활해야 한다.

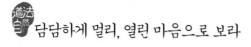
담담하게 멀리, 열린 마음으로 보라

하 위 총 욕 약 경   총 위 하   득 지 약 경
何爲寵辱若驚, 寵爲下, 得之若驚,

실 지 약 경   시 위 총 욕 약 경
失之若驚, 是謂寵辱若驚.

'총욕약경'이란 무엇인가? 윗사람이 배푸는 은총을 입은 아랫사람은
크게 놀란 듯하고, 은총을 잃고 욕을 당하면 이 또한 놀란 듯하다.
이를 '총욕약경'이라 한다.

_ 도덕경 13장

—

  윗사람의 총애를 받는 것은 뜻을 이루어 득세함을 말하고, 욕을 당
하는 것은 일이 뜻대로 되지 않았음을 이른다. 노자는 "영예를 얻고
총애를 받더라도 기쁨에 도취되지 말고, 이를 잃더라도 전전긍긍하고
근심할 필요가 없다"고 했다. 세상의 모든 공명과 영리는 눈앞의 연기
처럼 득실과 실득의 경계가 끊임없이 바뀐다. 세상 모든 만물이 시간
과 공간의 변화로 인해 변화를 거듭하는 것과 마찬가지이다. 그래서
노자는 조급하게 공명을 좇으려 하지 말고 영예와 치욕, 칭찬과 비방
에 담담해지라고 당부한 것이다.

  총애와 능욕에 휘둘리지 않는 수양을 쌓지 못한 사람은 잠깐의 사

소한 성공에도 크게 놀라고 과하게 기뻐한다. 심지어는 자신의 본분마저 잃고 우쭐하기도 한다.

번번이 과거에 낙방한 나이 많은 동생 童生, 과거시험에 참가한 사람은 연령을 불문하고 동생이라 불렀다_역주 이 있었다. 중년의 나이에 접어들었지만 아직도 급제하지 못한데다 올해 시험에는 아들까지 함께 응시하여 결과를 기다리는 그의 속은 이미 까맣게 타들어가고 있었다. 합격자를 발표하는 날, 아들이 결과를 확인하고 집으로 쏜살같이 돌아왔다. 때마침 안에서 목욕을 하고 있던 찰나, 아들이 문을 쾅쾅 두드리며 큰 소리로 외쳤다.

"아버지, 제가 급제했습니다!"

그는 아들을 엄하게 꾸짖었다.

"겨우 수재秀才, 명·청대 과거 시험의 가장 낮은 등급을 통과한 선비_역주가 된 것이 무슨 대수라고 이렇게 소란스럽게 구는 것이냐!"

아들이 그 소리를 듣고 깜짝 놀라 다 기어들어가는 소리로 말했다.

"아버지도 급제하셨습니다."

그러자 그는 방문을 벌컥 열고 나가 더 큰 소리로 아들을 꾸짖었다.

"그걸 왜 이제야 말하는 게냐?"

그는 씻고 있던 그대로, 옷을 입는 것도 까맣게 잊은 채였다.

이 재미있는 이야기는 바로 위에 나오는 구절, '득지약경, 실지약경'의 실사판이라 할 수 있다. 인생의 득의得意와 실의失意, 영예와 치욕의 감정이 뒤바뀌는 것은 특히 정치판이나 비즈니스 업계 그리고 남녀 간의 연애 등에서 가장 확연히 드러난다. 역사 속 연인의 예를 꼽자면 당나라 매비梅妃를 떠올릴 수 있다. 원래 당 현종唐玄宗의 총애를 가장 먼저 받았던 것은 양귀비가 아닌 매비였다. 하지만 그녀는 훗날 양귀비楊貴妃에 밀려 냉대를 받으며 황궁의 한 구석으로 쫓겨나 현종의 얼굴도 한 번 마주칠 수가 없었다. 세상에 애절하고 아름다운 사랑 이야기의 소재가 끊이지 않는 것도 아마 득실의 굴레에 빠져 벗어나지 못하는 치정남녀들이 너무나 많기 때문일 것이다.

사실 영예와 부귀영화의 유혹보다 더 견디기 어려운 것은 굴욕적인 처사이다. 그래서 중국에서는 예로부터 외부의 공격에 굴하지 않는 정신을 가진 영웅호걸들을 "지위와 재물에 흔들리지 않고 권세와 무력에 굴하지 않다, 부서진 옥이 될지언정, 기와가 되지는 않겠다, 선비는 죽일 수는 있어도 욕보일 수는 없다" 등의 말로 칭송했다. 그런가 하면 훗날 더 큰 영예를 얻기 위해 굴욕을 참아내는 경우도 있다. 이것이 곧 인욕부중忍辱負重, 큰일을 이루기 위해서 치욕의 세월을 감내한다는 뜻_역주 이다.

중국의 혁명소설《홍암紅巖》속의 화자랑華子郞이라는 인물은 오랜 세월을 바보인 척 연기를 하면서 지낸다. 적에게서 치욕적인 일을 당하고 예전의 동지에게서 차가운 멸시를 받기도 하지만, 이는 모두 결정적인 순간에 자신의 전우를 구해내기 위한 철저한 준비였다. 바보처럼 보이는 화자랑이 사실은 보통 사람들은 발끝에도 미치지 못할 위대하고 고결한 뜻을 품은 사람이었던 것이다.

사람은 자신을 옭아맨 정신적인 속박을 스스로 내려놓아야 한다. 언제나 평정심을 유지하도록 노력하고 사물에 현혹되어 기뻐하거나 슬퍼하지 말아야 한다. 그래야 심리적인 부담이 사라지고 마음속이 평안해진다.

당 고종唐高宗 때, 노승경盧承慶은 관원들의 업적을 살피고 심사하는 일을 맡았다. 군량과 마초馬草의 운반을 관리 감독하는 관원을 심사하는 중, 운반 도중 태풍을 만나 군량미가 거의 소실되어 버린 일을 두고 노승경은 관원에게 이런 처결을 내렸다. "운반 관리 중 양식이 소실되었으므로 중하中下이다." 이 관원은 좋지 않은 결과를 얻었음에도 아무렇지 않은 듯 발걸음도 가볍게 퇴청하려 했다. 노승경은 그의 배포를 보고 감탄하며 다시 불러 세워 처결을 바꾸어 주었다. "허나 인력으로 어찌할 수 없었던 일이므로 중중中中으로 바꾸겠다." 그런데도 이 관원은 기뻐하지도 부끄러워하지도 않았다. 심지어 고마움의 인사도 하지 않았으니, 대단한 평정심을 지닌 관원이 아닐 수 없다.

도가에서는 영욕을 대함에 있어 영광에는 겸손하고 치욕에는 대수롭지 않게 여기는 것이야말로 품위 있는 태도라고 보았다. 자신의 재능과 노력, 실천으로 각종 영광과 재물, 사람들의 존경과 자긍심을 얻게 되더라도 맑고 깨끗한 정신을 잃어서는 안 된다. 사람은 언제나 자신의 분수를 지킬 줄 알아야 하며 뜻밖에 영광을 얻었다고 해서 절대 놀라고 흥분해서는 안 된다. 또한, 득의양양하여 건방지게 굴어도 안 된다.

현명한 사람은 영욕에 들떠 경거망동하지 않는다. 중국 삼국시대 위魏나라 죽림칠현의 한 사람인 완적阮籍은 이런 말을 남겼다.

"베옷만으로도 한 평생을 살 수 있는데 어찌 부귀영화를 바랄 것인 가布衣可終身, 寵祿豈足賴 포의가종신, 총록기족뢰."

영예도 부귀도 세상만물도 모두 스쳐지나가는 연기와 같이 생각하면 자랑할 것도 미련 둘 것도 없다. 그런데 사람들은 잠깐의 유혹을 뿌리치지 못하고 영광이나 지위를 조금 얻었다고 해서 우월감에 빠지고 마치 자신이 대단한 사람이라도 되는 냥 의기양양하게 군다. 그리고 스스로를 통제하지 못해 더 큰 욕심을 내기 시작하면서 명성과 지위에 눈이 멀어 집착에 빠지게 된다.

공자孔子는《논어, 태백論語, 泰伯》에서 이렇게 말했다.

"천하에 도가 있으면 나아가고 도가 없으면 숨는다天下有道則見, 無道則隱 천하유도즉현, 무도즉은."

어떤 일도 거뜬히 해낼 수 있도록 평소 자신의 능력을 쌓고 사리사욕에 연연하지 않으면, 자신의 뜻과 마음이 이끄는 대로 나서고 피하는 것이 얼마든지 가능하다. 그렇다면 부귀영화를 좇는 데 신경을 쓸 필요도 없다. 어떤 일의 이해관계가 자신의 도덕적인 잣대와 상충하게 되었을 때는 어떻게든 자신의 됨됨이를 지켜나가는 것을 최우선 원칙으로 삼아야 한다. 인격을 포기하고 당장 유리한 것만 좇는다면 잠깐은 만족할지 모르나 언젠가는 양심의 가책을 피하기 어려울 것이다.

눈앞에 있는 이익을 포기하더라도 자신의 양심을 지켰을 때, 폐부 깊숙한 곳에서부터 우러나는 즐거움과 뿌듯함, 통쾌함을 누구나 한두 번쯤 느껴본 적이 있을 것이다. 거짓 없이 당당하고 순수하게 노력을 기울이는 사람의 마음은 늘 평온하고 한가하다. 하지만 권세를 탐하고 이익만을 좇는 소인배의 마음은 언제나 비바람이 이는 듯 위태롭다는 사실을 잊지 말자.

시간과 공간이 바뀌면 모든 것은 따라서 변화한다. 권력과 이익을 담담하고 대수롭지 않게, 그리고 언제든지 바뀔 수 있다는 열린 시각으로 바라보아야 한다. 어떤 일도 거뜬히 해낼 수 있도록 평소 자신의 능력을 쌓고 사리사욕에 연연하지 않으면, 자신의 뜻과 마음이 이끄는 대로 나서고 피하는 것이 얼마든지 가능하다. 그렇다면 부귀영화를 좇는 데 신경을 쓸 필요도 괜한 화를 입을 이유도 없다.

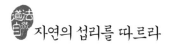 자연의 섭리를 따르라

도 가도 비상도
道, 可道, 非常道.

명 가명 비상명
名, 可名, 非常名.

무명 만물지시야 유명 만물지모야
無名, 萬物之始也. 有名, 萬物之母也.

도道, 말로 표현할 수 있는 도는 영원히 변하지 않는 도가 아니다.

명名, 무릇 명명할 수 있는 이름은 영원히 변하지 않는 이름이 아니다.

무無는 천지 형상의 근본이고 유有는 만물 생성의 근원이다.

_도덕경 1장

"도, 가도, 비상도. 명, 가명, 비상명." 이 열두 글자는 《도덕경道德經》 전체 81장 중 제1장의 첫 구절이며 《도덕경》의 첫머리이다. 만약 이 구절의 의미를 명확히 하지 않는다면 《도덕경》을 계속해서 읽어나갈 수가 없음은 물론이고 정확하게 이해하고 실천에 옮길 수도 없다.

창사長沙 지역의 마왕퇴馬王堆 고분에서 출토된 한漢나라의 백서에는 《도덕경》 제1장의 원문이 이렇게 수록되어 있었다. "道可道, 非恒 道. 名可名, 非恒名 도가도, 비항도, 명가명, 비항명." 그런데 그 이후에 다시

18

쓰인 도덕경에서는 한 문제漢文帝 유항劉恒의 이름에 쓰인 글자를 피하기 위해서 '항恒'자를 '상常'자로 바꾸어 썼다.

이 구절은 무슨 뜻일까? 노자의 철학 체계에서 '도'는 그 철학 자체를 통칭하기도 하고 동시에 도가에서 연구하고 있는 대상 자체를 이르기도 한다. 그렇다면 연구 대상으로서의 '도'란 무엇일까? 노자는 도를 일정한 형식이 없고 형태도 없으며 우리를 둘러싼 세계에 대한 추상적인 인지, 또는 구체적인 사물이나 분석에 대한 살아있는 사유라고 했다. 뚜렷하고 명백하게 한 마디로 단정할 수 없는 허상의 존재인 것이다. 그래서 노자는 만약 이러한 도를 명확하게 설명할 수 있다면, 오히려 그것은 절대로 정상적이고 영원한 도가 아니라고 했다. 그리고 세상 사람들에게 표현할 수 있는 도, 명명할 수 있는 이름은 모두 영원한 존재가 아니며, 표현할 수 없고 명명할 수도 없는 '대도大道'만이 영원히 존재한다는 것을 강조했다.

노자의 눈에 비친 도는 우리 인간, 그리고 인간을 둘러싼 모든 사물의 법칙 그 자체였다. 법칙은 볼 수 없지만 그 사물의 형태 속에 분명히 존재하며, 사물이 각기 다른 형태를 띠는 것처럼 법칙도 각기 다르게 나타난다.

노자는 가장 보편적이고 가장 근본적인 화두에 관해 명확하게 결론을 내렸다. 세상 모든 사물의 생존과 발전, 소멸은 모두 시간, 공간, 환경 등 외부적 요소에 영향을 받아 스스로의 방식으로 완성된다는 점이었다. 그렇다고 해서 노자가 정신세계를 부정한 것은 아니다. 오히려 정신세계를 대단히 중시했는데, 다만 정신세계와 객관 세계를 분리하여 인식했을 뿐이다. 객관 세계는 세상 모든 만물에 적용되지만 정신세계는 인간이라는 특수한 집단에게만 적용 가능하기 때문이다.

노자의 사상은 자연의 이치에 부합하고 순응해야 무슨 일이든지 난관에 부딪히는 일 없이 순조롭게 풀린다는 메시지를 우리에게 전한다. 자연의 이치에 따르고 본 모습에 순응하는 것이 바로 노자사상의 핵심인 것이다.

자연에 순응해 나라를 평안하게 다스리고 독재를 금해야 한다.
자연에 순응해 맡은 바 직무에 임하고 권력을 휘둘러서는 안 된다.
자연에 순응해 이익을 취하되 남의 재산을 탈취해서는 안 된다.
자연에 순응해 이름을 드높이되 비열한 방법을 써서는 안 된다.
자연에 순응해 짝을 찾되 일방적이어서는 안 된다.
자연에 순응해 벗을 삼되 억지로 강요해서는 안 된다.
자연에 순응해 아름답게 꾸미되 지나치게 과장해서는 안 된다.
자연에 순응해 글을 쓰되 가식적이어서는 안 된다.

크게는 나라를 다스리는 일에서부터 작게는 글을 쓰는 일까지 우리 생활의 곳곳에서 똑같은 이치를 적용시켜 볼 수 있다. 나를 둘러싼 외부 환경에 순응하는 사람은 나날이 번창하고 이를 거스르는 사람은 무엇을 해도 망한다. 잘 적응하고 이를 견뎌낸 사람만이 생존할 수 있다. 어떤 일은 겉보기에 복잡해 보여도 그저 자연의 이치에 따르기만 한다면 어렵지 않게 일사천리로 흘러갈 것이다. 구불구불한 오솔길이 더 자연스럽고 아름답지 않은가? 언뜻 보기에는 구불구불한 길이 혼란스러운 것만 같지만 이는 직선의 인위를 배제하고 자연에 순응하는 지혜로운 인생철학을 담고 있다.

자연과 스스로의 본 모습에 순응해 초탈한 삶을 즐기는 것이 이 자신의 현명함만을 믿고 속세를 완전히 떠난다는 의미는 결코 아니다. 오욕칠정五慾七情은 인간의 자연적인 속성이고 생물로서의 본능이다. 그렇기 때문에 '자연에 순응한다'는 것은 곧 인간의 속성과 인간으로서의 도에 순응한다는 말이다.

자연과 스스로의 본 모습에 순응하는 것은 우리가 친구를 사귀는 과정과 비슷하다. 돈이 많은 친구를 찾는가? 키가 큰 친구를 찾는가? 날씬한 친구를 찾는가? 똑똑한 친구를 찾는가?

어떤 사람은 신붓감으로 온화하고 부드러운 사람이 좋고, 아내는 언제나 남편을 우러러보아야만 한다고 생각한다. 하지만 이런 여자는 온순하기는 하지만 집안일을 도맡아 하지 못하거나 밖의 일을 잘 하지 못할 수도 있다. 반대로 어떤 사람은 신붓감이 일도 잘하고 어디에서나 환영받는 능력자이기를 바란다. 그런데 이런 여자는 집안일에 아예 소홀하거나 문외한일 수 있으니, 뒤에서 골머리를 썩는 것은 남자다. 밖의 일에 살림까지 감당할 남자가 어디 있을까?

친구도 연인도 조건이 더 우수한 사람은 언제든지 나타날 수밖에 없다. 하지만 내가 좋아하는 그 사람이 나와 꼭 맺어질 인연이라는 법도 없다. 서로 열렬히 사랑하지만 부모님의 반대로 결혼을 하지 못하는 안타까운 경우도 있고, 내가 좋아하는 사람이 다른 사람을 좋아해 헤어지는 경우, 혹은 커피숍에서 우연히 첫눈에 반했지만 전화번호도 받지 못하고 다시는 만나지 못하는 경우 등 변수는 너무도 많다. 그러므로 내가 원하는 이상형만 따질 것이 아니라 나와 잘 맞는 사람을 찾아야 한다.

어긋난 인연에 당장은 상심할 수도 있겠지만 눈을 조금만 더 크게 뜨고 넓게 보면 꼭 그렇지도 않다. 노자의 말대로라면 운명은 곧 자연 그 자체이고 이는 그 사람이 잠시 동안 처한 상황일 뿐이다. 시들어버린 꽃도 비를 맞으면 살아나는 자연의 이치와 같이, 지난 고통을 한시라도 빨리 마음에서 내려놓는다면 더 큰 즐거움을 얻을 기회는 얼마든지 생길 것이다.

우리 인생은 언제나 선택과 포기를 마주하게 된다. 내가 겪은 고통을 내려놓지 못하면 앞으로 다가올 새로운 즐거움도 향유할 수 없고 과거의 기억을 묻어두지 않는다면 새로운 시작을 할 수도 없다. 모든 선택은 동시에 상실을 의미한다. 대자연의 법칙이 바로 그러하다. 세상의 많은 일들은 지나고 나서야 비로소 이해할 수 있다. 누군가에게 맞지 않는 것을 억지로 요구할 수 없는 것처럼 우리는 스스로 그러한 자연에 법칙에 순응해야 한다. 자연의 법칙에 위배되는 일이나 생활은 한 걸음 한 걸음이 고난일 뿐이다. 흘러가는 그대로에 순응해야만 자유로워지고 삶이 평탄할 수 있다.

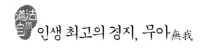
인생 최고의 경지, 무아無我

오 소 이 유 대 환 자   위 오 유 신
吾所以有大患者, 爲吾有身,

급 오 무 신   오 유 하 환
及吾無身, 吾有何患?

우리에게 근심, 걱정이 일어나는 것은 우리 자아의 존재 때문이다.
만약 우리가 자아를 잊어버린다면 어찌 우환이 있을 수 있겠는가?

_ 도덕경 13장

이 장에서 노자가 말한 '무신無身'은 곧 '무아無我'이다. 노자는 사람이 일단 무아의 경지에 이르면 모든 근심, 걱정이 없어진다고 여겼다. 도가에서는 언제나 무아를 최고의 경지로 보았고, 노자 이후의 장자莊子 또한 그러했다. 도가의 또 다른 경전인《장자莊子》에 이런 이야기가 등장한다.

어느 날, 땔나무를 구해온 장자가 몹시 피곤하여 깜빡 잠이 들었다. 꿈을 꾸게 되었는데, 자신이 나비로 변해 훨훨 날아다니는 꿈이었다. 어찌나 자유롭고 즐거운지 자기가 원래 장주莊周라는 것도 잊어버릴 정도였다. 잠에서 깬 장자는 마치 자신이 다른 세계로 와있는 듯 화들짝 놀랐다. 그러고는 자신의 다리를 꼬집어 보고서야 원래의 자기로 돌아온 것을 깨달았다.

이는 《장자》에 실려 있는 무척이나 유명한 이야기, 이름하야 '장주몽접莊周夢蝶'이다. 장자는 자신이 꿈에서 나비로 변한 것인지 아니면 나비가 꿈에서 장자로 변한 것인지 모르겠다고 했다.

보통 사람에게는 깨어있는 동안에 보고 느끼는 것들이 진실이고, 꿈은 환각이며 거짓이다. 현실 세계와 꿈의 세계가 각기 달라 장자는 장자요, 나비는 나비이지, 둘이 같은 존재일 수가 없다. 하지만 장자는 그렇게 생각하지 않았다. 이백李白의 시 〈고풍古風〉에도 다음과 같은 구절이 나온다.

"장주는 꿈에 나비가 되었고 나비는 장주가 되었다. 한 몸一體이던 것이 변하고 또 변하니 만사가 참으로 아득하여라莊周夢蝴蝶, 蝴蝶為莊周, 一體更變易, 萬事良悠悠 장주몽호접, 호접위장주, 일체경변이, 만사양유유. 이 구절 또한 장주와 나비가 '물화物化'로 하나 되었음을 말하고 있다. 장자는 이미 스스로를 구분할 수 없이 자연과 합일을 이루었다. 이를 무아無我의 경지라한다.

만약 내가 장주가 되었다가 나비가 되었다가 한다면, 나는 한 가지로 그 존재를 규정할 수 없는 불확실한 존재일 뿐이다. 장자는 이런 상태를 '물화物化'라고 정의했다.

또한 장자는 세상 만물이 아무리 변화무쌍하더라도 이는 모두 도의 물화와 다름없다고 여겼다. 장주여도 나비여도, 본질적으로는 모두 허무의 도에 지나지 않고 이들 사이에는 아무런 구분이 없다. 이를 '제물_{齊物}'이라고 한다. '제물'과 '물화'의 본질은 바로 사물과 나의 구분이 없는 것이니, 이는 '무아'라고 할 수 있다.

이런 장자의 '무아'는 도덕경 제13장의 "우리가 자아를 잊어버린다면 어찌 우환이 있을 수 있겠는가?"라는 구절을 계승, 발전시킨 것이다.

노자의 무아는 육체의 무아뿐만 아니라 정신의 무아까지 아우른다. 그래서 노자의 무아 사상은 세상에 귀한 것이 인간만이 아니며 모든 동물과 식물이 인간보다 비천하지 않다는 점을 우리에게 시사한다. 사람을 비롯한 만물은 모두 평등하다. 이 점을 잘 이해한다면 우리도 인생 최고의 경지인 무아에 도달할 수 있다.

눈을 감고 숨을 죽여 몸이 아닌 정신에 온 신경을 집중해보자. 그리고 육체를 잊은 내 영혼도 자유로워진다고 생각해보자. 인간의 육체는 사실 큰 장애물이다. 육체를 위해서 매일 의식주를 해결하기 위해 분투하다 보면 당연히 수많은 걱정과 고통이 생겨난다. 하지만 물아의 구분을 잊어 시공의 제약이 없어지고 가슴 속의 온갖 걱정거리가 사라지면, 우리의 마음은 어디든 가지 못할 곳이 없고 무엇이든 해내지 못할 것이 없으며 옷가지와 먹을거리 때문에 전전긍긍하지 않게 된다. 그렇다면 무엇이 힘들고 또 무엇이 고통스럽겠는가!

생사고락과 삶의 희비, 시비_{是非}와 영욕, 신분의 귀천 등 각종 번뇌를 모두 마음에 담아두는 것은 어리석은 일이다. 이런 사람은 유아_有

我의 경계를 벗어나지 못하고 고통에 허덕이며 살아간다. 노자와 장자에게 생사고락, 희비와 영욕은 아무런 구분도 없는, 꿈처럼 허황된 것일 뿐이었다. 우리도 이를 담담하게 받아들여야 한다. 일부러 분별하지도 말고 집착하지도 않고, 번뇌가 찾아오면 찾아오는 대로 사라지면 사라지는 대로 자연스레 가만히 두는 것이다. 이를 행하지 못해 걱정을 사서 하고 전전긍긍한다면 시간이 지난 후에 자신의 행동을 깨닫고 스스로 후회할 것이 분명하다.

번뇌가 생기는 원인은 스스로에 대해 생각이 너무 많아서이다. 마음속으로 원하는 것이 많아 걱정하고 근심하는 가운데 번뇌와 갈등이 생겨나는 것이다. 내가 없으면 번뇌가 없고 나를 잊으면 만사가 평안하다. 내가 없어 두려움이 없고 욕심이 없어 걱정이 없는 것이 최고다. 이런저런 고민이 많이 있을 때는 두 눈 딱 감고 모든 것을 내려놓아 보자. 이 넓은 세상의 만사가 지나가는 연기와 같은데 사소한 걱정과 고민에 집착할 필요가 뭐 있겠는가?

우리는 나와 내 몸을 너무 의식하고 공을 들인다. 그 때문에 나쁜 습관이나 기벽이 생기고 갖가지 번뇌가 쌓인다. 내가 존재하는 유아의 경지에서는 내 눈을 통해 사물을 바라보기 때문에 모든 사물에 나의 편견이 개입될 수밖에 없다. 하지만 무아의 경지는 사물의 눈으로 사물을 보기 때문에 무엇이 나이고 무엇이 사물인지 알 수가 없다. 세상에 나만 존재하는 것이 아니라는 것을 인식하게 되면 다른 사물 역시 귀한 줄 알게 된다. 또한 내 몸이 내가 아니면 번뇌가 생길 리 만무하다. 무아의 경지에 이른 사람에게는 어떤 근심, 걱정도 이미 존재의 이유가 없다.

가장 훌륭한 관리 방법은 관리하지 않는 것

태 상   부 지 유 지   기 차   친 이 예 지
太上, 不知有之. 其次, 親而譽之.

기 차   외 지   기 차   모 지
其次, 畏之. 其次, 侮之.

가장 좋은 관리자는 그 존재조차 인식할 수 없는 사람이다.

그 다음으로 좋은 관리자는 모두가 따르고 칭송하는 사람이다.

그 다음은 모두가 두려워하는 사람이고, 그 다음은 모두가 업신여기는 사람이다.

_도덕경 17장

어떤 사람들은 사람을 관리할 때, 권력을 쥐고 흔들어 자기 앞에 굴복하게 만들면 그만이라고 생각한다. 하지만 사람을 관리하는 일은 생각처럼 그렇게 간단하지 않다. 오히려 심오한 지식을 요구하는 학문이라고 하는 것이 적당할 것이다.

노자는 훌륭한 관리자가 되기 위해서는 아무것도 하지 않는 '무위無爲'를 이루어야만 한다고 했다. 즉, 아무것도 하지 않아야 무언가를 이룰 수 있고, 더욱 크게 이룰 수 있다는 뜻이다. 《장자》에는 양자거陽子居과 노자의 문답이 등장한다.

어느 날, 양자거가 노자에게 물었다.

"만약에 어떤 사람이 과단성 있는 성격에 민첩한 일처리 능력과 깊은 통찰력을 갖추고 학업마저 게을리 하지 않는다면, 이상적인 관리라고 할 수 있겠지요?"

노자는 고개를 저으며 대답했다.

"그런 사람은 소인배 관리일 뿐이네! 어설픈 재능은 오히려 자신을 해치고 몸과 마음을 모두 힘들게 할 뿐이지. 범과 표범은 몸에 나 있는 아름다운 무늬 때문에 사냥꾼의 표적이 되고 원숭이는 몸이 재빨라 사람들이 붙잡으려 하고, 사냥개는 사냥감을 잘 찾아내기 때문에 끈에 묶여 있는 것이네. 그 동물의 우수한 점이 오히려 화를 불러일으키는 것이지. 이런 재능을 가진 사람이라면 이상적인 관리라고 할 수 있겠나?"

그러자 양자거가 물었다.

"그렇다면 이상적인 관리는 어떤 사람입니까?"

"자신의 공덕이 사람들에게 두루 미치지만, 아무도 그의 덕분인 줄 모르게 하는 사람이네. 주변 사물을 교화시켜 은혜롭게 하면서도 사람들은 그 영향을 전혀 느끼지 못하게 하는 것이지. 천하를 다스릴 때, 어떤 흔적도 없는 것 같지만 부지불식간에 만물에 영향력을 행사하게 되는 사람이 바로 이상적인 관리라네."

이것이 바로 노자의 '무위이치_{無爲而治}' 사상이다. 아무것도 하지 않는다고 해서 두 손 놓고 완전히 관여하지 않는다는 의미는 당연히 아니다. 지도하고 리드하되 관리간섭을 줄이라는 뜻이다.

관리란 목표한 방향으로 사람들이 나아갈 수 있도록 채찍질하는 것이지만, 지도란 사람들이 성취감이나 소속감을 느낄 수 있도록 활력을 북돋우는 것이다. 성취감이나 소속감은 인간의 가장 기본적인 욕구이기 때문에 지도자는 사람들을 이끄는 것을 본업으로 하면서도 때때로 관리를 겸임해야 하고, 관리자 또한 지도자의 재능을 겸비해야 한다. 단, 그 지위가 높아질수록 지도에 힘쓰고 관리를 줄이는 것이 좋다.

노자는 자신이 관리하고 있음을 아랫사람이 느끼지 않게 하는 것이 우수한 지도자의 덕목이라고 했다. 지도든 관리든 최종 목표는 하나로 일치하고 기본적인 역할 또한 일맥상통하지만, 방법론에 있어서 이 둘은 현저하게 구별된다.

지도자가 먼 미래를 내다보고 씨를 뿌리는 사람이라면, 관리자는 눈앞의 현실에 집중해 나무를 아름답게 가꾸는 정원사이다.

지도자가 휘하를 독려하는데 능한 조조曹操라면, 관리자는 비상한 재주로 전략을 추진해나가는 제갈량 공명諸葛亮 孔明이다.

지도자가 어떻게 하면 효과적인 집을 짓는지 아는 설계사라면, 관리자는 어떻게 하면 방을 가장 효과적으로 만들어야 하는지 아는 일꾼이다. 지도자는 올바른 일을 하고, 관리자는 일을 올바르게 처리한다.

관리의 중요성을 부르짖으며 각종 정책을 내놓지만, 관리를 하면 할수록 복잡해지고 비효율적이 되어가는 상황은 우리 주변에서도 비일비재하다. 사람들은 아랫사람을 관리하려고 의욕을 불태우면서도 이를 제대로 수행하지 못한다. 그 주요한 이유는 아랫사람을 신임하지 못하고 스스로를 과신하며 자신의 권한이 축소되고 영광을 잃는 것을 두려워하기 때문이다. 이는 사람들을 지도하는 것에 대한 명확하고 바른 인식이 없다는 뜻이다.

중국 칭화즈광淸華紫光그룹의 총수 장번정張本正 역시 "관리의 최고 경지는 관리를 배제하는 것"이라고 주장한다. 관리를 배제한다는 것은 관리가 아예 필요 없다고 주장하거나 제도 자체를 부정하는 것이 아니다. 직원들이 관리의 존재를 느끼지 않도록 해서 그들에게 정신적인 제약이나 속박을 가하지 말아야 한다는 뜻이다. 기업에서는 아래의 구체적인 사항을 지킨다면 관리를 배제하면서도 발전을 거듭하는 관리 효과를 낼 수 있을 것이다.

첫째, 응집력 강한 기업문화를 수립해야 한다. 이는 사람을 관리하는 데 가장 기초적인 작업이다. 우수한 기업문화는 직원들이 공동체의식을 갖추도록 이끌고 구성원 전체가 동의하는 문화적 공감대와 공통의 가치관을 형성한다. 그리고 그 가치관을 기반으로 한 기업목표, 기업정신, 소명의식 등을 바로 세워 직원들이 맡은 바에 최선을 다하고 직장을 사랑하며 열정을 불태울 수 있도록 독려한다. 이는 직원들의 적극성, 자발성, 창의성을 최대한으로 발휘할 수 있게 함으로써 귀속감, 사명감, 응집력, 구심력을 한층 더 높이는 역할을 한다. 우수한 기업문화로 직원들의 의지를 하나로 통일하는 방식은 직원들에게 엄격한 잣대를 들이대며 관리를 고집하는 것보다 백배는 더 효과적이다.

둘째, 친화력 있는 상하관계를 확립한다. 기업 내의 상하관계는 평등하고 화목하며 우애가 넘치고 활기차야 한다. 고위 관리자들은 일을 총괄하되 독점해서는 안 되고, 과단성 있게 일을 추진하되 독단적이지는 말아야 한다. 부하 직원들을 간섭하지 않되 수수방관하지는 말아야 하고, 너그럽게 대하되 지나치지 않아야 한다. 각급 중간 관리자와 사원들 역시 직책에 따른 자신의 업무를 명확하게 파악하되, 서로 간에 협력과 소통을 원활하게 하여 각자의 위치에서 맡은 소임을 다해야 한다. 이렇게 친화력 있고 원활한 상하관계는 직원들의 마음을 끈끈하게 이어주고 단결력을 높이며 기업의 목표를 실현시키는 든든한 연결고리가 될 것이다.

셋째, 생동감 넘치는 성장환경을 조성해야 한다. 기업은 직원들_{관리}자를 포함하여을 위해 재능을 마음껏 펼칠 수 있는 무대를 마련하고 가치를 창출할 기회를 제공하여 직원 한 사람 한 사람이 모두 기업과 함께 성장할 수 있는 환경을 만들어야 한다. 이런 환경 조성에는 급여인상, 승진, 지분 배당, 스톡옵션 제공 등의 물질적인 지원뿐만 아니라 교육 연구 기회의 제공 등 정신적인 지원까지 포함된다. 이런 지원이 활성화된 기업 환경에서는 직원들의 생각과 행동이 기업의 목표와 동반 성장하게 되고, 결과적으로 직원들이 기업의 가치를 창출하고 기업 역시 직원들의 가치를 창출해내는 '윈윈'이 실현된다.

기업이 관리를 최대한 줄였을 때 얻어지는 제 효과들은 기업의 생산, 경영 활동에 일종의 긍정적인 '흐름'을 만들어낸다. 생산과 경영에 필요한 모든 요소가 가장 훌륭한 조합을 이룬다면, 직원들은 최소한의 노동력과 최소한의 비용, 최소한의 시간과 최소한의 프로세스로 극대화된 업무량을 소화할 수가 있고 기업 또한 성장할 것이 당연지사이다. 하지만 지금까지도 수많은 기업에 과학적인 기업 관리 이념과 관리방식이 부재하고 이에 관한 이해가 부족하다는 점을 고려한다면, 각 기업의 제도에 맞는 관리방식의 혁신을 이루는 것은 가장 시급한 과제라고 할 수 있을 것이다.

가장 훌륭한 관리 방법은 관리하지 않는 것이다. 그의 존재조차 인식할 수 없는 사람이 가장 좋은 관리자라고 한 노자의 말을 기억하고 실천으로 옮긴다면, 그로 인한 기업의 발전과 이익은 무궁무진할 것이다.

가장 훌륭한 관리 방법은 관리하지 않는 것이다. 이런 관리방식 아래의 직원들은 만사가 순조롭게 흘러감을 느끼지만, 관리자의 개입은 물론 관리자의 존재까지 인식하지 못하게 된다. 이렇게 자유가 보장되는 업무환경에서 직원들은 자신의 장점을 최대한 발휘할 수 있고, 자기 자신과 조직, 나아가 사회에 크게 이바지할 것이다.

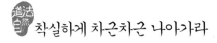

착실하게 차근차근 나아가라

기 자 불 립 과 자 불 행 자 견 자 불 명 자 시 자 불 창
企者不立, 跨者不行. 自見者不明. 自是者不彰.

자 벌 자 무 공 자 긍 자 불 장 기 재 도 야 왈 여 식 췌 형
自伐子無功. 自矜者不長. 其在道也, 曰余食贅形.

물 혹 악 지 고 유 도 자 불 처
物或惡之, 故有道者不處.

까치발을 딛고 서 있기가 어렵고 큰 걸음으로는 멀리 가기가 어렵다.
자신을 드러내기를 좋아하는 사람은 내공이 깊지 못하고 다른 사람의 의견을
새겨듣지 않는다. 자신이 옳다고 생각하는 사람은 다른 사람의 잘잘못을
올바르게 판단하지 못한다. 또한 스스로를 자랑하기 좋아하는 사람은
과시에 눈이 멀어 옳지 않은 일을 하게 되고, 교만한 사람은 일처리가 원만하지 못하다.

_ 도덕경 24장

까치발을 딛고 서 있으면 얼마나 버틸 수 있을까? 보통 사람은 물론
무예를 연마한 사람이라도 그다지 오래 서 있을 수가 없다. 키가 작은
사람들이 눈속임으로 커 보이기 위해서나 멀리 있는 것을 보기 위해
서 잠시 발돋움을 하는 경우는 있지만, 역시 오래 버티기는 힘들다.
'기자불립企者不立'이란 바로 이런 상태를 말한다.

'과자불행跨者不行'은 넓은 보폭으로 성큼성큼 걷는 행동은 오래 유
지하기 힘들다는 말이다. 일부러 큰 걸음으로 먼 길을 걷고자 한다면

그것은 고생을 자초하는 길이다. 못 믿겠다면 시험 삼아 한 번 그렇게 걸어보길 바란다.

노자는 우리 일상의 평범한 행동을 예로 들어 자신의 주제는 모르고 눈만 높은 사람들을 꼬집었다. 기초를 탄탄히 닦아놓지도 않은 채, 이상만 높게 잡고 헛된 꿈만 좇는 사람은 고생만 사서 하거나 스스로를 망치게 된다.

모든 일에는 순서가 있는 법이다. 시작부터 끝까지 그 발전 과정을 착실하게 하나하나 밟아나가 서두르지 않고 한 단계씩 위로 올라야 하는 것이다. 성공의 비결도 정도를 지켰을 때야 그 빛을 발한다. 일을 진행할 때는 조급하게 서두르거나 너무 뒤처지지 않으며 안정적이면서도 쉬지 않고 나아가도록 완급조절을 잘 해야만 한다. 매사에 깔끔하고 확실하게, 그리고 절차와 순서에 따라 차근차근 진행해야 한다.

모든 일에 평상심을 가지고 꾸준히 임하면 일은 물 흐르듯 자연스럽게 성사된다. 예를 들자면 책을 읽고 지식을 연구하는 것 역시 마찬가지이다. 특히 인문과학 분야는 지식이 쌓이는 과정, 의식이 심화되는 과정을 차례로 거친다. 노력이 모자라면 일정 수준에 도달하기가 힘들고 깨달음이 부족하면 아무것도 느낄 수가 없다. 어떤 일에 곧바로 쓰기 위한 벼락치기 공부나 즉시 효과를 보기 위한 임기응변식 배움은 학문을 일회용 도구로 전락시키는 방법이며 우리가 가장 먼저 버려야 할 나쁜 태도이다.

옛날에 비위飛衛라는 이름난 명사수가 있었다. 기창紀昌이라는 사람이 그에게 와서 활 쏘는 법을 배우고자 했다. 비위는 기창에게 말했다.

"활쏘기를 배우려면 먼저 시력을 단련해야 한다. 목표를 정확하게 바라 보고 눈을 깜빡이지 않는 법을 익혀라."

기창은 비위의 말을 듣고 집으로 돌아갔다. 그러고는 아내가 베를 짜는 동안 베틀 아래에 드러누워 두 눈을 크게 뜨고 오르내리는 발판을 노려보 며 눈을 깜빡이지 않는 연습을 했다. 이렇게 매일매일 연습을 게을리 하 지 않으니, 두 해가 흐른 뒤에는 어떤 물체가 눈앞에서 움직여도 절대 눈 을 깜빡이지 않게 되었다. 이만하면 되었다고 생각한 기창은 비위에게 달 려가 연습이 성공했음을 알렸다. 그러자 비위는 다시 기창에게 말했다.

"아직 아니다! 눈을 더 단련해야지. 아주 작은 물건이 크게 보이고 희미 한 것도 또렷하게 볼 수 있어야 한다."

기창은 스승의 말을 듣고 다시 집으로 돌아가 수련을 시작했다. 소의 꼬 리털에 이를 한 마리 묶어 창문에 매달아 놓고 매일같이 뚫어져라 쳐다 보았다. 이렇게 열흘을 연습하니 털에 매달린 이가 조금 더 커 보이기 시작했다. 삼 년 후, 기창의 눈에 이는 수레바퀴만큼이나 크고 상세하게 보였다. 기창이 기뻐하며 비위를 찾아가 자신의 수련 방법과 그 결과를 보고했다. 이번에는 비위도 크게 기뻐하며 말했다.

"이제는 활쏘기를 배울 수 있겠구나!"

그리하여 기창은 비위로부터 활쏘기를 배워 털에 매달아 놓은 이를 쏘 는 연습을 매일 했다. 결국 기창은 가느다란 소 꼬리털은 건드리지 않은 채, 이의 가운데를 정확하게 뚫었다. 비위는 기쁜 소식에 펄쩍펄쩍 뛰면 서 기창에게 말했다.

"네가 벌써 궁술의 묘미를 터득했구나!"

그리고 기창은 백발백중의 명사수가 되었다.

무엇을 배우든 마음만 앞서 서두를 것이 아니라 기초를 튼튼히 쌓아야 한다. 정해진 순서와 과정을 무시하고 착실하게 노력을 기울이지 않으면 성공은 이룰 수 없는 헛된 꿈일 뿐이다. 우리는 밥을 먹을 때도 한 숟갈씩 꼭꼭 씹어 삼키고 길을 걸을 때도 한 번에 한 걸음씩 나아가지 않는가. 괜히 마음이 들떠 다급하게 이익을 붙잡으려 하지 말고 무슨 일을 하건 평정심과 느긋한 태도를 유지해야 한다. 또한 시종일관 성실하게 최선을 다하고 언제나 자신의 본분을 지키도록 노력하는 것이 중요하다.

자신의 인생에서 가장 크고 중요한 목표를 위해 원대한 포부를 세우고 나 자신을 위해서, 그리고 사회에 쓸모 있는 사람이 되기 위해서 노력하자. 현재 내 생활에서 현실적으로 실천 가능한 목표들을 성실하게 하나하나 이루어 나간다면 반드시 자신의 목표를 이룰 수 있을 것이다.

순차적으로 차근차근 일을 진행하는 것은 그 일을 발전시키는 중요한 법칙이다. 괜히 마음이 들떠 다급하게 이익을 붙잡으려 하지 말고 무슨 일을 하건 평정심과 느긋한 태도를 유지해야 한다. 일을 성사시키는 데는 끈질긴 참을성과 꾸준히 노력하는 성실함이 필요하다. 한 발짝 한 발짝씩 성실하게, 한 걸음 한 걸음씩 차근차근 밟아나간다면 모든 일은 자연히 성공으로 접어들 것이다.

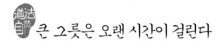 큰 그릇은 오랜 시간이 걸린다

대 기 만 성
大器晚成

귀하고 훌륭한 그릇은 오랜 시간이 흐른 뒤에야 완성된다.
_도덕경 41장

—

　이 말은 일반적으로 아직 뜻을 이루지 못한 젊은이들을 위로할 때 자주 쓰인다. 하지만 노자의 본뜻과는 거리가 있다. '저물 만晩'이라는 글자가 가리키는 것은 사람의 나이가 아니라 시간이다. 엄밀하게 말하자면 각고의 노력을 거치는 시간이다. 성공은 그에 상응하는 노력을 했을 때만 꿈꾸어야 한다. 성공을 향한 기대는 오랜 노력을 기반으로 했을 때만 가능하며 성급하게 헛된 꿈을 꾸어서는 안 된다는 말이다.

　사람은 나무와 같다. 뿌리가 깊어 흙 속에 단단히 박혀 있어야 무럭무럭 자라나 하늘을 찌르는 거목이 될 수 있다. 뿌리가 얕아 땅에 겨우 붙어있는 나무는 크게 자라날 힘이 없어 오래 되어도 작고 메말라 큰 재목이 되기 어렵다. 따라서 큰일을 하는 대들보가 되기 위해서는 반드시 힘들고 고된 시기를 거쳐야 한다. 큰 그릇은 완성에 이르기까지 충분한 준비를 거쳐 오랜 시간동안 성숙해야만 하는 것이다.

동한東漢 시대에 마원馬援이라는 사람이 있었다. 열두 살에 부모를 여의고 형을 의지해 자랐다. 어릴 때부터 큰 뜻을 품었지만 총명한 사람은 아니었다. 같은 마을에 주발朱勃이라는 사람이 있었는데 마원과 동년배인데도 〈시경 詩經〉, 〈상서尙書〉를 줄줄 외웠다. 마원은 부족한 자신이 부끄러워 형님에게 변방에 가서 목동이나 되어야겠다고 말했다. 동생의 마음을 헤아린 형은 마원을 다독이며 말했다.

"자네는 재주가 남다른 사람이네. 조금만 더 분발해서 자신을 극복하고 노력하면 시간이 지난 후에 필시 큰 그릇이 될 것이야."

마원은 형님의 말을 힘을 얻어 학업에 매진했다. 그리고 마침내 쉰다섯에는 복파장군伏波將軍에까지 이르러 동한의 건립 시기에 수많은 공을 쌓으며 '대기만성'의 명장이 되었다.

중국에는 '소년이 뜻을 이루는 것은 대기만성하는 것보다 못하다'는 말이 있다. 어려서부터 자신의 꿈을 실현하는 것은 당연히 큰 행운이다. 그러나 어떤 사람들은 너무 어릴 때 큰 성취를 이루어 그 이후 주변 사람들의 관심과 도움으로 많은 일이 손쉽게 해결되는 것에 익숙해지면서 성공을 위한 노력을 하지 않게 된다.

중국의 대문호 루쉰魯迅 선생은 서른일곱이 되어서야 첫 작품을 발표했고, 이후로 꾸준히 활발한 집필로 중국 문단의 지도자가 되었다. 어떤 작가들은 젊어서 이름이 알려지고, 그 이후로는 마음이 들떠 그럴 듯한 작품 하나 남기지 못한 채 사라져 가기도 한다. 또 어떤 사람은 대단히 많은 저서를 펴내면서도 스스로 노력하지 않고 그저 그런 평범한 글만 써서 무명작가로 남는다.

사실 젊어서부터 한 분야에서 우수한 실력을 뽐내고 이를 끝까지 유지하며 살아남는 사람은 대단히 적다. 대단한 업적을 이루어낸 사람 중 절대다수는 젊은 시절에 그다지 두각을 드러내지 못하다가 굳센 의지로 열심히 노력하여 최후에 빛을 발하는 사람이다.

세상의 많은 일이 재능만으로 이루어지지는 않는다. 재능보다는 오히려 지속적인 노력이 더욱 중요한 역할을 한다. 천재적인 재능이 있는 사람이라도 노력을 게을리 한다면 그 재능은 금세 빛을 잃고 말 것이다. 반면에 재능은 부족하지만 끊임없이 스스로를 개발하는 사람은 후천적인 노력이 선천적인 결점을 보완하고 극복할 수가 있다. 젊은 시절에 이미 성취를 이루었든 그렇지 못한 평범한 사람이든 언제나처럼 최선을 다한다면 마지막에는 누구보다 활짝 웃을 수 있을 것이다.

레오나르도 다 빈치는 그림을 잘 그리기 위해서 달걀과 같은 작은 정물을 삼 년 동안이나 반복해서 그렸다. 가장 느리지만 기본적인 방법을 통해서 미술사의 거장이 된 것이다.

손쉽게 얻은 성공은 쉽게 남의 의심을 사고, 속성반에서 배운 엉터리 기술은 그럴듯해 보이지만 실상은 전혀 쓸모가 없다. 벼락치기 공부로 받은 성적이 일시적으로 점수만 높일 뿐이지 실제 능력에는 아무런 도움이 되지 않는 것과 마찬가지이다.

충실한 삶을 통해서 수많은 훈련과 경험을 쌓을 수 있는데도 어떤 사람들은 이를 견디지 못하고 빨리 성공하려 안달을 낸다. 대기만성은 남의 이야기일 뿐 나는 싫다는 것이다. 왜 그럴까? 내가 남들보다 똑똑하다고 생각하기 때문이다. 그런 사람들은 오로지 지름길을 찾는 데만 심혈을 기울인다. 멍청이들이나 하는 고된 연습과 훈련은 건너 뛰고 어떻게 하면 남들보다 빨리 목표를 이룰지 만을 생각하는 것이다. 하지만 정당한 노력 없이 요행만을 바라다가는 결국 아무것도 이룰 수가 없을 것이다.

진정으로 지혜로운 사람은 아주 작고 사소한 깨달음이 쌓이고 모여 성공을 이룬다는 사실을 잘 알고 있는 사람이다. 미국의 저명한 작가가 이런 말을 했다.

"성공과 위대한 업적을 이룰 기회는 나이아가라폭포의 급류처럼 한꺼번에 쏟아져 내리지 않는다. 아주 느리게 한 방울 한 방울씩 떨어져 내린다."

세상의 많은 일이 재능만으로 이루어지지는 않는다. 재능보다는 오히려 지속적인 노력이 더욱 중요한 역할을 한다. 천재적인 재능이 있는 사람이라도 노력을 게을리 한다면 그 재능은 금세 빛을 잃고 말 것이다. 반면에 재능은 부족하지만 끊임없이 스스로를 개발하는 사람은 후천적인 노력이 선천적인 결점을 보완하고 극복할 수가 있다. 젊은 시절에 이미 성취를 이루었든 그렇지 못한 평범한 사람이든 언제나처럼 최선을 다한다면 마지막에는 누구보다 활짝 웃을 수 있을 것이다.

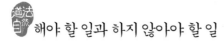

해야 할 일과 하지 않아야 할 일

위 학 일 익 위 도 일 손 손 지 우 손
爲學日益, 爲道日損. 損之又損,

이 지 어 무 위 무 위 이 무 불 위
以至於無爲. 無爲而無不爲.

배움을 구하는 것은 나날이 더하는 것이고 도를 구하는 것은 나날이 덜어내는 것이다. 덜어내고 또 덜어내면 '무위'의 경지에 이르는바, 무위에 이르면 못할 것이 없어진다.

_도덕경 48장

배움에 대한 욕심은 많으면 많을수록 좋다. 그래야 식견이 넓어진다. 그리고 도를 닦을 때는 욕심을 내려놓아야 한다. 청정무위淸淨無爲의 마음가짐으로 한결같이 임해야 득도에 이르고 지혜의 눈을 뜰 수가 있다.

'위학일익'은 외적인 학문을 향한 욕심을 말한다. 우리는 학습을 통해서 과학기술이나 지식을 얻을 수 있으며, 이를 끊임없이 갈고 닦아 훌륭하고 완벽하게 가꾸어 나갈 수 있다. '위도일손'은 내적인 지혜를 구하고자 하는 마음에 적용할 수 있다. 지혜를 얻기 위해서는 묵묵히 자신의 잠재의식을 일깨우고, 필요 없는 사심이나 잡념을 하나하나

걸러내야 한다. 줄이고 또 줄이고, 빼고 또 빼야 도가 비로소 발현된다. 심리적으로 빈 공간을 최대한 확보하고 잡념을 버려 꾸밈없는 순수함을 유지하는 것이다.

이런 방법으로 모든 것을 비우고 도달하는 무위의 경지는 도를 구하는 사람에게 가장 최고의 경지이다. 이 경지에 이른다면 마음의 수련역시 상당한 수준에 이른 셈이다. 자신의 마음이 제멋대로 날뛰지 않도록 제어할 수 있는 사람이라면 이루지 못할 일은 아마 없을 것이다.

물론 노자가 말하는 무위란 모두에 똑같은 절대적인 기준이 아니며지극히 상대적인 개념이다. 그렇지만 평범한 사람이 자신이 생각하는무위의 수준에까지 이르기란 정말 어려운 일이다. 그렇다면 무위를이루기 위해서 어떻게 해야 할까? 무슨 일이든 그저 최선을 다해서무위와 가까워지도록 노력해야 한다.

일본의 저명한 과학자 이토카와 히데오糸川英夫, 일본 우주 개발의 아버지로 불리는 로켓과학자_역주는 그의 저서《한 개척자의 사고》에 이렇게 썼다. "인생에서 겪는 큰 좌절은 뒤집어진 배에 있는 것과 같다. 물이 흐르는 힘을 이기지 못해 뒤집어진 배의 바닥을 붙잡고 숨을 헐떡이다 질식해 죽지 않으려면, 물로 떨어질 때의 힘으로 몸을 둥글게 웅크려 일단 바닥까지 가라앉아야 한다. 그런 다음 물의 흐름에 따라 수면까지떠올라야 죽음의 위기를 넘길 수가 있다. 삶이 역경에 부딪혔을 때,객관적인 조건을 모두 무시하고 흐름을 거스른다면 사태는 더욱 악화될 뿐이다. 어려움을 극복하는 데 관건은 자신을 둘러싼 환경에 순응하는 한편 이 상황을 타개할 힘을 끌어모으는 것이다. "

　몸을 웅크려 바닥까지 가라앉는 행동은 그저 주어진 운명을 받아들이고 아무런 저항을 하지 않는 대단히 소극적인 대응인 것처럼 보이지만 죽음의 문턱에서 살아날 수 있는 가장 정확한 선택이다. 만약 허둥대면서 수면으로 올라가려고 허우적대기만 한다면 몸은 제 뜻대로 움직여주지 않을 것이고, 얼마 지나지 않아 꼼짝없이 물고기 밥 신세가 될 것이다. 이것이 바로 '무위이위無爲而爲'의 이치이다.

　'무위이무불위無爲而無不爲'에는 더욱 깊고 오묘한 이치가 숨어있다. 무슨 일을 하든 해야 할 일이 있고 해서는 안 되는 일이 있다. 평생을 무소불위無所不爲로 제멋대로 사는 사람은 결국 아무것도 이루지 못하는 결과를 맞이한다. 얻는 것이 있으면 버리는 것이 있고 나아가는 것이 있으면 받아들이는 것도 있는 법인데, 탐하는 욕심만 가득한 사람은 그 업보를 치를 수밖에 없기 때문이다.

　예로부터 도를 수양하는 사람들은 모두 자신의 욕망을 절제하고 청정무위의 정신세계에 도달하여 뜻을 이룰 수가 있었다. 그들은 매일같이 학문에 정진하고 스스로의 잡념과 욕망을 줄여나가는 노력을 게을리 하지 않았다.

　대학자가 되고 싶은 젊은이가 있었다. 그는 학자가 되고 싶었지만 공부뿐만 아니라 모든 방면에서 다른 사람들보다 뛰어나기를 갈망해 언제나 많은 일에 욕심을 부렸다. 몇 년을 노력하여 다방면에 뛰어난 사람이 되었지만, 웬일인지 학업만큼은 제자리걸음이었다. 고민에 빠진 그는 스승님을 찾아가 도움을 구했다.

"등산을 가자꾸나. 올라가다 보면 답을 알 수 있을 게다."

그 산은 반짝반짝 빛나는 아름다운 돌이 아주 많은 곳이었다. 스승님은 산을 오르며 그가 아름다운 돌을 찾을 때마다 가방 속에 담으라고 했다. 그러자 순식간에 가방이 꽉 차서 더 이상 들어갈 곳이 없었다.

"스승님, 더 넣으면 산꼭대기는 고사하고 한 발짝도 움직일 수가 없겠습니다."

"그렇지, 그러면 어떻게 해야 하겠느냐?"

그는 의아하다는 듯 스승님을 바라보았다.

스승님이 빙그레 웃으며 이렇게 말했다.

"내려놓아야지. 돌을 내려놓지 않으면 어떻게 산을 오르겠느냐?

젊은이는 일순간 크게 깨달은 바가 있어 곧바로 스승님께 작별인사를 했다. 그리고 다른 일은 다 제쳐두고 전심전력으로 학업에만 힘써서 실력이 나날이 일취월장했다.

우리 인생도 등산과 같다. 모두가 산을 오르며 가방에 이런저런 물건들을 주워 담는다. 명예, 지위, 권력, 재산 등이다. 하지만 많은 사람들이 그저 물건을 담기만 할 뿐 버리지를 못해서 자신을 힘들게 만든다.

많이 가지는 것은 결코 좋은 일만은 아니다. 너무 많이 가지면 근심, 걱정도 자연히 많아지고 부담도 늘어나 결국 스스로를 옭아맨다. 그러므로 필요한 것을 잘 받아들이고 나를 힘들게 하는 것은 내려놓는 연습이 필요하다. 그래야 인생의 발걸음이 한결 가벼워질 것이다.

무릇 모든 일은 그 정도와 알맞은 수준이 있다. 과하게 욕심을 부리면 오히려 반대로 더 많은 것을 잃게 된다. 인생은 어떤 것은 더하고 어떤 것은 덜어 내야 하는 학문과도 닮아있다. 명리를 추구하고 지식을 갈구하고 성공을 좇으며 부귀영화를 갈망해야 할 때는 덧셈의 지혜가 필요하다. 하지만 명예와 이익을 따지지 않고 성패를 떠나 생각하며 욕심을 멀리해야 할 때는 뺄셈의 지혜가 필요하다.

송대宋代의 시인 임포林逋가《성심록省心錄》에서 다음과 같이 말했다. "배가 부른데도 절제를 모르는 사람은 스스로 복을 차버리는 격이고, 가진 것이 많은데도 그칠 줄 모르고 부귀를 바라는 사람은 스스로를 죽이는 격이다." 노자와 임포, 두 현자가 사람들에게 강조하는 자족自足, 절제는 인생에서 해야 할 것과 하지 말아야 할 것을 잘 취사선택해야 한다는 교훈에 다름 아니다. 사람의 생존 능력이 아무리 강하더라도 혼자 모든 일을 다 해낼 수는 없다. 이것도 하고 싶고 저것도 하고 싶어 본인의 능력보다 과한 욕심을 부리다가는 결국 아무것도 얻지 못하고 허망한 결과를 맞을 수밖에 없다는 것을 명심하자.

무슨 일이든 해야 하는 일이 있고 해서는 안 될 일이 있다. 무엇이든 다 이루려는 과욕은 아무것도 이루지 못하는 결과를 초래한다. 일의 성공과 실패는 취사선택과 집중에 있다. 스스로를 잘 컨트롤해야 이루려는 목표를 성공으로 이끌 수 있을 것이다.

하지 않아야 이룰 수 있다

취 천 하 상 이 무 사 급 기 유 사 부 족 이 취 천 하
取天下常以無事, 及其有事, 不足以取天下.

천하는 무위로 다스림으로써 얻게 된다.
억지로 일을 꾸미면 천하를 다스릴 수가 없다.

_도덕경 48장

도가에서는 '유위有爲'로 천하를 다스리는 것은 백성들로 하여금 그 성품을 무절제하게 만들고 덕을 나쁘게 변화시킨다고 보았다. 그래서 "군자가 부득이하게 세상에 나올 때는 무위만한 것이 없다君子不得已而臨涖天下, 莫若無爲- 군자부득이이림리천하, 막약무위."고 했다. 무위에 이르면 이루지 못할 것이 없기 때문이다.

통치자는 청정무위, 즉 마음을 비우고 순리에 따라야 한다. 욕심 부리지 않고 다투지 않으며 자신을 바로잡아야 한다. 그렇다면 민심은 자연히 순박해질 것이고 사회는 안정되며 국가는 태평성세를 이룰 것이다. 반대로 통치자가 무슨 일이든 사사건건 간섭을 하며 처리하려고 든다면 천하를 다스리기는 어렵다.

'유위'와 '무위'는 언뜻 보기에 서로 상반되는 것 같지만 사실은 그렇지 않다. 주어진 환경에 순응해 무위로 나라를 통치하는 것은 운에 맡겨 되는대로 그냥 내버려두는 것과는 완전히 별개이다. 무위통치는 객관적인 조건을 따름과 동시에 전략적이고 낙관적으로 현실의 모순들을 해결하기 위해 합리적인 방법과 전략을 수립하는 과정이다. 그래서 무위로써 다스리는 것은 아무것도 하지 않는 것 같지만 사실 유위나 다름없다. 당장의 무위가 장기적으로는 가장 효과적인 유위인 것이다.

유위로써 다스리는 것과 무위로써 다스리는 것은 변증법적인 원리로 설명할 수 있다. 유위가 수단이라면 무위 역시 수단이며 통치, 관리는 그 목적이다. 표면적으로는 유위와 무위가 정, 반으로 대립하는 것 같지만 둘은 각자 다른 길을 통해서 한 목표로 귀결되어 합을 이룬다.

현대 사회는 생산력이 고도로 발전하여 생산 규모가 확대되고 각 분야의 업무와 프로세스가 예전과는 비교도 할 수 없을 정도로 세분화되었다. 상대적으로 고위층 관리자들은 능력이 아무리 뛰어나고 유능하더라도 하위 단계까지 일일이 관리할 수가 없다. 그래서 본인이 처리할 수 없는 사소한 부분에 관해서는 개입을 생략해야 한다. 보다 더 규모가 큰일에 집중하여 유위를 도모하고 작은 일은 무위의 전략을 적용하는 것이다.

그렇다면 회사 업무에서 유위와 무위의 전략을 어떻게 잘 운용할 수 있을까?

수많은 업무의 모든 과정에 결정권자의 손길이 필요한 것은 아니다. 초기에 리더가 직접 중요한 안건을 결정하고 방침을 세우는 것, 이것을 유위라고 할 수 있다. 예를 들자면 CEO가 직접 발족식이나 착공식 등에 참여하는 것 등이다.

한 회사의 CEO가 있다. 그녀는 맡은 일에 최선을 다하고 직업의식도 아주 투철하다. 업무에 경중도 따지지 않고 매사에 열심인데다 회사의 일이라면 사소한 일 하나까지도 지나치지 않고 직접 관리한다. 수하에 부사장급 간부가 다섯이나 있지만, 그녀는 잠시도 경영권을 놓지 않고 열심히 일한다. 그런데 혼자서 이리 뛰고 저리 뛰며 몸이 견디지 못할 정도로 일을 해도 회사에서는 문제가 끊이지를 않는다.

한 사람의 능력에는 한계가 있다. 무엇이든 하고 싶은 대로 다 하고 모든 것을 가지는 사람은 없다. 그래서 선택과 포기를 지혜롭게 할 줄 알아야 한다. 할 일과 하지 않을 일을 구분하는 것이다. 특히 리더라면 직원들이 업무를 중심으로 움직일 수 있도록 주위를 환기시키고 분위기를 이끄는 정도의 유위만으로도 충분하다.

제갈량은 산속 초가집에서 은둔을 하면서도 셋으로 나뉘어 대립할 천하의 형세를 훤히 들여다보고, 유비劉備를 도와 한나라 황실을 구할 장대한 계획을 세운 대단한 인물이었다. 하지만 모든 결정에 신중하고 직접 나서서 밤낮으로 쉬지 않고 일을 열심히 하다 보니 나이가 들어 과도한 업무 스트레스에 시달려 죽음을 맞이했다.

명대明代의 유학자 여곤呂坤도《신음어呻吟語》라는 자신의 저서에서

"하지 않는 것이 있는 후에라야 이룰 수 있다!"라고 했다. '위'와 '불위'는 대립하는 위치에 있는 것 같지만 사실은 하지 않는 것이 있어야 이룰 수 있는 바가 있고, 또 하지 않는 것은 더 크게 이루기 위한 필수 전제조건이다. 주된 것과 부차적인 것, 일의 경중을 충분히 따지지 않고 무슨 일이든 다 도맡아 선택과 집중을 하지 못한다면 그 결과는 무위, 또는 무성無成일 뿐이다.

'유위'와 '무위'는 언뜻 보기에 서로 상반되는 것 같지만 사실은 그렇지 않다. 주어진 환경에 순응해 무위로 나라를 통치하는 것은 운에 맡겨 되는대로 그냥 내버려두는 것과는 완전히 별개이다. 무위통치는 객관적인 조건을 따름과 동시에 전략적이고 낙관적으로 현실의 모순들을 해결하기 위해 합리적인 방법과 전략을 수립하는 과정이다.

02 以柔克剛

이유극강

가장 부드러운 것의 내면에는 사람들이 보지 못하는, 그 어떤 강함으로도 막을 수 없는 거대한 힘이 숨어있다. 부드러움, 즉 유약하다는 것은 허약하거나 연약하고 박약한 것과는 다르다. 형태상으로는 물처럼 부드럽고 힘이 없는 것처럼 보이지만 낙숫물이 바위를 뚫는 것처럼 그 힘은 어디에도 비할 수 없이 강하다. 부드러움은 만물에 내재된 생명력의 발현이며 우리 인생 또한 마찬가지로 유약함 속에 그 강함이 숨어있다.

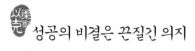

성공의 비결은 끈질긴 의지

강 행 자 유 지
強行者有志.

앞으로 나아가려는 의지가 강한 사람에게는 그 포부가 있다.

_도덕경 33장

《도덕경》에서 노자는 줄곧 '부드러움柔, 유'을 강조했고 '강함强, 강'을 피하라고 했다. 하지만 이 장에서만큼은 의지가 강한 사람을 인정하고 지향점과 포부가 있는 사람이라고 칭찬했다. 여기서 말하는 의지가 강한 사람은 뜻이 굳고 강할 뿐만 아니라 목적을 달성하기 위해서 끊임없이 분투하며 실제로 행동으로 옮기는 사람을 말한다. 간단히 말하자면 어떤 고난에도 맞서 싸우며 앞으로 나아가는 사람이다.

하루아침에도 수도 없이 많은 회사가 생겨나고 또 문을 닫는다. 시장 경제의 큰 흐름 속에서 어떤 회사들은 나날이 번창하고 어떤 회사들은 경영 악화로 바닥을 헤맨다. 그런데 바닥을 치는 회사들에게 더이상 희망이란 없는 것일까?

지금은 유명세를 떨치며 우리에게 익숙해진 세계 유수의 기업들 또한 처음부터 잘나간 것은 아니었다. 그들도 과거에는 여느 회사와 똑같이 산통을 겪었다.

레노버Lenovo 그룹이 갓 탄생했을 때, 류촨즈柳傳志, 리친李勤를 위시한 창업 멤버 열한 명은 그야말로 시장과 경영관리에 관해서 아무것도 모르는 과학기술자일 뿐이었다. 그들은 창업시장의 치열한 경쟁 속에서 어찌할 바를 모르고 갈팡질팡하고 있었다. ICT 중국과학원 컴퓨터기술연구소의 약칭_역주에서 레노버에 내어준 사업자금은 겨우 이십만 위안밖에 되지 않았다. 레노버와 같은 첨단 기술 개발 회사에 이십만 위안은 턱도 없는 액수였다. 때문에 계속해서 사업을 이끌어가기 위해서는 충분한 자금력의 확보가 시급했다.

1985년, 개발직과 최고 경영자를 포함한 레노버 내 전체 인원은 자신들의 기술 수준에 훨씬 못 미치는 간단한 기술 검수, 컴퓨터 수리, 개발 교육 등의 단순 업무에 투입되었다. 다른 기업의 하청을 받아 진행하는 이런 일은 사실상 자신들의 고급 노동력을 헐값에 파는 것이나 다름없었다. 그렇게 일 년여를 다 같이 고생한 끝에 레노버는 칠십만 위안을 더 마련할 수 있었고, 이후 지속적으로 주력 상품을 개발하여 필요한 자금을 더 끌어모았다.

이후 니광난倪光南, 레노버의 전 총엔지니어였던 중국 과학기술 전문가_역주이 개발한 인터페이스에 투자를 하기로 결정한 레노버는 수차례 개량을 거쳐서 기술의 완성도를 높인 덕택에 시장을 빠르게 점유하기 시작했다. 그리고 미국 AST 컴퓨터사의 판매대리상이 되어 자신들이 개발한 인터페이스의 우수성을 기반으로 충성고객을 확보하며 매출에 박차를 가했다. 매출액은 급성장을 거듭하여 1988년에 일억 위안을 돌파, 단숨에 무려 일억 이천만 위안의 위업을 달성했다.

"오늘은 너무나 참혹하고 내일은 더욱 참혹하다. 모레는 아름답겠지만 대다수가 내일 저녁이면 죽음을 맞을 것이다."

현실의 어려움에 맞닥뜨리더라도 쓰러지지 않고 앞으로 닥쳐올 어려움에 겁먹지 말아야 한다. 오늘 비바람을 맞고 내일 급류에 휩쓸리더라도 잘 견뎌낸다면 모레는 성공의 무지개를 만날 수 있기 때문이다. 사실 어떤 일을 시작하는 것은 전혀 어려울 것이 없다. 다만, 역경에 굴하지 않고 꾸준히 성장해서 성공을 쟁취하는 것이 어려운 것이다.

미래에 관한 원대한 포부는 우리 인생의 비전이자 삶의 희망이다. 그 비전은 인생이 나아갈 방향을 제시하고 험난한 가시밭길을 만났을 때도 뜻을 끝까지 굽히지 않도록 돕는다. 무슨 일이든 포부를 가지고 계속해나가려는 의지와 끈기, 변함없는 고집이 있다면 아무리 불가능해 보이는 일도 가능한 일로 바꿀 수가 있는 것이다.

올림픽 금메달을 딴 선수의 고난이도 기술과 초인적인 체력에 박수갈채가 쏟아질 때, 그러한 성과를 내기 위해서 흘린 피땀의 노고를 먼저 이해하는 사람은 얼마나 될까? 꾸준한 노력 없이 얻어지는 성과는 없다. 모든 성공에는 남모르는 노력과 무수한 땀방울이 서려있게 마련이다.

세상에서 가장 먼 거리는 바로 생각과 실천 사이라고 한다. 생각을 실천으로 옮기는 것이 그만큼 힘든 일이기에 어떤 일을 중도에 포기한 경험은 누구에게나 있다. 성공하기를 바라는 사람은 많지만 실제로 그 꿈을 실현하는 사람은 극히 드문 것도 같은 이유이다.

무지개는 비바람이 지나간 후에야 뜨고 내일의 찬란한 태양은 오늘의 어둠을 보낸 후에야 맞이할 수가 있는 법이다.

부드러움을 강조한 노자도 인정한 것처럼, 성공에 가장 필요한 것은 바로 중도에 포기하지 않고 끝까지 계속하겠다는 투철한 의지이다. 의지가 없다면 우리의 삶은 언제나 인생의 쓴맛에 좌절하고 무릎 꿇을 수밖에 없다는 점을 유념하자.

사실 어떤 일을 시작하는 것은 전혀 어려울 것이 없다. 다만, 역경에 굴하지 않고 꾸준히 성장해서 성공을 쟁취하는 것이 어려운 것이다. 미래에 관한 원대한 포부는 우리 인생의 비전이자 삶의 희망이다. 그 비전은 인생이 나아갈 방향을 제시하고 험난한 가시밭길을 만났을 때도 뜻을 끝까지 굽히지 않도록 돕는다. 무슨 일이든 포부를 가지고 계속해나가려는 의지와 끈기, 변함없는 고집이 있다면 아무리 불가능해 보이는 일도 가능한 일로 바꿀 수가 있는 것이다.

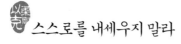

스스로를 내세우지 말라

시 이 성 인 종 부 자 위 대
是以聖人終不自爲大,

고 능 성 기 대
故能成其大.

도를 깨우친 성인은 스스로를 크다고 내세우지 않는다.
그래서 진정으로 크게 되는 것이다.

_ 도덕경 34장

―

　노자는 사람들에게 스스로를 크게 내세워서는 안 된다고 했다. 또, 자신을 먼저 정확하게 알고 다른 사람을 대해야 하며 자신에게서는 부족한 점을 보고 남에게서는 좋은 점을 보는 겸허한 사람이 되기를 강조했다.

　옛날 중국에서는 점포에서 비싸고 귀중한 물품은 바로 진열하지 않고 따로 감추어 두었다가 부유한 단골이나 물건의 진가를 알아보는 아는 식견 있는 사람에게만 살짝 물건을 보여주었다. 최고급 물건을 아무데나 진열했다가 도둑이라도 맞을까 염려했기 때문이다. 물건뿐만 아니라 사람의 재능 또한 그러하다. 사람이 자신의 재주를 믿고 교만하면 화를 부르고 겸손한 자세로 자신을 낮추면 복을 부른다. 재능이 출중하더라도 자기 자신을 뽐내기 좋아하는 사람은 다른 사람의 반감을 불러일으키기 십상이며 그로 인해 득보다는 손해를 보게 된다.

이는 도가에서 제창한 '의태意怠' 철학과도 일맥상통한다. 의태라는 새는 미련하게 푸드덕푸드덕 날갯짓하는 것 말고는 할 줄 아는 것이 하나도 없는 새였다. 다른 새들이 날아오르면 따라서 날고 저녁 무렵이면 다른 새들을 따라 둥지로 날아들었다. 나아갈 때는 선두를 다투는 새들에게 앞자리를 내어주고 물러설 때도 뒤처지지 않았다. 무엇을 먹을 때도 다른 새의 것을 빼앗지 않아 무리에서 별다른 위협을 받지 않았다. 이런 의태의 모습이 겉으로 보기에는 소극적이고 보수적으로 비칠 수 있지만 곰곰이 생각해보면 이런 태도야말로 가장 바람직한 생활방식이다. 무슨 일이건 자신을 과하게 드러내지 않아 표적이 되지 않고, 사전에 빠져나갈 퇴로를 준비하여 위험이 닥쳐도 큰 화를 피할 수 있기 때문이다. 특히 경쟁사회를 살아가는 현대인에게 의태의 철학은 가장 별 볼 일 없지만 또한 가장 효과적인 생존 방법이 아닐 수 없다.

자신을 겸허하게 낮추면 주위에 사람들이 자연스레 따르고, 자신을 스스로 높이면 필히 주위 사람들의 미움을 산다. '세 사람이 길을 가면 반드시 내 스승이 될 만한 사람이 있다'는 말을 들어보았을 것이다. 배우겠다는 마음으로 내가 먼저 타인을 존중하면 상대방은 자신의 학식이나 경험 등을 기꺼이 나와 함께 공유할 것이다. 가르침과 동시에 우애도 나눌 수가 있으니 이 말의 교훈을 깨우친 사람의 일상생활은 아마 혼자 독야청청하는 것보다 훨씬 더 즐거워질 것이다.

완전무결한 사람은 없으며 누구에게나 장단점이 있다. 이 간단한 이치를 알고 언제나 겸손함을 잃지 않는다면 나에 대한 평판이 부지불식간에 좋아지는 것은 물론, 예상치 못한 결과와 보상이 분명히 따를 것이다.

자신이 부족하다고 여기는 사람은 무슨 일을 하건 항상 마음속으로 준비를 단단히 하고 의외의 상황에 유연하게 대처할 수 있는 대비책을 마련해놓는다. 그래서 적절한 타이밍에 적절한 해결책을 제시할 줄 알고, 자신이 거둔 눈앞의 성공 앞에서 자만하지 않는다. 오히려 주변의 시선에 연연하지 않고 맡은 일에만 꾸준히 노력을 기울여 오랜 시간이 지난 뒤에 그 결실을 맺고 진짜 성공의 길로 접어들게 된다.

우리가 살아가는 요즘은 자신의 가치를 발현할 수 있는 기회가 예전에 비해 너무나 다양하다. 스스로 조금만 노력만 한다면 긍지와 자부심을 느낄 만한 성과는 얼마든지 낼 수 있다. 언제나 자신을 낮추는 겸손한 마음은 예나 지금이나 변함없이 중요한 덕목이다. 아니, 오히려 요즘 우리에게 더욱더 필요한 마음가짐일 것이다.

스스로를 크게 내세워서는 안 된다. 자신을 낮추어야 진정으로 큰 사람이 될 수가 있다. 겸손은 미덕인 동시에 언제 어디서든 진정으로 승리할 수 있는 비법이다. 인간이 겸손함을 잃는다면 거만하게 자신을 뽐내게 된다. 하지만 거만한 사람의 인생에는 실패뿐이라는 사실을 우리는 반드시 깨달아야 한다.

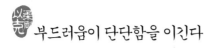 **부드러움이 단단함을 이긴다**

천 하 지 지 유
天下之至柔,

치 빙 어 천 하 지 지 견
馳騁於天下之至堅.

가장 부드럽고 유연한 것만이
가장 단단하고 견고한 것을 뚫고 들어가 다룰 수 있다.

_도덕경 43장

부드러움은 도의 가장 기본적인 표현이고 작용이다. 노자는 부드러움이란 만물에 생명력이 살아 숨쉬고 있다는 것을 보여주는 증거이며 진정한 역량의 상징이라고 보았다. 사실 가장 부드러운 것의 내면에는 종종 사람들이 눈으로 보지 못하는 거대한 힘이 축적되어 있으며, 이는 가장 강한 것으로도 맞서 이길 수가 없다.

도가는 사람들이 바람과 물처럼 부드럽고 겸허하며 포용력 있는 정신을 갖기를 제창했다. 바람과 물은 손가락 하나로도 헤집을 수 있고 모양을 바꿀 수 있어 손쉬운 상대로 보인다. 하지만 본격적으로 싸우게 되면 최후의 승자는 언제나 바람, 물과 같은 부드러움이다. 거센 바람은 나무를 뿌리째 뽑고 집을 넘어뜨리며, 세찬 물은 둑을 무너뜨

02 이유극강 강함과 부드러움, 그 조화의 지혜   59

리고 산도 집어삼킬 수가 있기 때문이다.

노자에게는 상종常樅이라는 스승이 있었다. 학식이 깊고 능력이 출중하여 무슨 문제든 자신만의 독특한 식견으로 명쾌하게 답을 제시하는 분이었다. 어느 날 상종이 병이 나 노자가 병문안을 갔다. 상종이 입을 크게 벌리며 물었다.

"보거라, 내 이가 아직 있느냐?"

노자가 대답했다.

"없습니다!"

"그럼 혀는 있느냐?"

"네, 있습니다. 혀는 아직 있습니다."

"이것이 무슨 뜻인지 알겠느냐?"

"네, 치아는 단단해서 이미 빠져버렸고 혀는 부드러워 여전히 그대로라는 뜻입니다."

"그렇지! 세상 이치가 바로 그러하다."

노자는 스승과의 대화에서 부드러움이 강함을 다스리고 이긴다는 이치를 깨달았다. 당시 많은 사람들이 이 말에 동의하지 않았지만 노자는 유약하기 그지없는 물이 세상 모든 강한 사물을 꿰뚫을 수 있다는 것을 그 예로 들었다.

사람들은 여성을 부드러움에 비유하지만, 역사 속에서는 부드러움을 이용해 무서운 살상력을 자랑한 위험한 여성들도 있었다.

강인하고 용맹한 남자도 나약해 보이는 여성에 꼼짝없이 복종할 수 있다.《사서史書》에는 은殷나라의 주왕紂王이 달기妲己를 몹시 사랑했다는 내용이 기록되어 있다.

미신에 의하면 구미호가 사람으로 변한 요부였던 달기는 아주 음탕하고 교활하며 잔인했다고 한다. 하루는 주왕과 함께 있던 달기가 저 멀리 강가에 할아버지와 손자가 바짓단을 걷어붙이고 강을 건너는 모습을 보았다. 할아버지가 차분하게 걸음을 떼는 것에 비해 손자는 차가운 얼음에 벌벌 떨며 기우뚱거리고 있었다. 주왕이 왜 그런 것인지 묻자 달기가 대답했다.

"노인네는 어른이니 뼛속이 단단하고 아이들은 아직 골수가 덜 여물어서 그래요. 안 믿기시면 불러다 다리를 잘라 보면 되지요."

주왕은 정말로 사람을 시켜 두 사람을 불러다가 그 자리에서 다리를 잘라 보았다. 달기의 말은 맞았지만, 안타깝게도 두 사람은 죽고 말았다.

또 한번은 달기와 주왕이 아이를 밴 여자와 마주쳤다. 달기가 말했다.

"보아하니 이 여자는 아들을 뱄네요. 못 믿으시면 직접 확인해보세요."

달기에게 눈이 먼 어리석은 주왕은 정말로 여자의 배를 갈라보았다. 뱃속의 아이는 달기의 말대로 아들이었지만 또다시 두 생명을 잃었다.

사람이 죽건 말건 주왕은 족집게 같은 달기의 말을 전적으로 신임하게 되었고, 달기는 신하와 왕의 사이를 이간질하기 시작했다. 그리하여 주왕은 왕을 보좌하는 삼공三公 충신 구후九候와 악후鄂候에게 각각 시체를 젓갈과 포로 만드는 형벌을 내렸고, 서백후西伯侯는 감옥에 가두었다. 주왕의 악행에 형인 미자微子가 나서서 간언했지만 들은 체도 하지 않자 미자는 주왕을 버리고 떠나버렸다. 주왕의 숙부인 비간比干이 조정에 남았지만 그는 달기의 상대가 되지 못했다. 달기가 비간의 심장에는 구멍이 일곱 개나 있다고 하니 어디 한번 보자는 말에 주왕은 거침없이 숙부의 가슴을 열어 심장을 꺼내버렸던 것이다. 심장에는 당연히 구멍이 넷뿐이었고, 주왕은 말했다.

"이번에는 네가 틀렸구나."

달기는 웃기만 할 뿐 말이 없었다. 조정에 믿을 만한 충신을 모두 제 손으로 없애버리고 폭정을 일삼자 민심은 주왕을 원망하는 목소리로 들끓었다. 급기야 주周의 무왕武王이 군사를 이끌고 진격하여 목야牧野에 이르렀고, 은나라의 병사들은 전쟁을 하기도 전에 이미 전의를 상실했다. 그리고 여자에 눈이 멀어 끔찍한 짓을 저지르던 주왕은 스스로 불 속으로 뛰어들어 최후를 맞이했다.

태극권太極拳의 동작은 가볍고 부드럽다. 하지만 일격에도 성인 남자를 바닥에 내동댕이칠 수 있다. 그 원리는 바로 '부드러움이 단단함을 이긴다'는 노자의 사상과 일치한다. 유연함으로 완강함을 다스리고 약함으로 강함을 이기는 것이다.

사람이 살아있을 때 근육과 살은 유연하지만 생을 다하면 점점 뻣뻣하게 굳는다. 만물 초목이 생장할 때는 여리고 부드럽지만 죽고 나면 질기고 딱딱하게 말라비틀어진다. 단단하고 강한 것은 죽어 있는 것과 다름없다. 생명력은 부드럽고 유연한 것에만 깃들어 있는 것이다. 굳고 견고한 나무가 금세 베이는 것처럼 자신이 강하다고 자만하는 장수는 전장에서 승리할 수 없다.

인간관계에 있어, 자신이 강하다고 해서 부드러운 사람을 업신여겨서는 안 되고 언제나 남을 부드럽게 대하며 겸손하게 자신을 낮추고 사양해야 한다. 이는 노자가 자신의 철학을 통해 우리에게 전하고 싶은 교훈이다.

사실 가장 부드러운 것의 내면에는 종종 사람들이 눈으로 보지 못하는 거대한 힘이 축적되어 있으며, 이는 가장 강한 것으로도 맞서 이길 수가 없다. 유약하다는 것은 허약하거나 연약하고 박약한 것과는 다르다. 형태상으로는 물처럼 부드럽고 힘이 없는 것처럼 보이지만, 낙숫물이 바위를 뚫듯이 그 힘은 어디에도 비할 수 없이 강하다. 유약은 만물에 내재된 생명력의 발현이다. 인생 또한 마찬가지로 유약함 속에 그 강함이 숨어있다.

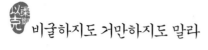
비굴하지도 거만하지도 말라

대 국 불 과 욕 겸 축 인　소 국 불 과 욕 입 사 인
大國不過欲兼畜人, 小國不過欲入事人.

부 양 자 각 득 기 소 욕　대 자 의 위 하
夫兩者各得其所欲, 大者宜爲下.

대국은 소국을 아래에 많이 두려 하지 말고 소국은 대국에 굴복하고
섬기려고만 하지 말아야 한다. 대국과 소국이 모두 원하는 바를 얻으려면
강한 쪽이 마땅히 아래로 낮추어야 한다.

_도덕경 61장

—

　노자는 사람의 존비귀천尊卑貴賤이 사계절의 변화와 같이 자연스러
운 현상이니 전혀 개의할 필요가 없다고 보았다. 그래서 존귀한 사람
은 자신의 높은 지위를 으뜸으로 여겨 거만하지 말고 신분이 낮은 사
람도 지위를 중요시하지 말라고 했다.

　또한 노자는 이러한 사고방식을 국가 간의 교류에도 적용하여 "큰
나라가 자신을 작은 나라의 아래로 여겨 작은 나라를 끌어안고, 작은
나라 역시 자신을 큰 나라의 아래로 여겨 큰 나라를 취할 수가 있다"
라고 했다. 국제 교류에서 나라의 규모가 크든 작든, 서로 평등하고
겸손한 태도로 상대국을 대하면 원활하게 합의점을 찾을 수도 있고

서로가 원하는 이익을 취할 수도 있다.

노자의 사상은 맹목적으로 명예와 이익만을 좇는 현상이 만연한 현대사회에도 시사하는 바가 크다. 예를 들어, 어떤 사람들은 자기보다 지위가 높은 사람 앞에서는 개처럼 바짝 엎드려 아첨을 하느라 바쁘고, 자기보다 못하다고 생각되는 사람에게는 마치 자신이 왕인 양 위세를 부리며 거드름을 피우기 일쑤다. 또 어떤 사람들은 자기와 비슷한 처지의 사람들을 대할 때는 지극히 정상적이고 자연스럽지만, 지위가 높은 사람을 만나면 과하게 긴장하고 조심스러워지며 열등의식에 빠지고 반대로 지위가 낮은 사람을 만나면 곧바로 여유만만하고 자신감이 넘치며 심지어 무례한 행동을 하기도 한다.

상대방에 따라 태도를 달리하는 것은 당연히 불합리한 처사이다. 위에서 언급한 노자의 사고방식을 직장 내 상하관계에 있는 두 사람의 커뮤니케이션 방식에 적용해보자. 상급자는 '내가 윗사람이니 아랫사람이 당연히 나를 따라야 한다'는 자아도취에 빠져서는 안 된다. 아랫사람에게 명령, 훈계를 하기보다는 먼저 편안하고 친근한 태도로 다가가도록 노력해야 한다. 그렇다면 하급자도 마음의 문을 활짝 열고 상급자를 대할 것이다. 대화와 소통은 쌍방 간에 이루어지는 가장 기본적인 활동이다. 마음이 먼저 통한다면 다음 단계의 교류는 당연한 수순이다.

상대방을 향한 평등한 대우는 커뮤니케이션의 내용 외에도 말투, 어조, 표정, 몸짓 등에서 드러난다. 그러므로 이를 대수롭지 않은 일로 치부해버리거나 상하관계에 아무런 상관이 없는 개인의 습관으로만 여겨서는 안 된다. 사실 하급자가 상급자에게 친근감을 느낄 수 있느냐 없느냐는 이런 태도에서 기인하는 경우가 많다. 또한, 하급자와 대화를 할 때 상급자가 첫머리를 어떻게 시작하느냐는 꽤나 중요하다. 상대방의 평소 일상이나 가정사 등에 관해 편안하게 이야기를 꺼내면 부담감과 어색함은 확연히 줄어들 것이다. 그리고 "이게 뭐야?", "일을 이따위로 한 거야?" 등의 부정적이고 인신공격적인 태도는 금물이다.

혹시 아랫사람이 획기적인 아이디어를 보고하는 경우에는 의견을 덧붙이거나 일반론적인 격려를 하는 것이 좋다. "이런 시도는 아주 좋네, 모두에게 의견을 구해보도록 하지, 좋은 소식이 있으면 언제든지 알려줘." 그 문제에 관해 직접 언급하지 않으면서도 칭찬과 긍정의 여지를 남기는 것이다. 보고 중에 타당하지 않은 곳을 발견하더라도 무작정 질책하지 말고 권고와 건의의 어투로 신중히 검토하도록 타일러야 한다. "이 문제는 다른 시각으로 접근해보겠나, 예를 들어……, 이건 내 개인적인 의견이니 참고하게." 이런 말은 상대방을 지적하는 말이지만 주도권을 여전히 하급자의 몫으로 남겨두는 존중의 태도이기 때문에 듣는 사람도 거부감 없이 받아들일 수가 있다.

그렇다면 하급자는 상급자에게 어떻게 해야 할까. 너무 두려워하거나 안절부절못한 태도, 또는 과하게 복종하고 무슨 말이든 감히 반박하지 못하고 수동적으로 받아들이기만 하는 태도는 좋지 못하다. 상급자가 자신을 편하게 대하는 만큼, 활달하고 솔직하며 자신감 넘치는 모습이 좋을 것이다.

결국 사람을 대할 때 가장 좋은 것은 스스로 비굴하지도 거만하지도 않는 것이다. 이는 사람으로서 따라야 할 도리이면서 동시에 사회생활을 하면서 지켜야 할 기본적인 원칙이기도 하다. 타인과 다투지 않고 자신보다 강한 힘에 무릎꿇지 않으며 남을 괴롭히지도 않는 것, 오만하게 남을 업신여기지 않으면서 스스로 비굴하게 굽실거리지 않는 것. 이것이 바로 우리가 갖추어야 할 깨끗하고 정직한 군자의 모습일 것이다.

잘난 체하고 타인을 깔보는 태도로는 누군가와 친해지기 어렵다. 또한 스스로를 하찮게 여기는 나약한 태도는 다른 사람의 경멸과 업신여김을 받을 뿐이다. 오만하지 않고 남에게 아첨하지도 않되, 나부터 나서서 누구든 무엇이든 차별 없이 평등하게 대하자.

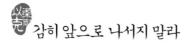 감히 앞으로 나서지 말라

불 감 위 천 하 선   고 능 성 기 장
不敢爲天下先, 故能成器長.

감히 세상 사람들에 앞서지 말아라. 그래야 사람들에게 존경받는
우두머리가 될 수 있다.

_도덕경 67장

—

노자는 자신에게 세 가지 보물이 있는데, 그중에 하나가 '천하에 앞
서지 않는 태도'라고 했다. 이는 세상 사람 앞에 아예 나서지 않는 것
이라기보다는 앞자리를 다투지 않고 겸손하게 사양하는 것을 말한다.
노자는 부드러운 것이 강한 것을 이길 수 있는 것처럼 앞서지 않음으
로써 오히려 천하의 으뜸이 될 수 있다고 생각한 것이다.

춘추春秋시대, 제경공齊景公의 수하에 공손접公孫接, 전개강田開疆, 고야
자古冶子라는 세 용사가 있었다. 이 세 사람은 자신의 공로가 드높다고
여겨 날이 갈수록 오만방자하여 그 콧대가 하늘을 찔렀다. 안영晏嬰이
라는 재상은 그들이 더 날뛰는 것을 막기 위해서 그들을 아예 없애버릴

68

것을 제경공에게 권했다. 하지만 제경공은 세 사람의 무예가 출중하여 쉽지 않을 것이라며 난처해했다. 그러자 안영은 세 사람을 처리하기 위한 묘책을 내놓았다.

어느 날, 안영이 복숭아 두 알을 준비해 세 사람에게 이렇게 말했다.

"주공께서 가장 용감한 자에게 내린 하사품이네. 공로가 가장 큰 사람부터 하나씩 가져가면 되겠네."

공손접이 먼저 말했다.

"나는 일전에 주공을 모시고 사냥을 나가 멧돼지와 호랑이를 제압한 적이 있으니, 내가 하나를 먹는 게 당연하오."

전개강이 말을 이었다.

"나는 나라를 위해 남북의 전쟁터로 나가 혁혁한 전공을 세웠으니 나도 하나 먹어야겠소."

두 사람이 각기 복숭아를 나눠가진 것을 본 고야자는 화가 머리끝까지 나서 펄펄 뛰었다.

"나는 주공의 목숨을 구한 적이 있는데 복숭아 하나도 얻어먹지 못하다니, 이런 모욕이 어디 있단 말인가!"

그러고는 칼을 뽑아 그 자리에서 자결을 하고 말았다. 공손접과 전개강이 깜짝 놀라더니 자신들이 내세운 공을 부끄러이 여겼다.

"우리의 공이 고야자보다 못한데 먼저 복숭아를 나누어 가졌으니, 탐욕스럽기 짝이 없었소. 오늘 이 자리에서 죽지 않는다면 어찌 용감하다 할 수 있겠소."

이렇게 말을 마친 두 사람도 그 즉시 칼을 뽑았다.

안영은 사람의 자만심과 공명심을 이용하여 복숭아 두 개로 손가락 하나 까딱하지 않고 세 용사를 처리할 수 있었다.

승부욕이 강한 사람은 쉽게 싸움에 말려들고 불화를 일으킨다. 이세 사람이 만약 앞자리를 다투지 않는 겸손함의 도리를 알았다 하더라도 이렇게 허무하게 황천길로 떠났을까?

강해지려 할수록 강해지기는 더 힘들다. 진정한 강자는 약하고 강함을 다투지 않는 사람이다. 물론 누가 자신을 해하더라도 아무 반항도 못한 채 억울하게 당하고만 있으란 말은 아니다. 단지 자신을 너무 과신하여 사소한 재주를 뽐내며 사사건건 남들 앞에 나서서 윗사람의 총애를 받으려고 애쓰지 말라는 말이다. 무슨 일을 할 때는 성급하게 돌진하지 말고 돌아가는 형편을 상세하게 살펴야 한다. 그리고 적절한 타이밍에 자신의 능력을 발휘하고 언제나 주변 사람을 돕고 나서야 한다.

모난 돌이 정 맞는다고 했다. 남들보다 앞서려는 마음이 급한 사람은 작은 성공에 쉽게 도취되고 그로 인해 스스로에게 화를 부른다.

우리 인생에는 수많은 위험이 도사리고 있다. 그중에서도 교만과잘난 척은 가장 경계해야 할 대상이다. 인생이 바닥을 치는 것은 불행한 일이지만, 대신에 더 이상 내려갈 곳이 없으므로 무슨 일을 하든지 위험부담도 적다. 반대로 하늘 높은 줄 모르고 자만이 하늘을 찌르며 마치 온 세상이 자기 것인 냥 제멋대로 활보하는 때가 가장 무섭고 위험한 순간이다. 사람이 교만하기 시작하면 제아무리 출중한 재주가 있다고 하더라도 절대 좋은 결말을 보지 못한다.

《삼국지연의三國志演義》에 등장하는 관우關羽는 용맹하고 위풍당당하여 적의 머리를 베는 것쯤은 식은 죽 먹기였다. 청淸대 모종강毛宗崗, 삼국지연의의 새로운 판본을 간행한 문인_역주은 관우를 이렇게 묘사할 정도였다. "명장이 구름처럼 많지만 누구의 출중함도 운장雲長, 관우의 자_역주만 못하다." 모종강은 관우가 고래로 가장 최고의 기인이라고 치켜세웠다. 하지만 백만 군사를 벌벌 떨게 만드는 풍운의 삶을 살았던 이 영웅의 최후는 무척 비참했다.

나관중羅貫中, 삼국지연의를 저술한 원명 교체기의 작가_역주은 관우를 두고 "용이 여울목으로 내려오면 새우에게 조롱을 당하고 봉황이 새장에 갇히면 새에게 괴롭힘을 당한다"고 했는데, 사실 따지고 보면 관우는 무척이나 오만한 캐릭터였다. 제갈량이 마초馬超를 발탁했을 때, 관우는 "어떻게 마초를 자신과 나란히 할 수 있느냐"며 줄곧 불만을 표시했다. 손권孫權이 그의 집안에 혼사를 제안했을 때도 "범의 딸을 어떻게 개의 아들에게 시집보낸단 말인가" 하고 단박에 거절했다. 자존심이 너무나 강했던 관우는 원한을 사고 적을 얕잡아 본 자신의 치명적인 약점을 죽을 때까지 깨닫지 못했다.

자부심이 강한 사람들 중에는 보통 남들보다 어떤 방면에서 뛰어난 재능을 보이는 경우가 많다. 그래서 더욱 자기가 잘나고 가치 있는 사람이라고 생각한다. 하지만 누구에게나 장점과 단점이 공존한다. 자신의 단점은 보지 못하고 남의 단점만을 비웃는 것은 결국 스스로의 발전을 옭아매는 밧줄이 될 수도 있다.

한 사람의 능력이 아무리 뛰어나도 언젠가는 한계에 이른다. 주변 사람들의 지속적인 도움과 지지가 없다면 영웅이라 한들 혼자서 아무것도 이루지 못한다. '내 사전에 불가능이란 없다'고 외쳤던 나폴레옹이 알프스 산맥을 넘을 때의 위용은 실로 대단했지만 그 뒤에는 영웅을 믿고 따른 병사들이 있었다는 사실을 잊어서는 안 된다. 만약 이 병사들이 없이 혼자 산을 넘었다면 그가 남긴 명언이나 업적 또한 존재하지 못했을 테고, 영웅 대접은커녕 미친 사람 취급을 받지 않았을까.

겸손을 모르는 오만방자함의 결과는 이렇게 불을 보듯 뻔하다. 그러므로 언제나 스스로가 자만하지 않도록 경계해야 한다. 역사상 큰 일을 이룬 사람들은 예외없이 모두 겸손하고 겸허했다. 그들은 자신이 이룬 것에 도취되어 본분을 망각하지 않았고, 오히려 스스로를 더 낮추어 타인의 가르침을 구하고 그들의 우수한 면을 거울로 삼아 자기가 부족한 점을 더욱 갈고 닦았다.

겸손함은 미덕이다. 다른 사람에게 잘 보이고 겸손하다는 말을 듣기 위한 거짓 행동은 저급한 허위, 허세일 뿐이다. 이를 명심하고 내 안에서부터 진실한 겸손함과 겸허함을 갖추기 위해 노력하자.

존경받는 사람이 되기 위해서는 스스로 앞서지 말아야 한다. 강해지려 할수록 강해지기는 더 힘들다. 진정한 강자는 약하고 강함을 다투지 않는 사람이다.

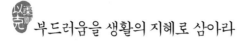
부드러움을 생활의 지혜로 삼아라

천 하 막 유 약 어 수 이 공 견 강 자 막 지 능 승 이 기 무 이 역 지
天下莫柔弱於水, 而攻堅强者莫之能勝, 以其無以易之.

약 지 승 강 유 지 승 강 천 하 막 부 지 막 능 행
弱之勝强, 柔之勝剛, 天下莫不知, 莫能行.

세상에 물보다 부드러운 것은 없지만, 굳고 단단한 것을 부수기에는 물을
이길 만한 것이 없다. 물은 정형화 되지 않은 자신의 부드러운 성질과 힘으로
다른 강한 것들을 변화시킨다. 약한 것은 강한 것을 이기고 부드러운 것은
단단한 것을 이긴다. 이 이치는 천하에 모르는 사람이 없건만
이를 몸소 실천하는 이는 없다.

_도덕경 78장

이솝우화에는 바람과 햇님의 이야기가 나온다. 둘은 지나가는 행인
의 외투를 먼저 벗기는 쪽이 이기는 힘겨루기 내기를 걸었다. 바람이
먼저 행인의 옷을 벗기려고 쌩쌩 불어 닥쳐 힘자랑을 했지만 행인은
옷을 더 꽁꽁 여몄다. 햇님은 따뜻하고 부드러운 햇볕을 내리쬐었고
행인은 더운 날씨에 곧바로 외투를 벗어버렸다.

부드러움이 강함을 이긴다는 진리가 동서고금을 막론하고 통용된
다는 사실을 잘 알려주는 이야기이다.

02 이유극강 강함과 부드러움, 그 조화의 지혜 73

요堯임금이 통치하던 시기, 대홍수가 나서 나라가 무려 이십이 년간이나 물난리로 몸살을 앓았다. 요임금은 곤鯀에게 물을 다스리는 일을 맡겼고, 곤은 9년의 세월 동안 고심한 끝에 홍수로 인한 문제를 해결하기 위해서 물을 막고 커다란 제방을 쌓았다. 하지만 결과는 실패였다. 결국 곤의 아들 우禹가 그 대업을 잇게 되었다. 우는 물을 막는 방법 대신, 물이 흐르는 자연의 이치에 따라 물길을 정비하고 수리시설을 확충하는 방법으로써 홍수를 성공적으로 다스릴 수가 있었다.

중국의 현명한 사람들은 예로부터 부드러움으로 강함을 이기는 지혜를 얻고자 노력했다. 강인함 속에 유연함을 품고, 부드러우면서 강한 것이 서로 조화를 이루며, 어느 것에도 편중되지 않고 중용을 지키는 것을 이상적인 생활방식으로 삼은 것이다. 이런 중국인의 사상은 태극도太極圖에서 잘 드러난다.

태극도는 둥근 원 안에 양陽을 상징하는 하얀색과 음陰을 상징하는 검은색이 대칭을 이루어 서로 꼬리를 문 물고기처럼 그려져 있다. 하얀 물고기는 까만 물고기의 꼬리를 감싸고 까만 물고기는 하얀 물고기의 꼬리를 감싸 하나의 원형을 이루며, 이는 시작도 끝도 없고 전후좌우도 없으며 높고 낮음도 없는 상태를 나타낸다. 하얀 물고기 안에는 까만 점이 있고 까만 물고기 안에는 하얀 점이 찍혀있는데, 음과 양의 융합, 변화를 나타내며 이를 극대화, 촉진하는 역할을 한다. 이 작은 태극도 문양을 들여다보고 있으면 그 속에 담긴 우주의 철학 즉, 조화와 융합이 우리 삶에 가치 있는 규범이라는 사실을 부인할 수가 없다.

태극도 문양이 나타내는 융합의 철학은 과거로부터 지금까지 여전히 유효하다. 조화와 융합을 기반으로 한 통치는 중국 역사 속에서 종종 '유도柔道'의 형태로 나타났는데, 유도는 나라를 통치하고 백성을 다스리는 가장 훌륭한 방법이다.

유도는 강도剛道보다 더욱 효과적이며 그 영향력도 오랫동안 유지할 수가 있다. 《삼국지연의》를 읽어본 사람이라면 '칠금맹획七擒孟獲, 일곱 번 잡힌 맹획_역주'이라는 일화를 알 것이다. 제갈량은 붙잡은 맹획을 단번에 죽이지 않고 계속해서 놓아주었고 맹획은 결국 일곱 번이나 잡히고서 제갈량에 회유 당한다. 제갈량은 부드러움으로 상대편 장수를 사로잡는 전략을 써서 기세 높던 적을 꺾었을 뿐만 아니라 촉蜀나라 변방을 안정시키려던 목적을 달성하고 북벌에 온 힘을 쏟을 수가 있었다.

역경을 딛고 일어선 사람이라도 홀로 서는 것은 녹록치가 않다. 이는 마치 우리 몸이 뼈대만 가지고는 사람이 될 수 없는 것과 같다. 건강하고 활력 넘치는 신체를 이루기 위해서는 신선한 피와 살이 든든하게 뼈를 받치고 있어야 한다. 부드러운 피와 살로써 사람이 꼿꼿이 서 있을 수 있는 것이다.

부드러움은 나약함도 부족함도 아니다. 성숙함의 표상이며 인간의 매력이다. 부드러움으로 강함을 이기고 극복하는 이치를 잘 깨달아 우리 모두가 성숙한 인간으로 거듭나기를 바란다.

부드러움은 나약함도 부족함도 아니다. 성숙함의 표상이며 인간의 매력이다. 강인함 속에 유연함을 품고, 부드러우면서 강한 것이 서로 조화를 이루며, 어느 것에도 편중되지 않고 중용을 지키는 것은 이상적인 생활방식이다.

유연한 마음으로 오래 버텨라

수 국 지 구　시 위 사 직 주
受國之垢, 是謂社稷主.

수 국 불 상　시 위 천 하 왕
受國不祥, 是謂天下王.

나라의 허물을 받아들일 수 있는 사람만이 한 나라의 군주가 될 수 있으며,
나라의 우환을 감당할 수 있는 사람만이 천하의 우두머리가 될 수 있다.

_도덕경 78장

한 사람이 고통을 얼마나 잘 견디고 이겨낼 수 있느냐는 그 사람의
성패를 결정한다. 고통과 어려움을 이겨내는 능력이 강하면 강할수록
그 고통이 우리를 짓누르는 힘은 약해진다. 몸이 허약하다고 해도 무
슨 일이든 차분하고 유연하게 대처할 수 있는 정신력만 갖추고 있다
면 이겨내지 못할 것은 없다. 물론 성공에는 감당해야 할 무게가 있
고, 큰일을 맡을수록 그 짐은 더욱 무거워질 것이다.

고대 그리스에 디오니시우스라는 왕이 있었다. 그가 통치하는 시라쿠
사는 시칠리에서 가장 부유한 도시였다. 그의 어마어마한 부와 권력을

모든 사람들이 부러워했고, 친한 친구인 다모클레스 역시 그를 부러워하여 이렇게 말했다.

"자네는 정말 행운아야, 사람들이 바라는 모든 것을 가졌지 않은가. 자네는 아마 세상에서 가장 행복한 사람일 것이네."

디오니시우스가 그 말을 듣고 다모클레스에게 말했다.

"정말로 내가 다른 사람들보다 행복할 거라 생각하나?"

"그렇고말고. 자네가 가진 이 엄청난 부와 권력을 보게. 무슨 걱정이 있나. 이보다 더 만족스러운 삶이 어디 있겠나?"

"그렇다면 어디 나와 한번 자리를 바꾸어 보세나."

"아, 나는 그런 생각은 해 본 적도 없네. 그래도 단 하루만이라도 자네의 부와 행복을 가져볼 수 있다면 소원이 없을 것 같군."

"좋아, 하루만 바꿔보자고. 그럼 알게 될 걸세."

그렇게 다모클레스는 일일 왕노릇을 하기 위해 왕궁으로 들어섰다. 왕의 옷을 입고 연회장에 들어선 다모클레스 앞에는 산해진미가 가득했고 예쁜 꽃장식과 향기로운 술, 눈길을 사로잡는 무희들의 춤이 끝도 없이 펼쳐졌다. 그의 옆에는 수많은 하인들이 분부를 기다렸다. 왕좌에 오른 다모클레스는 자신이 세상에서 제일 행복한 사람이 된 것 같았다. 그래서 곁에서 자기를 지켜보는 디오니시우스에게 말했다.

"하아, 바로 이거야. 나는 평생을 지금처럼 이렇게 실컷 즐겨본 적이 없었다네."

다모클레스가 술잔을 높이 치켜든 순간, 머리 위 천장의 꽃장식이 눈에 들어왔다. 그런데 그곳에 길쭉한 무언가가 대롱대롱 매달려 있는 것이 아닌가? 게다가 그 뾰족한 끝은 바로 자신의 머리를 향하고 있었다. 그의 머리를 겨누고 있는 것은 날카로운 검이었다.

다모클레스는 그 자리에서 굳어버렸다. 웃음기가 가신 얼굴은 창백하게 질리고 두 손은 벌벌 떨리고 있었다. 맛있는 음식도 향기로운 술도 아름다운 음악도 다 필요 없었다. 그는 왕궁을 당장 벗어나 멀리 도망가고 싶은 심정이었다.

그 검은 한 가닥의 말총에 아슬아슬하게 묶여 자신의 양 미간 사이를 조준하고 있었다. 다모클레스는 당장이라도 도망가고 싶었지만 갑자기 움직였다가는 가느다란 말총이 끊어져 검이 떨어져 내릴 것만 같아 섣불리 움직이지 못하고 참을 수밖에 없었다. 잔뜩 긴장한 채 의자에 앉은 그를 보고 디오니시우스가 물었다.

"자네, 왜 그러는가? 입맛이 없어 보이는군."

"저 칼! 칼 좀 보게! 저거 보이나?"

"당연히 보이지. 매일매일 보고 있다네. 줄곧 내 머리 위에 매달려 있었지. 언제 줄이 끊어질지 모른다네. 혹은 누가 내 권력을 욕심내어서 줄을 끊어 나를 죽일 수도 있고 말이네. 그런데 저 칼이 아니라도 누가 유언비어를 퍼트려 나를 모함할 수도 있는 것이고, 혹은 주변 나라 국왕들이 자객을 보내 나의 왕위를 위협할 수도 있다네. 통치자가 되어 권력을 누리고 싶으면 이런 위험을 모두 감수해야 하지 않겠나. 불안과 권력은 항상 함께하게 마련이니까."

"알았네, 모두 알겠어. 내가 잘못 생각했군. 자네에게는 부귀영화만 있었던 것이 아니라 근심과 걱정 역시 가득했군. 어서 자네의 자리로 돌아가게. 나도 집으로 돌아가겠네."

그날 이후, 다모클레스는 다시는 왕이 되고 싶어 하지 않았다.

'다모클레스의 검'이라고 불리는 이 이야기는, 성공을 바라는 사람이 그에 따르는 책임과 부담감까지 모두 감당해야 한다는 교훈을 담고 있다. 무슨 일이든 성공의 배후에는 우리 눈에 보이지 않는 정신적인 노력과 스트레스가 동반된다. 이를 모르고 성공을 향해 덤빈 많은 사람들 중 대부분은 그 책임을 감당하지 못해 다모클레스처럼 도망치기도 한다.

일의 성공은 감당하고 책임지는 데서부터 시작한다. 여기서 중요한 것은 책임을 지는 사람이 바로 자기 자신이어야 한다는 점이다. 한 사람이 자기 자신을 책임지고, 자신과 관련된 모든 일을 책임져야 한다고 깨닫는 것은 스스로를 더 나은 모습으로 바꾸어나가겠다는 의지가 생겼다는 것을 뜻한다. 이때 비로소 그 사람은 스스로를 성공시킬 수 있는 기회를 얻게 되는 것이다.

맹자도 이런 말을 했다. "하늘은 장차 큰 임무를 맡길 사람의 마음을 괴롭히고 살과 뼈를 힘들게 하며 굶주리고 궁핍하게 하여 그가 하려는 일을 어지럽게 만든다. 이는 그의 참을성을 단련시켜 능히 하지 못한 것들을 감당할 수 있게 한다."

성공으로 가는 길은 순탄하지 않다. 세상이라는 무대의 가운데에 우뚝 선 사람들의 대다수가 수많은 좌절과 시련을 겪었다.

인내는 쓰고 그 열매는 달다고 하지 않던가. 우리가 감당하는 수많은 것들은 모두 자기 자신의 미래를 위한 경험을 쌓는 과정이다. 명검은 수백 수천 번의 담금질을 해야만 예리하게 다듬어지는 법이다. 생활의 조그마한 어려움도 이겨내지 못한다면 아마 영원히 명검이 되기는 힘들 것이다. 스스로에게 반문해보자. '나는 얼마나 성공할 수 있을 것인가? 그리고 얼마나 이겨낼 수 있을 것인가?'

큰일을 이루어낸 사람은 보통 사람들이 상상할 수 없는 고통과 인고의 시간을 이겨낸 사람들이다. 삶이란 이겨내고 버티는 시간의 연속이고, 우리는 이를 최대한 잘 이겨낼 수 있도록 수련해야 한다. 무엇이 닥치든 다 받아들이겠다는 유연한 마음가짐으로 시련을 이겨내야만 강하고 큰 사람이 될 수 있다. 무슨 일이든 차분하고 유연하게 대처할 수 있는 정신력만 갖추고 있다면 이겨내지 못할 것은 없다.

03 自知者明

자지자명

다른 사람을 잘 아는 사람은 지혜롭지만, 자기 자신을 잘 아는 사람은 현명하다. 남을 이기는 사람은 힘이 셀 뿐이지만, 스스로를 이겨내는 사람은 진정으로 강한 사람이다. 지피지기, 즉 남을 알고 나를 아는 것은 바로 지혜로운 사람이 되는 지름길이다. 아는 것은 세계를 본질적으로 인식한다는 뜻이며 앎은 무한하고 객관적이다. 우리가 세계를 정확하게 인식하고 자신의 투철한 견해를 가지려면 도를 깨우쳐야 한다. 그렇게 자신을 알고 남을 알게 된 사람만이 진정으로 깨달은 자라 할 수 있다.

언행과 행동거지에도 수행이 따른다

선 행　무 철 적
善行, 無轍迹.
선 언　무 하 적
善言, 無瑕謫.

잘 걷는 사람은 흔적을 남기지 않고, 잘 말하는 사람은 흠잡을 데가 없다.

_ 도덕경 27장

뚜벅뚜벅 잘 걸어가는 사람은 자신이 지나간 흔적을 남기지 않는
다. 말을 청산유수로 잘 하는 사람은 말에 허점이 없다. 사람의 수양
이 일정 정도에 이르면 무슨 일이든 완벽하게 해낼 수가 있는 법이다.

수양이 깊어지면 최고의 선善에 도달하고 마음속에서 허위와 가식
이 사라진다. 그렇다면 무슨 일, 무슨 말을 할 때 본성이 나타나더라
도 결코 다른 사람의 뜻을 거스르지 않는다.

진정한 실력자는 자신의 진면목을 사람들 앞에 드러내지 않는다고
들 한다. 이는 잘 걷는 사람이 자신이 지나간 흔적을 남기지 않는 것
과 같은 맥락일 것이다. 그래서 겉으로만 보아서 숨은 실력자를 알아
채기란 어렵다. 진짜 고수들은 실력이 아무리 뛰어나도 언제나 겸손

하고 남들에게 으스대지 않기 때문이다.

20세기 초, 런던에서 중국의 명화전시회가 개최된 적이 있었다. 전시 조직위원회에서는 이 분야의 권위자를 선정해 난징과 상하이의 박물관에서 명화를 선별하도록 했고, 차이위안페이蔡元培 선생과 린위탕林語堂 선생이 선별작업에 참여하게 되었다.

그런데 함께 작업을 하게 된 프랑스의 중국학자 폴 펠리오Paul Pelliot가 스스로를 중국통이라 자처하며 작품을 고르는 내내 한시도 쉬지 않고 지식을 뽐냈다. 그는 자기가 중국에 대해서 얼마나 잘 아는지 자랑하기 위해서 차이위안페이 선생에게 말했다.

"이 송대 그림은 비단의 빛깔이 참 좋습니다, 이 그림은 휘종의 진품이 틀림없군요."

린위탕 선생이 차이위안페이 선생의 표정을 살펴보니 차이 선생은 찬성도 반대도 하지 않고 그저 공손한 태도로 조용히 대답할 뿐이었다.

"맞습니다, 그렇군요."

차이 선생의 얼굴은 아주 평온하고 침착했다. 그러자 폴 펠리오가 무언가를 깨달은 듯, 할 말을 잃고 불안해하기 시작했다. 차이 선생의 여유만만한 표정과 태도에서 혹시 자기가 무슨 실수를 하지는 않았는지 걱정이 되었지만 무엇을 잘못했는지 알 수가 없기 때문이었다.

살면서 가장 중요한 일 중에 하나가 바로 입단속이다.《수호전水滸傳》에는 임충林沖과 홍교두洪教頭의 대결이 등장한다. 임충은 홍교두에게 고개를 숙여 예를 다했지만 홍교두는 자기가 제일 잘났다는 표정으로 임충을 거들떠 보지도 않았다. 무예 대결을 할 때도 임충이 뒤로 물러서 양보를 했지만, 홍교두는 임충이 정말로 봉을 다룰 줄 모르는 줄 알고 무시하며 더욱 덤벼들었다. 그런데 사실은 임충이 실력을 숨긴 고수라는 것을 어떻게 알았겠는가. 그가 점잖게 발톱을 숨긴 채 엎드려 있었던 까닭에 홍교두는 그가 실력이 형편없을 것이라고 단정지은 것이다. 이처럼 뛰는 놈 위에 나는 놈이 있다는 사실을 모르고 천방지축으로 날뛰는 사람은 결국 자신 밖에 볼 줄 모르는 건방지고 어리석은 사람이 되고 만다.

말은 그 사람의 수준과 교양을 드러낸다. 말에 실수가 없는 사람은 신중하고 조심스러운 사람이며 이런 사람은 무슨 일을 해도 꼼꼼하고 빈틈이 없다. 그러므로 말을 할 때는 각별히 유의해서 교양 있는 모습을 보여야 한다.

살면서 가장 중요한 일이 입단속이라고 하는 것은 두 가지 이유 때문이다. 하나는 먹는 것을 조심해야 한다는 뜻이고, 다른 하나는 말을 조심해야 한다는 뜻이다. 말이 입 속에 있을 때는 내가 주인이지만 입 밖으로 내뱉고 나면 반대로 내가 말의 노예가 된다. 이미 내뱉은 말은 다시 되돌릴 수가 없기 때문이다. 그러므로 말은 언제나 신중하게 최대한 적게 하는 것이 좋다. 쓸데없는 말을 주절주절 늘어놓는 것보다 간결한 한 마디로 정곡을 찌르거나 침묵을 지키는 것이 더 강한 힘을 발휘하지 않는가.

요즘 사람들은 말을 너무 많이 해서 방금 자기가 무슨 말을 하고 있었는지를 잊어버리기도 한다. 그리고 의식의 흐름대로 아무 말이나 하다 보니 스스로 자기 무덤을 파기도 하고 남에게 상처를 주기도 한다.

'침묵은 금이다, 말은 적게 할수록 좋다, 빈 수레가 요란하다' 등 말에 관한 속담이나 명언은 심심치 않게 들어보았을 것이다. 이런 속담은 말을 함부로 하지 않는 것의 중요성을 강조하고 말을 적게 해서 화를 피할 수 있다는 삶의 철학을 깨우쳐준다.

'빈 수레가 요란하다'는 말은 말만 번지르르할 뿐 내적인 수양이 부족한 사람을 이르는 말로, 말하기를 좋아하는 사람을 엄하게 꾸짖는 표현이다.

중국에는 '말이 많으면 반드시 실수한다言多必失, 언다필실'는 말이 있다. 이는 설명할 필요도 없이 당연하다. 말을 가려서 하는 사람은 공연한 말로 인해 말썽이 일어나는 일도 없고 언제나 겸손하기 때문에 남에게 책잡힐 일도 없다. 하지만 수다스럽고 떠벌리기를 좋아하는 사람은 쉬이 다른 사람에게 결례를 범하게 되고 공연히 분란을 일으켜 다른 사람에게 보이지 않아도 되는 자신의 나쁜 모습까지 전부 드러내게 된다.

위와 비슷한 맥락으로 '화禍는 입으로부터 나온다禍從口出, 화종구출'는 말도 있다. 남에게 과도한 참견이나 지적을 하고 필요 없는 말까지 하게 되면 상대방에게 쉽게 상처를 주게 되고 더 나아가서 자기 자신에게까지 예상치 못한 문제를 일으키게 된다. 삼국三國 시기의 양수楊修의 죽음이 그 전형적인 예이다. "다섯 수레의 책을 읽어 학식이 풍부하고 문재가 뛰어나다"는 평가가 아깝지 않을 만큼 재주가 출중한 양수였지만, 자신의 실력만 믿고 설치다가 조조의 심기를 건드려 비명 횡사하고 말았던 것이다.

사람의 언행은 그 사람의 교양과 자질을 드러내는 만큼, 사소한 행동이나 가볍게 던진 말 한 마디가 그 사람의 성패를 좌우하기도 한다. 평소 언제나 말과 행동에 주의하는 버릇을 들여 끊임없이 심신을 수양하고 아름다운 삶을 영위할 수 있도록 노력하자.

수양이 깊어지면 최고의 선善에 도달하고 마음속에서 허위와 가식이 사라진다. 그렇다면 무슨 일, 무슨 말을 할 때 본성이 나타나더라도 결코 다른 사람의 뜻을 거스르지 않는다.

스스로를 알아야 비로소 강한 사람이다

지 안 자 지   자 지 자 명   승 인 자 유 력   자 승 자 강
知人者智, 自知者明. 勝人者有力, 自勝者强.

다른 사람을 잘 아는 사람은 지혜롭지만, 자기 자신을 잘 아는 사람은 현명하다.
남을 이기는 사람은 힘이 셀 뿐이지만, 스스로를 이겨내는 사람은
진정으로 강한 사람이다.

_도덕경 33장

—

　노자는 남을 아는 것과 스스로를 아는 것, 남을 이기는 것과 스스로를 이겨내는 것을 견주어 후자가 전자에 비해 훨씬 어렵다고 했다. 노자에게는 진정한 지혜로움이란 바로 자기 자신을 아는 것이고 진정한 현명함은 자신의 마음속으로부터 확실하게 깨닫는 것이었다. 남을 아는 사람은 그저 외부세계를 이해하는데 그치는 데 반해 자신을 아는 사람은 사리에 밝고 성품이 어질다. 남은 알고 자신을 모르는 사람은 헛똑똑이일 뿐이다. 진정으로 현명한 사람은 남과 자기 자신을 모두 명확하게 이해하고 인식하는 사람이다.

　지혜로움智이란 외부세계에 관한 인식의 표출이며 후천적으로 형

성되는 것이다. 외부세계의 외재적인 현상에 대해서 이해하고 인식하는 것으로서, 이는 유한有限하고 주관적인 성질을 갖고 있다. 현명함明은 세계의 본질에 대한 우리의 인식이며 무한無限하고 객관적인 성질을 띤다. 세계를 정확하게 인식하고 자신의 투철한 견해를 가지려면 도를 깨우쳐야 한다. 그렇게 자신을 알고 남을 알게 된 사람만이 진정으로 깨달은 자라 할 수 있다.

인간은 언제나 자신이 옳다고 생각한다. 그리고 자기가 다른 사람을 잘 이해한다고 생각한다. 하지만 실제로 남을 잘 알고 이해하는 사람은 많지 않으며, 그래서 노자는 남을 잘 아는 사람을 아주 똑똑한 사람이라고 했다. 하지만 남을 아는 것만으로는 부족하다. 우리는 자기 스스로도 알아야만 한다. "사람이 귀한 것은 스스로를 아는 현명함 때문이다"라는 말처럼 노자 역시 이 문제에 천착했다. 자신을 명확하게 인식하고 대함으로써 총명하고 지혜로울 수 있으며 그때야 인간은 비로소 귀한 존재라는 것이다.

자신이 이미 모든 것을 잘 알고 있으며 모든 것이 명확하고 정확하다고 착각하는 것은 우매하고 어리석은 생각이다. 다른 사람을 잘 이해하고 관리하고 이끄는 사람도 정작 자신에 관해서는 전혀 알기가 어렵고 또 안다고 해도 컨트롤하기란 쉽지 않다. 그럴수록 나를 알아야만 한다. 나의 장단점을 똑바로 보아야 장점을 극대화하고 단점을 극복할 수 있기 때문이다.

옛날, 남기南岐라는 산골짜기에 작은 마을이 있었는데 그곳 사람들은 외부와 왕래가 거의 없었다. 이 골짜기의 물맛은 특히 달아서 맛이 좋았지만 오랫동안 마시게 되면 요오드 결핍으로 갑상선이 부어올라 목이 두꺼워지는 병에 걸렸다. 그래서 이 마을 사람들은 한 사람도 빠짐없이 모두 이 병에 걸려있었다.

어느 날, 산골짜기를 찾아온 외부 사람이 있어서 마을 사람들 남녀노소 모두가 외지인을 구경하기 위해서 한 자리에 모였다. 외지인을 본 마을 사람들은 가느다란 목에 관해서 열변을 토하기 시작했다. 대부분이 외지인을 비웃는 말이었다.

"아니, 저 목 좀 봐!"

"누가 아니래, 정말 괴상하군. 목이 왜 저렇게 가늘고 길쭉한지, 정말 못봐주겠구만!"

"목이 저래서야 원, 부끄러워서 밖에는 어떻게 돌아다니는지. 목에다 뭐라도 좀 감아서 가리질 않고?"

"목이 저렇게 비쩍 말라비틀어지다니, 분명히 무슨 병이 있는 게 틀림없어!"

외지인이 이 말을 듣고는 웃으면서 대답했다.

"병이 있는 건 당신들이오! 목 비대증이라고. 자기한테 병이 있는 줄도 모르고 남의 목을 비웃다니, 정말 우스운 사람들이군!"

그러자 마을 사람 하나가 소리쳤다.

"우리 마을 사람들 목 좀 보시오! 전부다 이렇게 두텁고 튼실한 게 얼마나 보기가 좋아! 당신이 돈을 주고 치료를 해준대도 우린 전혀 그럴 생각이 없어!"

우리 주변에서도 남기 마을 사람들과 같은 사람을 심심치 않게 볼 수 있다. 자기가 고결하고 우월하며 남들과 다른 사람이라고 여기는 이들이다. 보통 이런 사람들은 두 부류로 나뉜다.

첫째, 스스로를 고결하고 고상한 사람이라 생각해 남이 뭐라 하든지 자기 방식을 고집하는 사람이다. 이런 사람은 다른 사람의 행동이나 습관은 모두 저속하고 천박하다고 생각하기 때문에 가까이 지내기를 꺼리고 남을 무시하는 편이다. 가끔은 어쩔 수 없이 자신의 뜻을 굽힐 때도 있지만, 진심에서 우러나온 행동이 아니기 때문에 본인도 어색하고 상대방도 옆구리 찔러 절 받기를 원하지 않는 경우가 많다. 이런 사람은 인간관계가 제대로 이루어지지 않아 점점 고립되며 결국은 제멋대로가 되어 버린다.

둘째, 스스로가 잘났다고 생각해 자만하다가 제 발에 걸려 넘어지는 사람이다. 사람들이 실수를 하는 때는 보통 가장 자신감에 넘쳐 주변을 살피지 않을 때이다. 무슨 일을 하든지 자신감이 부족할 때는 스스로 조심하고 다시 한 번 살피기 때문에 실수가 나오지 않지만 스스로를 과신하고 자만하기 시작하면 모든 걱정과 우려는 머릿속에서 사라지기 마련이다.

좋은 사람이 되기 어려운 이유는 다른 사람을 이해하지 못할 뿐만 아니라 자기 자신조차 제대로 보지 못하기 때문이다. 어떻게 해야 자만하고 다른 사람을 업신여기는 실수를 하지 않을 수 있을까? 이 문제는 다른 사람과의 광범위한 사회적인 교류를 통해서 해결할 수 있다. 사람 역시 사물과 똑같다. 서로 다른 사물을 한데 놓고 비교하듯이 다른 사람과 자주 만나고 부딪히는 과정에서 상호 비교를 통해 남과 나의 차이를 정확하게 인식할 수가 있다.

사실, 무엇이든 실천으로 옮기는 것은 말처럼 쉽지 않다. 자신을 정확하게 인식하고 이해하는 것 또한 결코 쉬운 일이 아니다. 또한 평소 남을 잘 파악하고 이해한다고 해서 꼭 자기 자신까지 잘 이해할 수 있는 것은 아니다. 그렇기 때문에 언제나 반성하고 곱씹는 마음으로 나를 이해하도록 연구하고 끊임없이 스스로를 갈고 닦는 노력을 해야 한다. 스스로의 삶을 책 한 권이라고 생각해보자. 그리고 한 장 한 장을 차근차근 읽어나가면 어느새 자기 자신은 물론 삶의 이치를 깨달을 수 있을 것이다.

다른 사람을 잘 아는 사람은 지혜롭지만, 자기 자신을 잘 아는 사람은 현명하다. 남을 이기는 사람은 힘이 셀 뿐이지만, 스스로를 이겨내는 사람은 진정으로 강한 사람이다. 지피지기, 즉 남을 알고 나를 아는 것은 바로 지혜로운 사람이 되는 지름길이다.

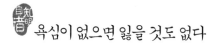 욕심이 없으면 잃을 것도 없다

불 욕 이 정
不欲以靜,

천 지 장 자 정
天地將自正.

바라는 바가 없어 고요하면 천하가 스스로 바르게 된다.

_도덕경 37장

—

　노자는 지위가 높든 낮든, 귀하든 천하든 누구나 스스로를 잘 알아야 하며 본인이 이르지 못하는 것에 관해서는 골머리를 앓을 필요가 없다고 했다. 사람이 괜한 욕심을 부리지 않으면 마음이 편안하고 고요한 법이다. 예를 들어 무슨 일을 할 때는 일과 상관없는 고민스러운 일들은 잠시 내려놓고 내가 지금 해야 하는 일에만 전심전력으로 집중해보자. 집중력이 높아지면 일은 더욱 신바람이 나게 되고 성과도 당연히 따라오기 때문에 이후 일이 걱정 없이 풀려나갈 것이다. 그렇게 하나하나 집중해서 잘 처리해 놓고 보면 이런저런 무리한 목표로 인한 쓸데없는 감정 소모를 더 이상 하지 않게 된다.

　무념무상에 이르면 마음의 부담이나 스트레스는 날아가고 정신이 맑고 또렷해진다. 이런 상태에서는 외부의 어떤 유혹에도 흔들리지 않고 자신만의 길로 똑바로 나아갈 수가 있다.

현대인들 중 많은 사람들이 만성피로에 시달리고 쉽게 좌절감과 초조함을 겪는 것은 외부의 각종 기준이나 목표만을 좇아가기 때문이다. 그런 사람들은 남들의 시선이나 기준 등 갖가지 생각이 혼란스럽게 머릿속에 엉켜 있어 스스로를 어떻게 콘트롤해야 할지 모르는 경우가 많다. 이렇게 혼란스러운 생활이 지속되면 그 사람의 마음은 점점 평정심과 이성을 잃게 되고 이루어야 할 목표에만 맹목적으로 집착하게 된다. 무엇을 위해, 어디에서 와서 어디로 가고 있는지, 방향성을 잃은 채 헤매게 된다. 이런 고민이 오래되면 마음에 병이 생기는 것은 물론 자칫하면 건강까지 크게 해치게 된다. 삶이 행복하지 않음은 말할 것도 없고 삶의 중요한 것까지 다 잃고 고통스럽게 내일을 위한 내일을 살아가게 되는 것이다.

바둑의 고수 혁추奕秋에게 두 제자가 있었다. 한 학생은 매 수업마다 혁추의 말을 한 마디도 놓치지 않으려고 온전히 수업에 집중했다. 하지만 다른 학생은 머리는 똑똑한데 수업을 듣는 둥 마는 둥이었고, 오늘 바둑 수업을 했다 하면 내일은 그림을 그리고 싶어 하는 등 이것저것 관심만 많고 좀처럼 갈피를 잡지 못했다.

하루는 바둑 수업을 하고 있는데 백조 무리가 머리 위로 날아왔다. 수업에 열심인 학생은 그날도 역시 수업에 집중하느라 백조가 날아오는지도 몰랐다. 건성 건성인 학생은 자리에 앉아 수업을 듣는 것 같았지만 마음속으로는 활을 쏴 백조를 잡고 싶다는 생각을 하고 있었다.

몇 년 후, 수업에 전심전력을 다한 학생은 바둑의 고수가 되어 이름을 날렸지만 이것저것 관심만 두고 진심으로 열의를 다하지 못한 학생은 역시 아무것도 이루지 못하고 말았다.

욕심을 내지 않으면 잃을 것도 없다. 우리가 살면서 상실감을 느끼는 것은 평소에 바라는 것이 너무 많고 이루지 못할 일을 무리해서 목표로 잡기 때문이다. 이것저것에 관심을 두게 되면 한 가지 일에 몰두할 수가 없고, 여러 가지 일을 한꺼번에 붙잡고 있다 보면 바로 눈앞에 나타난 좋은 경험과 기회를 모두 놓칠 가능성이 크다.

노자는 사람들에게 다른 사람들의 목표와 기준을 따라가려 하지 말고 자신이 이루고자 하는 바를 명확하게 세우고 이 기준에 따라 매진하라고 했다. 이는 요즘 젊은이들의 결혼이나 연애 풍속에도 시사하는 바가 크다. 연애 상대를 고르는 것은 마음에 안 들면 아무 때고 다른 것으로 바꾸어 사는 쇼핑과 다르다. 결혼은 더더욱 그러하다. 마음에 드는 상대가 있는데도 나중에 더 나은 사람이 나타날까봐 자꾸 망설이고 남들 눈을 의식해 다른 사람들과 비교만 하다가는 지금 곁에 있는 이 사람마저 멀리 떠나버리고 말 것이다.

플라톤이 스승인 소크라테스에게 사랑이란 무엇인지 물었다. 소크라테스는 플라톤을 보리밭으로 데리고 가서 밭에서 가장 크고 튼실한 이삭을 하나만 가져오라고 했다. 하지만 조건이 있었다. 딱 한 번만 이삭을 딸 수 있고, 한 번 지나온 길은 다시 돌아갈 수 없다는 것이었다. 플라톤은 자신 있게 밭으로 들어갔지만 빈손으로 터덜터덜 밭을 나왔다. 소크라테스가 왜 아무것도 따오지 않았는지 물었다.

"한 번만 딸 수 있고 돌아볼 수 없다고 하니, 크고 실한 이삭을 발견해도 나중에 더 좋은 것이 있을까봐 딸 수가 없었습니다. 그런데 앞으로 걷다 보니 아까 봤던 것보다 더 좋은 게 없었고, 그 이삭은 이미 멀어진 후였습니다. 그래서 하나도 따오지 못했어요."

"그게 바로 사랑이다."

또 하루는 플라톤이 소크라테스에게 결혼이란 무엇인지 물었다. 그러자 소크라테스는 플라톤을 데리고 숲으로 가서 숲에서 가장 크고 무성한 크리스마스트리 나무를 베어오라고 했다. 조건은 똑같이 나무 한 그루만 벨 수 있고 지나온 길을 다시 돌아갈 수 없다는 것이었다. 플라톤은 이번에도 소크라테스가 시키는 대로 했는데, 결국 베어온 것은 나뭇잎이 무성하지 않은, 평범하다고 하기에도 모자란 앙상한 나무였다.

소크라테스가 왜 이런 나무를 가져왔냐고 묻자 플라톤이 대답했다.

"숲을 절반이나 지났는데도 적당한 나무를 발견하지 못하다가 지난 번 이삭을 하나도 따지 못한 것이 생각났습니다. 이 나무를 발견하고는 괜찮아보여서 베어 왔습니다. 아무것도 베어오지 못해 후회하지 않으려고요."

"그래, 그게 바로 결혼이다."

가진 것보다 더 큰 이익을 내려 욕심을 부리다가는 탐욕에 물들어

본질을 잊기 십상이다. 탐욕과 욕심이 없어진다면 갈 곳을 잃는 영혼
도 많이 줄어들 것이다. 끝없는 탐욕의 강에서 자신을 잃지 않아야 한
다는 사실을 명심하자.

현대인들 중 많은 사람들이 만성피로에 시달리고 쉽게 좌절감과 초조
함을 겪는 것은 외부의 각종 기준이나 목표만을 좇아가기 때문이다. 만약에 탐욕
과 욕심이 세상에서 없어진다면 갈 곳을 잃고 방황하는 영혼도 많이 줄어들지 않
을까.

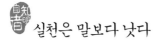 **실천은 말보다 낫다**

합 포 지 목 생 어 호 말 구 층 지 대
合抱之木, 生於毫末. 九層之臺,

기 어 루 토 천 리 지 행 시 어 족 하
起於累土. 千里之行, 始於足下.

한아름이나 되는 나무도 작고 작은 싹에서 생겨나고,

구 층 누대도 한 줌 흙을 쌓아 올린 데서 시작하는 것이며,

천 리 길도 한 걸음으로부터 출발한다.

_도덕경 64장

노자는 사물의 형상이 변화하는 모습을 서술함으로써 무언가가 쌓이고 모이는 것의 중요성을 강조했다. 질적 성장은 양적 성장이 전제되어야 하며, 질적 성장은 양적 성장의 결과이다. 노자는 무슨 일이든 차근차근 단계적으로 한결같이 노력해야 하며, 원대한 이상과 근면한 실천정신으로 원대한 꿈을 향해 한 발짝씩 성실하게 나아가야 한다고 우리들을 격려하고 있다. 양적인 성장이 수반되어야만 질적인 도약이 있을 수 있고, 그래야 비로소 단계적인 동반상승 효과가 나타나는 것이다.

순자荀子는 "가까운 길이라도 가지 않으면 닿을 수 없다. 작은 일이

라도 하지 않으면 이룰 수 없다 道雖邇不行不至, 事雖小不爲不成”라고 했다. 가만히 앉아서 앞으로의 길에 관해 이야기하는 것은 직접 행동으로 나서는 것에 비할 바가 아니다. '목표'를 길로 설정하는 과정은 빠뜨려서는 안 되지만, 그 길을 얻기 위해 길을 논하는 것은 불필요하다. 목표를 성취하는 관건은 바로 행동이다.

생각이 떠오르면 재빨리 행동으로 옮겨야 한다. 모든 조건이 다 갖추어지기를 기다리지 마라. 그때는 이미 늦는다. 성공하는 사람과 실패하는 사람의 차이가 바로 여기에 있다. 성공하는 사람들은 자신의 생각을 머릿속에 공상으로 남겨 두지 않고 목표를 향해 정확히 행동한다.

우리가 살면서 겪는 여러 가지 후회는 주로 행동력이 따라주지 않아 생겨난 경우가 많다. 타이밍을 놓치면 기회와 성공은 결코 붙잡을 수가 없기 때문이다.

한 중년 남자가 있다. 이십 년 전, 처음 은행에서 일하게 된 당시, 그는 적지 않은 급여 덕분에 매우 만족스럽게 직장생활을 시작했다. 그런데 이삼 년쯤 지나자 똑같은 일을 반복하는 은행 업무에 흥미를 잃고 이직을 생각하게 되었다. 그렇지만 결혼을 하는 바람에 금전적인 압박을 느낀 남자는 생각을 고쳐먹었다.

"직장을 옮기면 월급을 이렇게 많이 받을 수 없을 테니까 조금만 참아보자. 몇 년 지나 상황이 좋아진 다음에 옮기면 돼!"

다시 두 해가 흐르자 아이가 생겨, 씀씀이는 더욱 커졌다. 남자는 스스로를 타일렀다. "몇 년만 더 참자. 애가 좀 크고 나면 그때 떠나기로 하자."
그렇게 십 년이 지났다. 아이가 웬만큼 자라 학교에 다니게 되자 나가는
돈이 갈수록 더 많아졌다. 남자는 다시 자기 자신을 위로했다. "괜찮아.
사는 게 다 그렇지. 정년퇴임하고 나면 다 좋아질 거야. 가정을 위해서
내 꿈은 다 미루어두었지만, 퇴직 후에는 적어도 회사 일 때문에 골치
아플 일은 없겠지. 그때가 되면 아내하고 여행이나 다니자…….."
정년퇴임을 하루 앞둔 날, 그는 쇼핑을 하러 나갔다가 마음에 드는 양복
을 발견했다. 그런데 가격을 확인하고는 깜짝 놀라 속으로 생각했다.
"됐어, 집에 다른 양복도 많고 이제 곧 퇴직할 텐데 뭐하러 이런 걸 사."
그리고 다시 이것저것을 구경하다가 양모 조끼에 눈길이 갔다. 하지만
역시 고가의 제품이었다. 그는 또 생각을 바꾸었다. "겨울은 금방 지나
갈 텐데 이런 데 돈을 낭비해서 뭐해?"

누군가가 말하길, 세상에서 가장 슬픈 말은 바로 "진작 알았는데,
그때 왜 못했을까"라고 한다. 예를 들어 "몇 년 전에 그 장사를 시작했
더라면 벌써 돈을 엄청 벌어들였을 텐데!", "내가 그녀에게 청혼만 했
더라도 다른 남자의 아내가 되는 일은 없었을 텐데"와 같은 후회 섞인
말이다. 기회가 있는데도 행동으로 옮기지 못하고 뭉그적대다가 좋은
시기를 다 놓치고 후회하는 것은 소인배의 병폐이다.
최근 백 년간 칭화淸華 대학교에서는 우수한 인재가 무수히 배출되
었다. 소위 '칭화 정신'의 핵심은 '실천'이다. 칭화대 학생들은 '행동은
사고에서 출발하고 실천은 말보다 낫다'는 말을 믿고 따른다. 자신의

꿈과 희망을 냉정하게 평가하고 판단하며 우선 현재 상황에서 할 수 있는 일에 최선을 다하는 것이다. 가슴속에 원대한 포부를 품고도 아무런 노력을 하지 않는 사람의 꿈은 사상누각일 뿐이다.

어떠한 꿈과 계획도 결국에는 행동으로 구체화되어야 이루어진다. 행동을 해야만 목표와의 거리를 좁힐 수 있고, 실천을 해야만 이상을 현실로 바꿀 수 있다. 무슨 일이든 잘 해내기 위해서는 마음이 움직이기도 해야 하지만 몸을 움직여 직접 이루어내는 과정이 필수적이다. 말로만 남들을 부러워할 뿐, 스스로 발 벗고 나서지 않는다면 성공은 의미 없는 공염불에 머무르고 말 것이다.

생각이 떠오르면 재빨리 행동으로 옮겨야 한다. 성공하는 사람과 실패하는 사람의 차이가 바로 여기에 있다. 성공하는 사람들은 자신의 생각을 머릿속에 공상으로 남겨 두지 않고 목표를 향해 정확히 행동한다.
우리가 살면서 겪는 여러 가지 후회 또한 행동력이 따라주지 않아 생겨난 경우가 대부분이다.

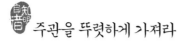 주관을 뚜렷하게 가져라

오 언 심 이 지 　심 이 행 　천 하 막 능 지 　막 능 행 　언 유 종
吾言甚易知, 甚易行. 天下莫能知, 莫能行. 言有宗,

사 유 군 　부 유 무 지 　시 이 불 아 지 　지 아 자 희 　즉 아 자 귀
事有君. 夫唯無知, 是以不我知. 知我者希, 則我者貴.

내 말은 알기도 쉽고 행하기도 쉽다. 그러나 세상 사람들은 이해하지도 못하고

행하지도 못한다. 말에는 요지가 있고 행동에는 주관이 있는 법이나,

사람들은 무지하여 나를 이해하지 못하는 것이다.

그리하여 나를 아는 사람이 드물고 나를 따르는 사람이 귀할 뿐이다.

_도덕경 70장

　　노자는 한 사람이 다른 사람들의 평가와 유언비어에 흔들리지 않을 때야 비로소 수련이 경지에 이르렀다 할 수 있다고 했다. 이런 사람이야말로 자신의 삶을 제대로 즐기고 삶에서 행복을 찾아내는 사람인 것이다.

　　우리는 살아가면서 다른 사람의 말에 이리저리 휘둘리거나 고민에 빠지는 경우가 많다. 그러나 노자의 관점에서 말하자면, 전혀 그럴 필요가 없다. "사람들은 무지하여 나를 이해하지 못하는 것이다. 그리하여 나를 아는 사람이 드물고 나를 따르는 사람이 귀할 뿐이다." 사람

들은 저마다 생활방식이 다르다. 남들이 자신을 이해하지 못한다고 해서 안타까워할 필요는 없다.

훌륭한 사람은 자신의 감정을 아무에게나 드러내지 않고, 자신과 상관없는 타인의 삶에도 훈수를 두지 않는다. 다만 챙겨야 할 주변 사람에게 마음을 터놓고 솔직하게 이야기할 뿐이다. 남들이 떠드는 쓸데없는 험담을 듣게 되더라도 여기저기 옮기지 않고 괜히 안절부절 못하지 않는다.

우리의 생활은 스스로의 마음가짐과 감정에 따른다. 마음이 편안하고 좋으면 생활 역시 아름답고 성공적으로 느껴진다. 하루 종일 다른 사람의 의지에 따르거나 눈치를 보면서 생활한다면 정신적으로 남의 노예가 될 뿐이니, 좋은 생각이 들 수가 없고 생활도 행복하다 할 수 없을 것이다.

일본 철학자 니시다 기타로西田幾多郎가 쓴 시에 이런 구절이 있다. "사람은 사람이고, 나는 나. 내게는 내가 가야 할 길이 있다."

그렇다. 우리는 누구나 자신만의 목표와 생활방식이 있다. 만약 누군가가 자신이 좋아하는 생활방식을 선택하지 못하고 가고 싶은 길을 가지 못하며 언제 어디서나 다른 사람의 기색을 살펴야 한다면, 이런 삶이 무슨 의미가 있겠는가? 매사에 남의 환심을 사기 위해 산다면 이는 마음을 빌어먹는 비렁뱅이 신세일 뿐이다.

다른 사람에게 영합하지 마라. 머리만 똑똑해질 것이 아니라 '다른 사람에 개의치 않는' 굳건한 신념을 갖추어라.

백운 수단선사白雲守端禪師가 한번은 자신의 스승인 양기 방회선사楊岐
方會禪師와 마주 앉아 이야기를 나누고 있었다. 방회선사가 물었다. "자
네의 옛 스승인 다릉욱茶陵郁 화상和尚이 큰 깨달음을 얻어 지은 게송偈
頌, 부처님의 덕과 가르침을 쉽게 외울 수 있도록 지은 불교 시의 한 형태_역주이 있다
던데, 기억하는가?"

"네, 기억합니다."

백운이 대답하고 득의양양하게 게송을 읊었다. "내게 있던 아름다운 구
슬 하나, 오랫동안 세상 티끌에 덮여있다 이제야 티끌 걷히고 빛을 발하
니 천하대지에 비추어 깨치는구나."

방회선사가 게송을 듣고 큰 소리로 웃더니 일언반구도 없이 자리를 떠
나버렸다. 백운은 사부가 왜 웃었는지를 몰라 어안이 벙벙해졌다. 하루
종일 생각해보았지만, 아무리 머리를 굴려도 이유를 알 수가 없었다. 밤
이 되어서도 전전긍긍하던 백운은 밤새 뒤척이다 잠을 설쳤다. 다음 날
아침, 백운은 날이 밝자마자 사부를 찾아가 왜 웃었는지를 물었다. 방회
선사는 더 크게 웃음을 터뜨리더니 눈가가 퀭해진 제자에게 말했다.
"자네는 어릿광대만도 못하네. 어릿광대는 사람들의 비웃음에 눈 하
나 깜짝하지 않는데, 자네는 웃음거리가 될까 두려워하질 않는가."
백운은 스승의 말을 듣고 답답했던 속이 시원하게 트이며 크게 깨우치
게 되었다. 스스로 잘못이 없다면, 남이 웃는들 무슨 상관이 있으랴?

사람에게 가장 중요한 일은 남이 나를 어떻게 보는지가 아니라 자
신이 가야 할 길을 어떻게 해야 더 잘 걸어 나갈 수 있는지를 생각하

는 것이다. 그렇지만 사람들은 옷 한 벌을 입고 말 한 마디를 할 때조차 다른 사람이 자신을 어떻게 볼지, 심기를 건드리지 않을지를 자기도 모르게 걱정한다. 남들의 기대에 부응하기 위해 움직이고, 그들을 실망시킬까 봐 두려워하며 웃음거리 혹은 질타의 대상이 될까 봐 조마조마한 마음이 드는 것이다. 이런 사람들은 혹시라도 사람들을 만족시키지 못하거나 뒤에서 누가 나를 조금만 헐뜯어도 마음을 졸이며 좌불안석이 된다.

다른 사람이 하는 비판적인 말이 얼마나 제멋대로인지를 생각해본다면, 더 이상 신경 쓰지 않을 수 있다. 사람들은 자신이 무슨 말을 했는지 진즉에 잊어버린다. 그것을 마음에 담아두고 있는 사람은 나 혼자뿐이다. 그런데 굳이 스트레스를 받을 필요가 있을까? 그저 지나가는 말로 생각해버린다면 훨씬 마음이 가볍지 않을까?

사실 자기 생활의 무게를 다른 사람의 시선이나 의견에 두고, 안간힘을 다해 그에 부합하는 사람이 되려고 노력하는 것은 대단히 미련한 짓이다. 백인백색이라고 모든 사람들을 다 만족시키는 것은 불가능하기 때문이다. 혹여나 가능하다 하더라도 이는 스스로를 괴롭히고 나아가 생활의 즐거움과 삶의 가치를 송두리째 잃어버리는 행위이다.

"앉아서는 남 탓을 하고 서서는 남의 꾸지람을 듣는다"는 말처럼 남을 평가하고 또 남에게 가시가 돋친 말을 듣는 것은 지극히 일상적인 현상이다. 뒤에서 남의 뒷말을 해보지 않은 사람이 어디 있겠으며 또 남에게 헐뜯겨 보지 않은 사람이 어디 있겠는가? 돌고 도는 뜬소문도 지혜로운 사람에게 전해지면 그치게 된다. 다른 사람이 당신을 어떻게 보든, 뭐라고 말하든 너무 괘념치 말아야 한다. 괜히 상대하려고 들지도 말아야 한다. 제 입 가지고 제가 하는 말이니 남이 뭐라고 떠들든지 그것은 그 사람의 자유이고, 어떻게 할지는 결국 당신에게 달려있다. 입에 침이 마르게 욕을 퍼붓든 말든, 그 이상 당신에게 뭘 어쩌겠는가?

그래서 사람에게 가장 중요한 것은 바로 남의 시선과 결정이 아니라 내 갈 길을 어떻게 하면 잘 걸어 나갈 수 있을지 생각하는 나 자신이라는 것이다. 다른 사람의 생각과 잣대에 의지해 나와 사회를 판단해서는 안 된다. 그 꾐에 걸려 불평불만을 늘어놓고 남 탓, 조상 탓을 하면서 사회를 적대시하는 것은 어수룩하게 계략에 빠지는 길이다. 당신에게 일부러 시비를 거는 사람들의 목적이야말로 바로 당신에게서 행복한 삶을 앗아가는 일이기 때문이다.

사람에게 가장 중요한 일은 남이 나를 어떻게 보는지가 아니라 자신이 가야 할 길을 어떻게 해야 더 잘 걸어 나갈 수 있는지를 생각하는 것이다. 언제 어디서나 다른 사람의 눈치를 살펴야 한다면, 이런 삶이 무슨 의미가 있겠는가?

스스로를 대단하다 여기지 말라

지 부 지 상
知不知, 上.

부 지 지 병
不知知, 病.

알아도 모르는 체 하는 것이 가장 좋다.
잘 모르면서 아는 체 하는 것은 병이다.

_도덕경 71장

산꼭대기에 있는 사람과 산기슭에 있는 사람이 서로를 바라보면 똑같이 작게 보인다. 하지만 "정상에 올라 굽어보면 모든 산이 다 내려다보인다. 산 너머 산이 있고, 하늘 밖에 또 하늘이 있다"와 같이 산 위에 있는 사람이 느끼는 감흥은 산기슭에 있는 사람은 결코 느낄 수 없을 것이다.

우리는 때때로 스스로가 강하고 멋지다는 생각을 할 때가 있는데, 사실 이런 자신감은 우리 삶에 없어서는 안 될 감정이다. 하지만 자신감이 너무 충만하여 자만하거나 안하무인해서는 안 된다. 작은 먼지에게는 하늘에 떠 있는 별이 거대한 행성으로 보일지는 몰라도 거대한 우주의 입장에서는 그 별도 결국은 작은 먼지나 다름없을 뿐이다. 그러므로 우리도 자만하지 않고 자신의 분수를 잘 아는 것이 중요하다.

매일 아침 태양이 떠오를 때면, 아프리카 대초원의 모든 동물들은 열심히 앞으로 달려 나간다. 어미 사자는 새끼를 가르치며 이렇게 말한다. "얘야, 조금만 더 빨리 달리렴. 저 느린 영양도 따라잡지 못하면 굶어죽어야 한다." 한편, 어미 영양도 새끼를 가르친다. "얘야, 더 빨리 달려야 한다. 사자보다 더 빠르게 달리지 못하면 너는 잡아먹히고 말거야." 어미 영양은 이미 자신이 상당히 빠르다는 것을 알고 있지만 사자 역시 자신들만큼 빠르다는 것을 잘 알고 있기에 새끼를 잘 가르칠 수가 있는 것이다.

양자거가 서주徐州에 갔을 때, 길에서 우연히 노자를 만났다. 학문을 좀 했다고 거들먹거리는 양자거의 태도는 상당히 교만했고, 이를 안타까워한 노자가 양자거에게 말했다.

"예전에는 네가 큰 그릇이 될 만하다고 여겼는데, 지금 보아하니 다 틀렸구나."

그 말을 듣고 양자거는 마음이 편치 않았다. 여관으로 돌아와 이리저리 궁리한 끝에 노자가 쓸 세면도구를 직접 챙겨서 문 앞에 신까지 벗어놓고 무릎걸음으로 노자 앞까지 다가갔다.

"아까 스승님께 가르침을 받고자 했으나 길을 가는 중이라 감히 여쭙지 못했습니다. 지금 괜찮으시면 가르침을 주시기 바랍니다."

"자, 잘 생각해 보아라. 너의 태도가 얼마나 오만하고 표정은 또 얼마나 엄한지. 움직임 하나하나까지 경직되어 있고 아무것도 눈에 차지 않으니, 나중에 누가 네 곁에 남아 있겠느냐? 사람이 되어서, 주변에 아무도 없다면 되겠느냐? 너무 흰 것은 오히려 더러운 것 같고 덕행이 높은 것은 오히려 모자라는 듯이 여겨지는 법이다. 스스로 못난 구석을 알아야 좋은 점을 찾을 수가 있는데 너는 아무것도 모르는구나."

양자거는 노자의 말에 깜짝 놀라서는 낯빛을 고치고 겸허하게 말했다.

"스승님의 말씀에서 사람의 도리를 배웠습니다."

양자거는 이제 이전의 모습이 아니었다. 본래 서주로 가는 길에서는 어디를 가나 융숭한 대접을 받았다. 여관 주인은 자리를 봐주고 수건이며 세숫물을 올렸으며, 여관 내 다른 손님들까지 그의 눈치를 보며 좋은 자리를 내어주었다. 공경의 의미이기는 했지만 피차 편할 리가 없었다. 하지만 노자의 가르침을 받은 후, 양자거는 온화하고 겸손한 사람이 되었다. 서주에서 돌아가는 길에 여관에서는 다른 손님들과 허심탄회하게 어울렸고, 그러자 서로가 아주 편안하고 친근한 사이가 되었다.

이만하면 어느 정도 성공했다고, 나는 남들보다 대단하다고 여길 수도 있다. 그럴 때일수록 밖으로 나가 세상을 둘러보자. 세상은 넓고 하늘은 높다. 그리고 주변 사람들 중에는 나보다 더 똑똑하고 재주 좋은 사람들이 허다하다. 혹시 나보다 잘난 사람들을 만나더라도 겁을 집어먹고 어떻게 해야 할지 걱정하지는 말자. 노자가 우리에게 이미 방향을 알려주었기 때문이다. "알아도 모르는 체 하는 것이 가장 좋다. 잘 모르면서 아는 체 하는 것은 병이다." 매사에 나를 대단한 사람이라고 여기며 자만하지 말고 겸손한 사람이 되자.

우리는 때때로 스스로가 강하고 멋지다는 생각을 할 때가 있는데, 사실 이런 자신감은 우리 삶에 없어서는 안 될 감정이다. 하지만 자신감이 너무 충만하여 자만하거나 안하무인해서는 안 된다. 나를 대단한 사람이라고 여기며 자만하지 말고 언제나 겸손한 사람이 되자.

잔꾀를 부리지 말고 지혜를 구하라

시 이 성 인 자 지 부 자 현
是以聖人自知不自見,

자 애 부 자 귀
自愛不自貴.

도를 깨친 성인은 스스로를 잘 알지만 드러내지 않고,
자신을 사랑하지만 귀하다고 내세우지 않는다.

_도덕경 72장

매사에 자신을 드러내지 않고 또한 귀하게 높이지 않는 것은 큰 지혜와 깨달음을 얻은 사람이다. 반대로 사사건건 자신을 앞세우고 잘난 척하는 사람은 잔꾀를 부리는 소인배이다.

그런데 요즘 받는 교육의 대부분이 도나 진정한 지혜보다는 기술이나 잔재주에 치중되어 있다. 그래서 잔꾀를 잘 부리는 사람은 많지만 진정으로 지혜로운 사람은 보기가 드물다. 한 사람을 성공하게 만드는 것은 진정한 지혜이며 좌절하게 만드는 것은 어쭙잖은 잔꾀인데도 말이다.

잔재주를 부리는 사람은 언제나 자신의 이익을 중심으로 문제를 관찰한다. 그들은 언변이 좋고 영리하며 무엇이든 잘 꾸며내고 일처리가 민첩하다. 대담하게 분위기나 흐름을 타고, 힘과 권력에 빌붙기도 하며 임기응변에 강하다. 하지만 이런 똑똑함은 근시안적이고 가식적이며 속마음과는 다른 껍데기일 뿐이기 때문에 다른 사람들에게 쉽게 간파 당한다.

그렇다면 진정으로 지혜로운 사람은 어떠한가? 지혜로운 사람은 어떤 문제를 해결하기 위해서 주어진 상황과 환경을 중심에 놓고 고려한다. 잔꾀를 부리지 않아 깊은 속내가 드러나지 않으며 신중하고도 대범하다. 자신을 드러내지 않아 겸손하면서도 사람들을 휘어잡는 재치가 있고, 어리숙한 듯 보이면서도 일처리에 뛰어난 재능을 보인다. 낙숫물이 바위를 뚫듯 끈질기며, 일의 맥락을 처음부터 끝까지 꿰뚫는 통찰력을 지녀 침착하고 듬직하다. 지혜로운 사람은 철학 서적과 비슷하다. 처음에 읽기 시작할 때는 그다지 흥미롭지 못한 것 같지만, 자꾸 읽어나가다 보면 점점 그 진하고 깊은 뜻을 이해하고 받아들일 수밖에 없는 존재이다.

현자는 자신을 낮추지만 소인배는 자신을 휘황찬란하게 포장한다. 현자는 타인을 포용하지만 소인배는 타인을 계산적으로 이용한다. 현자는 이성적으로 판단하지만 소인배는 감정에 휘둘린다. 현자는 먼 미래의 영예를 바라보지만 소인배는 당장의 이익만을 좇는다. 현자는 모두를 위한 큰 그림을 그리지만 소인배는 제 눈 앞 한 걸음밖에 볼 줄 모른다. 현자는 바른 일이 무엇인지를 알고 행하지만 소인배는 자기가 맡은 일만 해낼 뿐이다. 현자는 모두에게 평등하지만 소인배는 남을 깔보고 짓밟기를 좋아한다.

소인배들은 세속의 풍랑에 흔들리기 때문에 잔꾀를 부리다가 잘못되기도 하고 제 꾐에 빠져 스스로를 괴롭히기도 한다. 하지만 지혜로운 사람은 부드러움으로 강함을 이기는 노자의 철학처럼 욕심 없이 자연을 벗 삼아 살아간다.

우리 삶에서 가장 필요한 것은 진정한 지혜로움을 추구하는 것이며 가장 경계해야 할 것은 바로 잔꾀를 부리는 것이다. 잔꾀를 부리고 계략을 꾸미는 것은 언젠가 한계에 다다를 수밖에 없고 그로 인해 자신의 약점을 모두 드러내고 말 것이다. 그런데도 이런 잔꾀와 계략이 부귀영화나 공명과 결부되어 있을 때가 많기에, 인간의 비극은 끊이질 않는다.

청淸조의 화신和珅이라는 관리는 대단히 똑똑한 사람이었다. 하지만 그의 일생은 온갖 술수와 계략으로 점철되어 있었다. 평생 동안 재물을 탐하고 부정축재를 일삼아 중국 역사상 최고의 탐관오리에 등극했고 나라를 망치고 백성을 해하여 결국 비참한 말로를 맞이했다.

중국에는《삼국지연의》에서 유래한 '부인도 잃고 병사도 잃다'라는 말이 있다. 주유周瑜가 손권의 여동생과 결혼시킨다는 핑계로 유비를 불러 감금하고 그 사이 형주를 차지할 계략을 짰다. 하지만 유비는 부인을 데리고 무사히 동오를 빠져나갔고, 주유는 오히려 매복한 제갈량의 부하들에게 자기 병사들만 잃고 말았다._역주 이는 주유처럼 자기 꾐에 빠져 본전도 못 찾은 경우를 풍자하는 말이다. 자만심에 젖은 주유는 유비를 깔보고 형주를 차지할 생각에만 빠져 제갈량을 만날 것이라고는 상상도 하지 못했을 것이다.

《홍루몽 紅樓夢》에 나오는 왕희봉 王熙鳳 또한 전형적으로 제 꾀에 넘어간 문학 작품의 주인공이다. 왕희봉은 가賈씨 집안의 여장부로서 수단과 방법을 가리지 않고 재물을 모으려다가 그 때문에 집안사람들의 불만을 사고 비참한 결말에 이르렀다.

머리가 똑똑하고 총명한 것은 큰 재산이지만, 이 재능을 어디에 쓸 것인지에 따라 사람을 행복하게 할 수도 있고 그 행복을 한순간에 앗아갈 수도 있다. 그래서 진짜 똑똑하고 현명한 사람은 자신의 재능을 아무 때나 내보이지 않는다. 함부로 머리를 굴리며 잔재주를 부리다가는 오히려 큰 화를 입을 수 있기 때문이다.

잔머리를 잘 굴리는 소인배는 많지만 진정으로 지혜로운 대인배는 극히 적다. 지혜로움은 사람을 성공하게 만들고 잔재주는 사람을 파멸로 이끄는 존재이다. 언제나 큰 지혜와 현명함을 추구하고 잔재주는 거들떠보지도 말아야 한다.

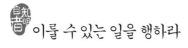 이룰 수 있는 일을 행하라

부 대 대 장 착 자　희 유 불 상 수 의
夫代大匠斲者, 希有不傷手矣.

위대한 목수를 대신해 나무 깎는 기술도 없이 제멋대로 깎는 사람이라면

제 손을 베지 않는 사람이 거의 없다.

_도덕경 74장

노자는 다른 사람을 돕기 위해서는 스스로 충분한 능력을 갖추어야만 한다고 했다. 그렇지 않은 채 다른 사람을 도우러 나서는 것은 마치 허수아비가 불을 끄러 덤비는 격으로, 자칫 잘못하다가는 제 몸 하나도 가누지 못하고 오히려 위험해지는 상황이 생길 수가 있다.

《중용中庸》에는 '삼달덕三達德'이라는 말이 나온다. 이는 어떠한 경우에도 통하는 세 가지, '지知, 인仁, 용勇'을 이르는 말인데, 나열된 순서에도 의미가 있다. '지'는 셋 중에서도 가장 중요하다. 앎이 없는 인자함은 어리석은 이의 바보 같은 행동일 뿐이며, 앎이 없는 용기는 치기 어린 무모한 짓이기 때문이다.

그래서 무슨 일을 하건 자기 자신을 먼저 잘 알고 이해하는 것이 최

우선이다. 자기 자신을 어떻게 모를 수 있냐고 반문할 수도 있다. 하지만 많은 연구결과들이 사람들 대부분이 진정으로 자기를 이해하고 있지 못하며 자신의 장점과 능력에 관해서도 잘 알지 못한다는 것을 증명한다.

자신을 잘 아는 사람들은 언제나 스스로를 주시하고 있기 때문에 자신의 장단점도 잘 파악한다. 그리고 자신의 능력이 얼마나 되는지, 내가 이 일을 해낼 수 있는지, 내가 무엇을 해야 하는지, 나의 단점은 무엇인지, 왜 성공 또는 실패했는지에 관해 항상 고민하기 때문에 잘못된 행동을 할 확률도 적다. 이런 고민들이 거듭될수록 나를 파악하는 것은 더 쉬워질 뿐만 아니라 앞으로의 행동에도 좋은 밑거름이 된다.

할 수 있다는 것을 알면서도 하지 않는 것은 망설임이고, 하지 못한다는 것을 알면서도 하는 것은 어리석음이다. 할 수 있다는 것을 알고 하는 것은 슬기로움이며, 할 수 있다는 것을 몰라 하지 못하는 것은 우둔함이다. 현명한 사람들은 자신의 상황을 객관적으로 파악하고 실행가능성을 따져 이를 실천으로 옮기는 데 능하다. 그런데 그렇지 못한 사람들은 자신의 능력이 모자라는 것을 알면서도 어떤 일을 무리하게 추진하며, 결과는 보통 실패로 귀결된다. 이런 경우, 자존심에 금이 가는 것은 물론 사람들에게 망신살이 뻗칠 것이 훤하다.

농구를 한 번도 해보지 않은 사람이 농구 코치를 잘 할 수 있을까? 당연히 불가능하다. 농구의 문외한이 선수들을 이끄는 것은 힘들 수밖에 없다. 그런데 요즘은 수많은 사람들이 사업에 관해 아무것도 모르면서 돈을 많이 벌 수 있다는 뜬소문만 듣고 무작정 사업을 벌인다.

어떤 사람은 스타일은커녕 옷에 관심이 티끌만도 없는 사람이면서 의류매장을 연다. 컴퓨터의 컴자도 모르면서 타오바오중국 알리바바그룹의 인터넷 전자상거래 사이트_역주에 인터넷 상점을 개설한 사람도 있다. 실패는 불 보듯 뻔한 일이지만, 그들은 자신이 전문적이지 못해서 실패한 것이 아니라 운이 따라주지 않았다고 원망할 뿐이다.

이런 예를 살펴보다 보면 무슨 일을 할 때 자신이 할 수 있는지 없는지를 먼저 알고 시작하는 것이 얼마나 기본적인 사항인지를 알 수 있을 것이다. 자신의 주제도 모르고 덤볐다가는 우스운 꼴로 굴욕만 당하고 부끄러워서 영영 고개를 들지 못하게 될 수도 있다. 무슨 일을 행동으로 옮기기에 앞서 전제되어야 할 것은 바로 자신의 능력을 제대로 점검하고 파악해 확실하게 아는 것이다. 일에 대한 욕심 때문에 되지도 않는 괜한 억지를 부리는 것은 절대 금물이다.

토끼를 달리기로 이겨 신이 난 거북이는 어찌나 기세등등, 기고만장한지 꼴불견이 따로 없었다. 본인의 능력은 생각지도 않고 마음대로 상상의 나래를 펼치며 아름다운 미래를 계획하는 데 여념이 없었다.

며칠이 지나고 콧대가 하늘을 찌르는 거북이가 독수리왕에게 중책을 맡겨달라고 상소를 올렸다. 독수리왕이 거북이에게 물었다.

"무엇을 하고 싶은 것이냐?"

"공중을 날아다니는 법을 알려주십시오! 저는 나는 것을 한 번 배우기만 하면 높은 하늘 끝까지 날아올라 대기를 뚫고 우주까지 갈 수 있습니다. 그곳에서 해와 달을 만나고 수많은 별을 볼 것입니다. 그리고 또 아

래로 곤두박질쳐 자유롭게 여기저기를 옮겨 다니며 풍경을 실컷 구경
하고 싶습니다!"

독수리왕은 거북이의 황당한 이야기에 코웃음을 치며, 네 주제를 알고
생긴 대로 살라고 했다. 하지만 거북이는 완강하게 고집을 부리며 나는
법을 가르쳐 달라고 계속해서 졸랐다.

독수리왕은 하는 수 없이 거북이를 움켜쥐고 구름을 뚫고 하늘 높이 날
아올라 거북이에게 말했다.

"자, 그럼 이제 네가 어떻게 나는지 지켜보겠다!"

그러고는 거북이를 움켜쥐었던 다리에 힘을 풀었고, 분수를 모르고 날
뛰던 거북이는 아래로 떨어져 온몸이 으스러져 죽어버렸다.

거북이는 자기 자신의 본분을 잃고 자기에게 맞는 삶이 무엇인지를
알지 못하는 치명적인 실수를 저질렀다. 경주에서 토끼를 이기는 바
람에 모두의 칭찬과 부러움을 한 몸에 사자 순식간에 마음이 들떠 스
스로를 망각해버린 것이다. 하지만 그 잘난 척의 대가는 너무나 참혹
한 것이었다.

무슨 일을 하든지 자신의 역량을 가늠한 후에 도모해야 한다. 능력 밖의 일
을 무턱대고 하지 마라. 그렇지 않으면 사람들에게 망신을 당하고 우스운 꼴을 면치
못할 것이다. 실제로 실행 가능한 객관적인 조건을 모두 파악하고 행동에 나서야 함
을 잊지 말자.

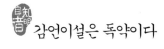

감언이설은 독약이다

신 언 불 미 미 언 불 신
信言不美, 美言不信.

미더운 말은 듣기에 좋지 않고, 듣기 좋은 말은 미덥지 못하다.

_도덕경 81장

노자의 이 말은 내용과 형식의 모순과 대립을 담고 있다. 다시 말해 사람이 어떤 현상에 현혹되면 깊이 생각하지 못하고 사리분별을 하지 못해 잘못을 저지르기 쉽다는 말이다.

이런 사람이 있다. 앞에서는 듣기 좋은 말로 아부를 떨어놓고 돌아서서는 상처 주는 나쁜 말을 아무렇지 않게 내뱉는 사람이다. 이런 사람의 말은 '미더운 말은 듣기에 좋지 않다'는 표현에 딱 들어맞는다.

사람들은 진실을 담고 있어 직설적이거나 귀에 거슬리는 말을 굉장히 듣기 싫어한다. 공자 같은 성현도 예순이 되어서야 '귀가 순해진다'는 이순耳順의 경지에 이르렀다고 하니 하물며 보통 사람은 어떻겠는가?

하지만 다른 사람이 나를 치켜세우고 알랑거리는 말을 한다면 무조건 좋아할 것이 아니라 냉정하고 듣고 판단해야 한다.《여씨춘추呂氏春

秋》의 '구석궁九石弓'편에는 이런 이야기가 나온다.

제 선왕齊宣王은 활쏘기를 좋아하여 강한 활을 사람들 앞에서 쏘아 칭
찬을 듣는 것을 즐겼다. 평소 그가 쏘는 활은 3석石, 활의 강도를 나타내는 단
위_역주 밖에는 안 되는 활이었다. 그런데도 좌우의 시중들은 활을 당겨
보게 해달라고 호들갑을 떨면서 활의 절반 밖에는 당기지를 못하며 하
나같이 입을 모았다.
"이 활은 최소한 9석은 되나 봅니다. 폐하 말고는 누가 감히 활을 팽팽
하게 당길 수나 있겠습니까?"
사실 선왕이 사용한 활은 전부 3석짜리 활이었는데도 그는 결국 죽을
때까지 자신이 사용한 활이 전부 9석인 줄 알았다고 한다.
시중들이 듣기 좋게 아첨하는 말에 선왕은 경계하기는커녕 완전히 속
아 넘어가 평생을 속은 줄도 몰랐던 것이다. 선왕은 평소에도 감언이설
을 하는 신하들을 가까이하고 중용하며 그들에게 속아 뛰어난 장수와
충신들을 시기하고 배척하여 제나라의 정치와 경제에 심각한 위기를
초래했다.

제 선왕의 이야기는 현대를 살아가는 우리에게도 교훈을 준다. 아
주 좋은 친구처럼 보이는 사람이라도 항상 곁에서 듣기 좋은 말만 하
며 비위를 맞추는 사람은 경계해야 한다. 그런 사람은 이용가치가 사
라졌다고 판단하면 그 길로 냉담하게 돌아서는 경우가 많기 때문이
다. 가장 좋은 친구는 평범하고 꾸밈없이 행동하며 솔직한 말을 가장

필요할 때 해주는 사람이다. 그리고 내가 도움이 필요할 때 진심 어린 마음으로 나를 응원, 격려하는 사람이다.

나를 치켜세우는 간드러진 말은 화려하고 듣기에도 좋지만 사실은 마음을 우쭐하게 만들어서 그 방향을 잃게 만드는 것이 목적이다. 앞에서는 충성을 다하고 간이고 쓸개고 빼줄 것처럼 하지만 배후에 어떤 악랄한 마음을 품었는지 알 수 없다. 이런 사람은 이간질도 잘 해서 내 앞에서는 남의 나쁜 말을 하고 다른 사람 앞에서는 나에 관한 나쁜 말을 하기 일쑤다. 그리고 그들은 문제를 일으켜 자기가 원하는 바를 얻기 전까지는 절대로 그만두는 법이 없다.

당대唐代에 이임보李林甫라는 사람이 있었다. 그는 아첨을 일삼고 암암리에 다른 사람을 해하는 수작으로 '구밀복검 口密腹劍, '입은 꿀같이 달지만 뱃속에는 칼이 들어있다'는 뜻으로 음흉함을 이르는 말_역주이라는 말을 탄생시켰다. 우리 생활에서도 이임보처럼 앞에서는 친절하고 상냥하지만 뒤에서는 딴 마음을 품는 사람이 꼭 있다. 그런데 그런 사람은 어떻게 구별해낼 수 있을까? 사실 그렇게 어렵게 생각할 것 없다. 몸을 해치는 독도 꿀을 발라야만 사람을 유혹할 수가 있는 것처럼, 더 강한 아첨과 아부일수록 듣는 사람은 더욱 불편하고 오글거리는 법이다. 그러므로 듣기 좋은 말일수록 그 가식적인 의도는 알아채기가 더욱 쉽다. 다만 평소에 알랑방귀나 아첨을 즐길 것이 아니라 경계하는 마음가짐을 갖도록 노력한다면 걱정하는 일은 일어나지 않을 것이다.

듣기 좋은 감언이설은 겉만 번지르르할 뿐, 독약이다. 그 함정에 빠지지 않으려면 언제나 내 마음속의 허영심을 경계해야 한다. 한 철학자가 이런 말을 했다. "아첨은 허영심의 그늘에서만 통용되는 위조지폐이다." 허영심 때문에 판단력을 잃고 어리석어진 사람은 주위에서 나쁜 의도로 접근하는 사람들의 말에 홀려 점차 그 나락으로 빠져들 수밖에 없다.

당연히 누구나 듣기 좋은 칭찬을 좋아하고 귀에 거슬리는 옳은 말을 싫어한다. 이는 사람의 본능이다. 하지만 우리는 그 달콤함에 속아 희생양이 되지 않도록 그 말이 좋은 뜻인지 아닌지를 잘 판별해내고 이성적으로 올바른 판단을 내리도록 노력해야 한다.

노자가 '미더운 말은 듣기에 좋지 않고, 듣기 좋은 말은 미덥지 못하다'는 이 구절을 도덕경의 끄트머리에 놓은 이유는 더 천천히 여러 번 곱씹고 음미하여 읽으라는 깊은 뜻일 것이다.

진실한 말은 결코 아름답지 않고 아름다운 말은 결코 진실하지 않다. 사람들은 솔직하고 직접적인 말을 듣기 싫어한다. 나를 치켜세우는 간드러진 말은 화려하고 듣기에도 좋지만 사실은 마음을 우쭐하게 만들어서 그 방향을 잃게 만드는 것이 목적이다.

04 大智若愚

대지약우

우둔해 보이지만 실제로는 총명한 사람이 되는 것은 아주 높은 경지의 수양이다. 예로부터 중국에서는 말이나 행동에 자신의 분수를 지키고 주제넘지 않게 행동하는 것을 높이 샀다. 자신이 할 수 있는 바를 이야기하고 할 수 없는 바는 입 밖에 내지 않음으로써 스스로의 책임을 스스로 정하고 진중하고 사려 깊게 행동하는 것이다.

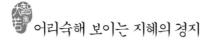 어리숙해 보이는 지혜의 경지

지 자 불 언 언 자 부 지
知者不言, 言者不知.

아는 자는 말하지 않고, 말하는 사람은 알지 못한다.
_ 도덕경 56장

—

　도덕경의 이 구절은 본인 스스로 총명함을 드러내지 말 것을 당부하고 있다. 사람들은 말로써 자신의 재주나 능력을 드러내려 하고 말로써 자신의 부끄러운 점을 덮으려 한다. 그래서 말이 많다는 것은 천박한 것이다.

　사실 적절한 말을 잘 하는 것은 일종의 학문이라고 할 정도로 적지 않은 노력이 드는 일이다. 우리는 분명히 알고 있으면서도 못 보고 못들은 척 모른 체를 할 때가 있는데, 이는 때때로 자기 자신을 보호하거나 목표를 이루기 위해 꼭 필요한 태도이다. 예를 들어, 알아서는 안 될 남의 비밀을 우연히 알았을 때 어설프게 아는 척을 하다가는 난처해지는 것은 물론 심하게는 자신의 생명이나 안전이 위태로울 수도 있다. 그럴 때는 당연히 입을 꾹 다물어야 한다. "침묵은 금이다"라는 말도 있지 않은가. 괜히 입을 놀렸다가는 말을 안 하느니만 못한 결과를 초래하거나 예상치 못한 곤경에 처할 수가 있다. 단순히 아는 자知者, 지자가 아닌 지혜로운 자智者, 지자가 되기 위해서는 이 침묵의 철칙을 잘 지켜야 한다.

하지만 현실 속에서, 그리고 역사 속에서 이런 지혜로움의 덕목을 쌓지 못한 사람들은 무수히 등장한다. 그들은 때와 장소, 대상을 가리지 않고 제멋대로 떠들어 자기 자신을 궁지로 몰아넣기도 하고 일평생 이를 후회하기도 한다. 모르는不知 수준에서 그쳤다면 커지지 않았을 일을, 괜히 아는 척을 하다가 지혜롭지 못한不智 자가 되고 마는 것이다.

춘추시대, 제齊나라에 습사미隰斯彌라는 훌륭한 대신이 있었다. 당시 실권을 쥐고 있던 사람은 대부大夫 전성자田成子였는데, 그는 왕위를 찬탈하려는 뜻을 품고 있었다. 한번은 전성자가 습사미를 불러 담소를 나누고자 했고, 두 사람은 높은 대에 올라 함께 풍경을 감상했다. 삼면이 탁 트여 드넓은 평야가 한눈에 들어왔는데, 남쪽만은 습사미 집의 정원에 있는 나무가 무성하게 자라 시선을 방해하고 있었다. 전성자와 이야기를 마치고 집으로 돌아간 습사미는 하인에게 시켜 그 나무들을 당장 베어버리라고 했다. 그런데 채 몇 그루 베지도 못했는데 또 하인을 멈추게 했다. 가족들은 그를 이상하게 여겨 왜 이렇게 오락가락하는지 물었다. 그러자 습사미가 이렇게 대답했다.

"우리집에 나무가 우뚝 솟아 있는 것을 본 전성자의 표정이 좋지 못했소. 그래서 집에 오자마자 나무를 베려 한 것이오. 그런데 가만히 생각해보니 딱히 나에게 불만스러운 말을 한 것도 아니니, 나를 떠보려 한 것이 아닌가 싶소. 전성자는 계략이 뛰어난 사람인데다 왕위를 탐내고 있어서 지금 자기보다 고명한 사람이 자신을 꿰뚫어볼까 우려하고 있다오. 이런 상황에서 내가 나무를 베어버리면 남의 속셈을 간파하는 능력이 있다는 것을 보여주는 꼴이 아니오? 그러면 당장 나를 경계하고 들 것이오. 나무를 베지 않고 아무것도 모른 체하는 것은 큰 잘못이라 할 수 없지만, 나무를 베면 알면서도 말을 안 하는 것이 되니 화를 크게 입을 것이오!"

중국인은 예로부터 자신의 능력을 겉으로 내보이지 않고 겸손한 것을 중요한 덕목으로 꼽았다. 일부러 어리숙한 것은 무지와 무능과는 다르다. 자신의 지혜로움을 드러내지 않고 잠재력을 발휘하지 않은 것이다. 중국 청대의 문인 정판교鄭板橋는 "바보처럼 어수룩하게 행동하기 어렵다難得糊塗, 난득호도"는 말을 했다. 그는 본래 총명한 사람으로, 부패한 관료사회를 떠나 시를 쓰고 그림을 그리며 자유스럽게 살았다. 모든 것을 간파할 수 있는 능력을 지니고 있었지만 사람들 앞에 나서서 말하지 않았고 무엇 하나 내세우지 않았다. 그의 삶은 세상의 이치를 다 알면서도 총명함을 드러내지 않는 '바보 철학' 그 자체였던 것이다.

보고서도 알지 못하는 사람은 우매한 사람이고, 보기만 하고 모든 것을 알아차리는 사람은 총명한 사람이다. 그리고 알아차린 것을 말로 하지 않는 사람은 고명하고 지혜로운 사람이다. 하지만 자기가 아는 것을 모두 드러내고 까발리는 사람은 보고서도 알지 못하는 우매한 사람보다 더 멍청하고 미련한 사람이다.

우리가 살면서 겪는 일 중에도 괜히 남들에게 알리지 않는 편이 나은 일이 참으로 많다. 이런 경우에는 바보처럼 어수룩하게, 입을 꾹 닫아버리는 편이 자기 자신을 보전하는 가장 좋은 방법일 수 있다. 언제 어떤 위험이 닥쳐올지 모르는 복잡한 세상에서 인생을 꿰뚫어보는 지혜를 갈고 닦아 이를 숨긴 채 바보처럼 살아가는 것. 꽤나 재미있는 경험이지 않을까?

보고서도 알지 못하는 사람은 우매한 사람이고, 보기만 하고 모든 것을 알아차리는 사람은 총명한 사람이다. 그리고 알아차린 것을 말로 하지 않는 사람은 고명하고 지혜로운 사람이다. 하지만 자기가 아는 것을 모두 드러내고 까발리는 사람은 보고서도 알지 못하는 우매한 사람보다 더 멍청하고 미련한 사람이다.

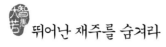

뛰어난 재주를 숨겨라

상 덕 약 곡   광 덕 약 부 족   건 덕 약 투   질 진 약 투
上德若谷, 廣德若不足, 建德若偸, 質眞若渝.

대 백 약 욕   대 방 무 우
大白若辱, 大方無隅.

뛰어난 덕은 빈 골짜기와 같고 광대한 덕은 부족함이 있는 듯 하며 강건한 덕은 소홀함이 있는 듯하
고 소박하고 순수함은 혼돈을 벗어나지 못한 듯 보인다. 가장 깨끗한 것은 더럽게 보이고 가장 반듯
하고 바른 것은 그 모서리가 보이지 않는다.

_도덕경 41장

———

《사기史記》에는 공자가 노자를 찾아가 '예禮'에 관해 물었다는 기록
이 나온다. 노자는 공자에게 충고했다. "총명하고 통찰력이 있는 사람
의 곁에는 언제나 위험이 도사리고 있는데, 이는 남을 비판하기를 좋
아하기 때문입니다. 말을 잘하고 박학다식한 사람도 똑같이 위험 처
할 운명인데, 이는 다른 사람의 허점을 잘 짚어내기 때문입니다. 그렇
기 때문에 매사에 신중하고 자신을 절제하는 것이 좋습니다. 모든 일
에 사사건건 남들을 이기려고하기 보다는 신중하게 처세하는 태도가
필요하지요. 군자는 훌륭한 덕이 있으나 어리석어 보입니다君子盛德, 容
貌若愚- 군자성덕, 용모약우." 여기서 훌륭한 덕은 재능이 출중함을 이른다.

그런데 어리석어 보인다는 것은 재능이 탁월한 사람들도 자신의 재능을 내세우지 않으면 겉으로 보기에는 우둔한 보통 사람과 다를 바가 없다는 말이다.

그리고 노자는 세상 사람들에게 이렇게 경고했다. "스스로 드러내지 않기에 더욱 분명히 드러나고, 스스로 옳다고 하지 않기에 뚜렷하게 나타난다. 스스로 자랑하지 않기에 공로가 더 인정되고 스스로 뽐내지 않기에 오래 지속할 수 있다."

요즘 사람들은 학교, 직장에서 다른 사람들보다 먼저 인정을 받고 성공하려고 혈안이 되어 있다. 그래서 물불을 가리지 않고 덤벼들어 동료들과 선수를 다투고, 걸핏하면 반칙을 쓰는 파렴치한 행동도 한다. 하지만 뛰어난 재주는 종종 다른 사람들로부터 질투를 불러일으킨다. 그러므로 되도록이면 자신을 드러내 보이지 않고 오랫동안 재주를 갈고 닦아 제때 실력 발휘를 하는 것이 좋다.

도가의 대표적인 사상가인 장자 역시 이런 말을 남겼다.

"곧게 뻗은 나무가 일찍 베이고 단 우물이 먼저 마른다."

보통 곧게 뻗어 크게 자란 나무는 쓸모가 많아 일찍 나무꾼의 표적이 된다. 우물 또한 달고 맛있는 물이 솟아나는 우물에 사람들이 자주 드나드니 일찍 마를 수밖에 없다. 자기보다 현명하고 능력 있는 사람을 시기, 질투하는 것은 거의 인간의 본성이나 다름없다. 그래서 무슨 일에서건 남들보다 뛰어난 사람은 다른 사람들로 인해 불행한 일을 겪거나 시달림을 당할 수밖에 없다.

역사 속에서도, 우리 삶에서도, 이런 경우는 비일비재하다. 팔방미인에 다재다능한 인재는 어디서든 눈에 띄고 남들보다 손쉽게 발탁되지만 그만큼 다른 사람의 미움과 질투를 사서 계략에 빠지기도 쉽다.

중국의 삼국시기, 양수楊修는 생각하는 것이 민첩하고 재주가 뛰어났지만 그 영리함 때문에 조조가 언짢게 생각하는 부하였다.

하루는 조조가 부하들에게 화원을 하나 만들라고 지시했다. 완공된 화원을 둘러본 조조는 좋다 나쁘다 말도 없이 문에다가 '활活'이라고 쓰고는 가버렸다. 그러자 양수가 사람들에게 "문門에 '활活'자를 더하면 이는 넓다闊, 넓을 활는 뜻입니다. 문이 너무 넓어 마음에 들지 않은 것이지요." 문을 다시 고치자, 조조는 기뻐했으나 그것이 양수의 생각인 것을 알고 마음속으로는 양수를 더욱 경계하게 되었다.

또 하루는 선물로 들어온 수酥, 밀가루에 설탕이나 여러 가지 소를 넣어 만든 중국식 과자의 일종_역주가 한 상자 있어 조조가 상자 위에 '수 한 상자一盒酥'라고 적어놓았다. 양수가 그것을 보고 가져다가 다른 부하들과 함께 나누어 먹어버렸다. 조조가 이를 알고 어떻게 된 것이냐고 묻자 양수가 대답했다. "한 사람이 한 입씩一人一口, 한 상자를 뜻하는 一盒의 획을 풀어서 쓴 모양_역주' 먹으라고 써놓지 않으셨습니까? 저희가 어찌 명령을 따르지 않을 수가 있겠습니까?" 조조는 겉으로 웃었지만 속은 부글부글 끓어올랐다.

조조가 40만 대군을 이끌고 유비와 한중漢中 지역을 놓고 격전을 벌이고 있을 때였다. 한수漢水를 끼고 양쪽에 군대가 대치한지 한참이 지나도록 결판이 나지 않아 진퇴양난에 빠진 어느 날, 닭고기가 상에 올랐다. 조조가 닭의 갈비를 보며 생각에 잠긴 듯 중얼거리고 있는데 하후돈

夏候惇이 와서 그 날 저녁의 암구호를 물었다. 조조가 무심결에 '계륵鷄肋, 닭의 갈비 _역주'이라고 했고, 하후돈은 이를 군사들에게 하달했다. 그러자 양수가 나서서 군사들에게 군장을 챙겨 돌아갈 준비를 하라고 명령했다. 하후돈이 깜짝 놀라 조조의 뜻을 여쭈어 보자고 했지만 양수는 이렇게 말했다. "계륵은 먹을 것도 없고 맛있지도 않아 쓸모가 없지. 오늘 싸움에 이기지 못하면 사람들한테 비웃음만 사고 아무런 이익이 없을 터이니 내일은 필시 철수를 할 것이오." 하후돈이 그 말을 굳게 믿고 명령을 내리자 군영의 병사들은 모두 떠날 채비를 했다. 조조가 이 사실을 안 후, 불같이 화를 내며 유언비어를 퍼뜨린 양수에게 군기를 어지럽힌 죄를 물어 목을 베어버렸다.

이 모두는 자신의 총명함을 믿고 제멋대로 설치다가 조조의 심기를 건드린 양수의 잘못이었다. 그의 총명함이 자신을 죽음으로 이끈 것이다.

제왕, 장수들 중에도 주변 사람이 자기보다 더 뛰어난 것을 견디지 못하는 사람들이 많이 있었다. 건륭乾隆 황제는 글 솜씨 뽐내는 것을 좋아해 수만 편의 시를 남겼다. 집무를 볼 때도 자주 사辭를 지어 대신들에게 대구를 지으라는 시험문제를 냈다고 한다. 그러면 현명한 대신들은 입을 다물고 골똘히 생각하는 듯 하다가 황제에게 삼 일만 더 생각할 시간을 달라고 청했다. 사실 대신들의 의도는 건륭제가 스스로 대구를 짓기를 바란 것이었다. 과연, 흐뭇한 미소를 띤 황제가 직접 대구를 지어 말하면 대신들이 다함께 칭송의 목소리를 높였고, 황제는 그렇게 기뻐할 수 없었다고 한다.

반면에 양수는 금기를 어기고 번번이 조조 앞에서 나대었으니 조조의 체면이 얼마나 구겨졌겠는가?

　　본인이 다 알고 있는 일이라고 하더라도 남들 앞에서 아는 척을 하며 무슨 일이든 다 꿰뚫고 공개적으로 언급하는 행동은 각별히 조심하고 삼가야 한다. 그렇지 않다면 계륵의 일화와 같이 상대방을 모욕하여 예기치 않은 큰 화를 입을 수가 있을 것이다.

　　자기보다 현명하고 능력 있는 사람을 시기, 질투하는 것은 거의 인간의 본성이나 다름없다. 그래서 무슨 일에서건 남들보다 뛰어난 사람은 다른 사람들로 인해 불행한 일을 겪거나 시달림을 당할 수밖에 없다. 좋은 말도 미주알고주알 전부 다 할 필요는 없고, 자신의 역량도 전부 끌어내 한 번에 내보일 필요가 없다. 자신의 능력을 과신하여 잘난 체를 하지 않고 겸손할 수 있다면 그 재주는 아주 오랫동안 더욱 크게 빛을 발할 수 있을 것이다.

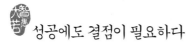 성공에도 결점이 필요하다

대 성 약 결 기 용 불 폐
大成若缺, 其用不弊.

대 영 약 충 기 용 불 궁
大盈若冲, 其用不窮.

큰 성공은 결함이 있는 듯 보인다. 그래서 그 쓰임이 영원히 다하지 않는다.

가장 충만한 것은 비어있는 것과 같이 보인다. 그래서 그 쓰임이 무궁무진하다.

_ 도덕경 45장

—

   가장 완벽한 것에도 비어있는 부분이 필요하고 가득한 것에도 부족함이 있어야 한다. 그래야 그 생명이 계속해서 영위되고 끊임없이 힘을 발휘하는 것이다. 모든 것을 다 이룬 듯 보이지만 작은 결점이 있어야 하고, 충만하여 꽉 찬 듯 보이지만 작은 틈이 생겨 계속 그 작용을 해야 폐단이 생기지 않고 그 쓰임도 끊임없이 지속될 것이다. 그런 의미에서 노자가 이야기한 '대성약결'은 단순히 하나의 경지라기보다는 인생에서 이루어야 할 목적이라 할 수 있다. 우리에게 익숙한 역사 속의 이야기를 예로 들어보자.

서한西漢의 소하蕭何는 유방劉邦을 보필했으며, 유방이 즉위할 때 그 공로가 으뜸인 공신으로 찬후酇侯에 봉해지고 식읍도 가장 많이 하사받은 신하였다.

한 고제漢高帝 11년기원전 196년에 진희陳豨가 반란을 일으키자 고제高帝는 이를 진압하기 위해 직접 한단邯鄲으로 출격했다. 그런데 반란을 평정하기도 전에 한신韓信이 또 모반을 꾀하자 황후인 여후呂后가 소하의 계책에 힘입어 한신의 목을 베었다. 이에 고제는 즉시 사자를 보내 승상丞相이던 소하를 상국相國에 봉하고 식읍 오천 호戶와 군사 오백 명, 상국을 호위하는 도위都尉 한 명을 상으로 내렸다. 수많은 대신들이 소하에게 와서 축하를 하는데 소평召平만이 우려를 표했다. 그는 소하에게 이렇게 말했다.

"이로써 화근이 될 것입니다. 황상은 험한 전쟁터에 계시는데 상국께서는 조정을 지키고 계십니다. 전쟁의 위험이라고는 없는 곳에 계신 귀공께 식읍과 군사를 내리신 것은 황상께서 한신의 모반으로 귀공까지 의심하시는 것입니다. 호위를 붙인 것도 귀공을 총애하고 신임해서가 아닙니다. 부디 식읍과 병사를 사양하시고 귀공의 재산이 군대에 쓰이도록 전부 황상께 바치십시오. 그러면 황상은 틀림없이 기뻐하실 겁니다."

소하는 그의 말에 따랐고, 고조는 과연 대단히 기뻐했다.

한 고제 12년기원전 195년 가을에는 경포黥布가 반란을 일으켜 고조가 이번에도 직접 군사를 이끌고 나섰다. 그런데 고조는 전장에 있으면서도 몇 번이나 사람을 보내 소하가 무엇을 하고 있는지를 살폈다. 소하는 고조가 자리를 비운 사이 후방에서 전심전력으로 백성들을 돌보고 격려하며 그전처럼 자신의 재산을 모두 군대에 보탰다. 그런데 어느 날, 한 식객이 찾아와 소하에게 말했다.

"일족이 몰살당하실 날이 멀지 않았습니다. 이미 상국의 지위에 오르셨고 업적도 가장 크신데 아직도 더 공을 세우려 하십니까? 관중에 와서 민심을 얻은 지 벌써 십수 년이 되셨습니다. 백성들은 이미 귀공을 따르는데 여전히 그렇게 열심히 하시면 백성들은 귀공을 더욱더 존경하고 따르게 되겠지요. 황상께서 사람을 자꾸 보내는 것도 민심이 기울어 무슨 일이 생길까 염려해서입니다. 상국께서 백성들의 땅을 대량으로 사들이시되, 값을 터무니없이 깎고 지불도 차일피일 미루시어 백성들의 신임을 잃고 원성을 얻으시는 것이 어떨지요? 그렇게 하면 황상께서는 안심하시고 공을 더 이상 괴롭히지 않으실 겁니다."

소하가 그의 이야기를 듣고 그대로 했더니 고조가 과연 마음을 놓고 다시는 사람을 보내 탐문하지 않았다.

그런데 고조가 경포의 난을 모두 평정하고 돌아오는 길에 백성들이 곳곳에서 길을 막고 상소를 올렸다. 상국이 강제로 싼 값에 팔게 한 땅과 집이 너무나 많다는 내용이었다. 고조는 소하를 불러 웃으며 말했다.

"백성을 이롭게 함이 이런 것이었나!"

그리고 상소들을 소하에게 주면서 이렇게 말했다.

"상국이 직접 백성들에게 사죄하시오."

그러나 소하가 사들인 전지와 주택들은 전부 빈곤하고 외딴 곳에 있는 곳으로, 수리도 하지 않은 낮은 담으로 둘러싸인 곳이었다. 그는 이런 말을 남겼다.

"내 후손들이 어질고 현명하다면 나의 검소함을 배울 것이고, 그렇지 못하다고 하더라도 권세가들에게 가산을 빼앗기지는 않을 것이다."

실제로 소하의 후손은 죄를 지어 후작 봉호를 잃었다. 하지만 매번 후사를 이을 사람이 없을 때마다 천자는 소하의 후손을 찾아 찬후 작위를 잇게 했다. 공신 중에서 소하에 비할 만큼 공적을 쌓은 이가 없기 때문이었다.

소하는 '대성약결'의 교훈을 따라 자기 자신에게 흠집을 내어 위태로운 정치 환경에서도 자신의 생명을 보전했을 뿐만 아니라 스스로 정한 무위이치의 정치 강령을 계속해서 이어갈 수 있었다. 그리고 나라의 태평성세를 이룩하기 위한 정치적 기초까지 다졌으니 그 쓰임이 다하지 않는 '기용불폐'의 표본이라 할 수 있다.

크게 성공하여 이름을 날린 사람이더라도 자신의 모자란 점을 가감 없이 드러내야 한다. 이는 없는 단점을 인위적으로 만들어내는 것이 아니라 본래 지니고 있던 부족한 점을 부끄러워 말고 솔직하게 내보이라는 의미인데, 사실 이는 누구보다도 스스로에게 필요한 일이다. 그래야 내가 부족하다는 것을 항상 유념하고 이를 채우려고 노력하면서 점점 퇴보하는 것을 막을 수 있기 때문이다. 이는 사업이나 일에서도 마찬가지이다. 부족한 점을 알아야 어떤 일을 할 때 나서고 물러섬을 잘 판단할 수가 있고 계속해서 발전하는 모습을 유지할 수가 있는 것이다.

가장 크게 포용하고 받아들이려면 텅 비어 있어야 한다. 그래야만 한없이 받아들일 수가 있다. 잔에 물을 채울 수 있는 것은 텅 비어 있기 때문이다. 이미 꽉 차 빈자리가 없는 그릇에는 더 이상 아무것도 담을 수가 없다.

　　가장 완벽한 것에도 비어 있는 부분이 필요하고 가득한 것에도 부족함이 있어야 한다. 그래야 그 생명이 계속해서 영위되고 끊임없이 힘을 발휘하는 것이다. 모든 것을 다 이룬 듯 보이지만 작은 결점이 있어야 하고, 충만하여 꽉 찬 듯 보이지만 작은 틈이 생겨 계속 그 작용을 해야 폐단이 생기지 않고 그 쓰임도 끊임없이 지속될 것이다.

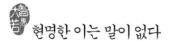
현명한 이는 말이 없다

다 언 수 궁 불 여 수 중
多言數窮, 不如守中.

말이 많으면 도리어 궁할 때가 많으니 중도를 유지함만 못하다.

_도덕경 5장

중국인들은 자신의 본분을 지키는 것을 중시한다. 말을 할 때나 어떤 일을 할 때 명분과 지위, 직책이나 임무에 따라 해야 할 것은 하고 하지 말아야 할 것은 하지 않으며 신중하고 분별력 있게 행동하는 것을 좋아한다. 이는 오랜 세월이 지나는 동안 쌓아온 노련한 처세 방법이며 혹시라도 모를 주제넘은 행동으로 화를 자초하는 것을 막기 위한 옛사람들의 지혜이다.

노자는 '다언수궁', 즉 말이 많으면 궁할 때가 많다고 했다. 말이 많은 사람은 매우 난처하고 곤란한 상황에 자주 처한다는 뜻이다. 말이 많으면 언제나 생각할 것이 많아지고 신경 쓸 일도 많아진다. 말이 많을수록 더욱 곤란해진다는데 구태여 말을 많이 할 필요가 있을까?

노자는 언제나 말을 적게 하고 가려서 하라고 강조했다. 그리고 한 걸음 더 나아가 말이 많은 것은 많이 아는 것만 못하니, 가능하면 말

140

로 하지 말고 마음속으로 이해만 한다면 족하다고 했다. 해서는 안 될 말을 하는 것은 아무런 득이 없고 물어봐서는 안 될 것을 묻는 것 또한 좋을 것이 하나 없다는 것이다. 이른바 바보의 마음은 입 속에, 지혜로운 사람의 입은 마음속에 있다는 말과 같은 이치이다.

공자는 이런 말을 했다. "군자는 말이 느리지만 실천은 재빠르다." 공자의 이 말은 실제 행동의 중요성을 강조한 것으로 말은 적게 하고 일에 열중하라는 뜻을 담고 있다. 도와 덕을 쌓는 이들은 더욱더 말에 조심스러워야 하고 맡은 일에 근면해야 한다.

고대 그리스 격언에는 이런 말이 있다.

"똑똑한 사람은 경험의 힘을 빌어 말하고, 더 똑똑한 사람은 경험에 의해 말을 하지 않는다."

말을 적게 한다고 손해 볼 것은 절대 없다. 우리는 말하지 않아야 할 때 입을 닫아야 하고, 말이 아닌 다른 방법으로 표현하는 방법이 있다는 것을 무수한 경험으로 알고 있다.

동한의 명장 마원馬援이 교지交趾 지역을 정벌하러 갔을 때, 그의 조카인 마엄馬嚴과 마돈馬敦이 다른 사람과 어울려 다니면서 조정의 일에 관해 왈가왈부한다는 소리를 듣고 두 조카에게 서신을 보냈다.

"나는 다른 사람의 장단점을 들먹거리고 국가의 중대사를 입에 올리는 것을 싫어한다. 내 자손들 중에 이런 행동을 하는 이가 있다면 정말 견딜 수가 없을 것 같구나. 죽는 한이 있어도 이를 두고 보지는 않을 것이다. 다른 사람의 잘못은 부모의 이름을 들었을 때처럼 듣기만 할 뿐, 절대 입 밖으로 내어놓지 않았으면 한다. 너희들은 용술龍述을 본받되 두보杜保는 닮지 말거라. 용술은 매사에 신중하고 사람이 온화하여 타당하지 않은 말은 삼가고 청렴하고 공손하며 근검절약에 앞장서는 인물로 위엄까지 갖추어 나는 그를 매우 존경하고 있단다. 너희들이 그를 따라 배운다면 똑같이 되지는 못하여도 발전이 적지 않을 것이며 적어도 자신을 해치는 일은 없을 것이다. 기러기가 되지는 못하더라도 적어도 오리는 될 수가 있다는 말이다. 그리고 두보는 의리가 있어 다른 사람의 걱정과 즐거움을 함께 나누기에 주변에 사람이 적지 않다. 그의 부친이 돌아가셨을 때, 가까운 곳과 먼 곳의 친구들이 모두 다 왔었다. 나는 두보 역시 존중하지만 너희들이 보고 배우지는 않았으면 한다. 그를 따르다 잘못하면 타락하고 불량한 젊은이가 되고 말 것이니 말이다. 마치 호랑이를 그리려다 개밖에 그리지 못한 것과 같다."

마원의 눈은 자로 잰 듯 정확했다. 얼마 지나지 않아 두보가 잘못을 저질렀기 때문이다. 광무제光武帝가 직접 그를 질책하면서 마원이 조카들에게 보낸 서신을 들이대자 너무나 놀란 두보는 피가 나도록 머리를 조아렸다. 그리고 남의 장단점을 들추지 말고 나랏일을 함부로 떠들지 말라는 마원의 글은 후손들에게 큰 교훈을 남겼다.

보통 말이 많으면 실수를 할 가능성이 많아진다. 언제나 다른 사람들과 교류하며 살아가는 현대인에게 자신의 언행은 한번쯤 짚고 넘어가야 할 문제이다.

첫째, 다른 사람의 마음을 다치게 하는 인격적인 모독이나 비하발

언은 절대로 해서는 안 된다. 그런 말은 상대방을 힘들게 할 뿐만 아니라 비수가 되어 다시 자기 자신에게 돌아와 모두에게 상처와 고통을 준다.

둘째, 전체의 결속력을 깨트리고 이간질하는 말도 집단 내에서는 절대 해서는 안 될 금기의 말이다. 집단 구성원끼리는 서로 돕고 아끼는 것도 모자란다. 그런데 모두의 단결을 방해하고 팀워크를 깨트리는 나쁜 말을 한다면 구성원의 결속이 깨지는 것은 물론 이 집단에 대한 개인의 신뢰도까지 크게 저하시켜 집단을 붕괴시키고 말 것이다.

셋째, 부정적인 영향을 미치고 다른 사람의 기분을 망치는 말도 피해야 한다. 특히 어려운 일이 있거나 사기가 떨어진 상태에서라면 더욱 언행에 주의를 기울여야 한다. 동료들의 사기를 꺾고 의지를 무력화시키는 사람이라면 어떻게 함께 일을 해나갈 수 있겠는가?

넷째, 사실이 아니거나 옳지 않은 말을 해서는 안 된다. 어떤 일이든지 정확하게 확인하기 전이나 결과가 확실해지기 전, 시비가 가려지기 전에는 누구도 발언권이 없다. 법적으로 성인이 되었다면 적어도 자신의 말에 책임을 질 수 있어야 한다는 사실을 유념하자.

말은 내키는 대로 하고 나면 잠시나마 속이 시원하고 만족할지는 몰라도 결국은 의도하지 않은 결례를 범하거나 큰 재앙을 부르는 것과 다름없다. 그러므로 아무 말이나 내뱉지 않도록 조심하고 언제나 두 번, 세 번 머릿속으로 생각한 다음에 신중하게 해야 한다.

무거운 입과 진실한 마음은 세상 누구에게나 환영받는다. 조용히만 있어도 불똥이 튀는 세상에, 말이 많아 생기는 잘못은 두말할 필요도 없이 많을 것이다. 그러므로 말은 언제나 신중하고 또 신중해야 한다. '말은 적게 하고 행동으로 옮기라'는 지혜의 교훈을 꼭 기억하자.

매사에 말이 많으면 실수가 잦을 수밖에 없다. 그럴 바엔 차라리 마음속에 담아두고 가만히 중도를 유지하는 것이 낫다. 바보의 마음은 입 속에, 지혜로운 사람의 입은 마음속에 있다는 말을 교훈 삼아 말은 적게, 행동은 많이 해야 할 것이다.

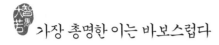 가장 총명한 이는 바보스럽다

속 인 소 소   아 독 혼 혼
俗人昭昭, 我獨昏昏.

속 인 찰 찰   아 독 민 민
俗人察察, 我獨悶悶.

세상 사람들은 똑똑하기만 한데 나만 홀로 우둔하고 멍청하다.
세상 사람들은 잘 살피고 사리에 밝은데 나만 홀로 먹먹하다.

_ 도덕경 20장

앞서 소개한 청대의 문인 정판교는 이런 명언을 남겼다.

"총명하기는 어렵고 바보처럼 하는 것도 어렵다. 총명한 사람이 바보 같이 하기는 더욱 어렵다."

이 말은 노자의 견해와 여러모로 일치한다. 똑똑하고 지혜로운 경지에 이르는 것도 어렵고 타고난 순박한 본성을 잃지 않고 어리숙하게 사는 것도 어렵지만, 똑똑하고 영민한 사람이 바보같은 모습으로 어리숙하기란 더욱 어렵다는 것이다.

세상 사람을 똑똑한 사람과 멍청한 사람으로 나누어 보자. 똑똑한 사람은 진정 지혜로운 사람과 잔머리를 굴리는 영악한 사람으로 나눌 수 있고, 멍청한 사람 역시 똑같이 진짜 아무것도 모르는 바보와 어리숙한 척하는 사람으로 나눌 수 있다. 노자 같은 현자는 그중에서 당연히 바보스러운 척하는 지혜로운 사람에 속할 것이다.

술을 마시고 진짜 취한 것과 일부러 취한 척 가장하는 것이 다르듯이, 멍청한 사람과 멍청한 척하는 사람은 판이하게 다르다. 무술 취권을 구사할 때도 겉모습은 취해 보이지만 정신은 멀쩡하지 않은가. 취권은 거짓으로 취한 모습을 보여서 상대를 홀린 후에 강한 공격으로 결정타를 입히는 것이다. 이처럼 어리숙한 척하는 것은 겉으로는 둔하고 멍청한 척하면서 속으로는 실제로 그렇지 않은 것을 말한다. 일의 큰 흐름과는 무관한 사소한 일은 어리숙하게 모른 체하고 운명을 결정짓는 확실한 순간에는 치명타를 날려 자신의 진가를 발휘하는 것이다.

이에 노자는 지혜로움과 총명함의 최고봉은 바로 자신의 똑똑함을 겉으로 드러내 보이지 않는 것이라고 여겼다. '세상 사람들이 똑똑한데 홀로 멍청하다'고 한 것은 다른 사람들이 자신의 의도를 엿보지 않게 하려고 자신의 능력을 숨기고 바보같이 꾸미는 것을 말하며, '사람들은 사리에 밝은데 홀로 먹먹하다'는 것은 자신의 속내를 드러내고 싶지 않다는 뜻이다.

《삼국지연의》에는 '술을 데워 영웅을 논하다煮酒論英雄, 자주논영웅'라는 조조의 이야기가 나온다.

당시 유비는 조조에게 모든 것을 의탁하고 있었는데 조조 역시 유비를 진심으로 대했다. 하지만 헌제獻帝가 조조의 권력이 커지는 것을 우려해 없애버리라는 밀서를 보냈을 때 유비는 동의를 표했고, 그 이후로 조조의 눈을 속여 감시를 벗어나기 위해서 직접 채소밭을 일구며 조용히 지내고 있었다.

하루는 조조가 유비를 불러 술자리를 마련했고 세상의 영웅이 누구인지에 관해 이야기를 나누게 되었다. 유비는 원술, 원소, 유표, 손책 등 조조보다 못한 인물들의 이름을 열거했다. 하지만 조조는 영웅의 기준으로 우주와 천지의 큰 뜻을 품은 사람을 꼽았다. 유비가 물었다.

"그럼 누가 영웅입니까?"

"그대와 나 둘뿐이오."

유비는 자신이 조조를 해할 기회를 엿보려고 한 사실이 간파당한 것을 알고는 깜짝 놀라 젓가락을 떨어뜨리고 말았다. 그런데 때마침 큰 비와 함께 천둥번개가 내리쳤고, 유비는 태연자약하게 젓가락을 집어 들며 말했다.

"소리가 어찌나 큰지 깜짝 놀랐소이다."

유비는 자신의 처지를 드러내지도 않고, 과장되지 않은 어리숙한 연기로 자신이 영웅이 될 만한 그릇이 아니라는 모습을 보여서 위기를 모면할 수 있었다.

사실 남에게 어리숙하게 보이도록 연기하는 것은 쉽다. 어려운 것은 일이 어떻게 돌아갈지, 사람들이 자신을 어떻게 생각할지에 대해 파악하는 것이다. 남에 대한 이해가 깊지 않은 사람들은 사람들이 자신을 바보로 보는 것을 두려워할 뿐더러 바보스럽게 행동을 한다고 해도 스스로 확신을 가지지 못해서 다른 사람에게 들킬까 벌벌 떨거나 아무런 결과를 얻지 못할까 끊임없이 염려한다. 그래서 결국 자신의 목적을 달성하지 못하게 된다.

먼 미래의 성공을 내다보고 스스로 바보를 자처해야 한다. 많은 장사치들이 거래를 할 때 당장의 작은 이익만을 따지며 밑지는 장사는 절대 하지 않으려 한다. 조금만 유리하다 싶으면 곧바로 선점하고 조금이라도 손해가 있을 것 같으면 외면해버리는 것이다. 하지만 다른 사람들도 이런 사람이 탐욕스럽고 눈치가 재빠르다는 것을 금방 눈치 챈다. 그리고 이렇게 욕심 많은 사람과는 함께 일하고 싶어 하지 않는다. 자신을 바보 취급하는 상대방이 나를 제치고 부당하게 이득을 취하는 것을 즐거워하는 사람은 없기 때문이다. 반면에, 당장은 약간 손해를 보더라도 다른 사람의 편의를 보아주는 사람 곁에는 언제나 도와주는 사람이 많다. 그런 사람은 뚝심 있게 상대와 협력관계를 유지할 수가 있고, 자연스레 장기적인 이익을 취하게 된다.

사람들은 누구나 똑똑해지려 하고 바보가 되고 싶지는 않지만 살면서 때로는 '바보정신'도 필요하다. 이런 바보스러움이야말로 똑똑함의 최고 경지이기 때문이다. 사실 약간 모자란 듯 천진난만한 사람들이 자기 혼자 똑똑하고 잘난 사람에 비해서 사람들에게 인정받는 경우가 많다. 그래서 마지막에 웃게 되는 사람은 바로 모두가 바보, 멍청이라고 생각했던 그 사람이다.

'大智若愚대지약우', 큰 지혜는 우둔함과 같다는 말은 큰 그림을 그리는 총명함을 이르는 말이며 개인이 도달해야 할 수양의 한 경지이다. 자기기만이나 망각이 아닌 일부러 어리숙한 척하는 것을 말한다. 바보스러워야 할 때는 자신의 체면이나 학벌, 지위를 걱정하여 망설이지 말고 서슴없이 자신을 내던져야 하며, 똑똑하고 민첩해야 할 때는 잡념을 버리고 최대한 집중해야 한다. 그래야 지혜로움과 바보스러움을 자유롭게 넘나들며 행복하고 성공적인 인생을 영위할 수 있을 것이다.

최고로 똑똑한 사람은 자신이 의도가 남에게 간파당하지 않도록 똑똑함을 드러내지 않는다. 오히려 모든 것을 다 알고 있지만 일부러 모르는 척, 둔한 척할 뿐이다. 이런 대지약우의 지혜는 우리가 도달해야 할 높은 수양의 경지이다.

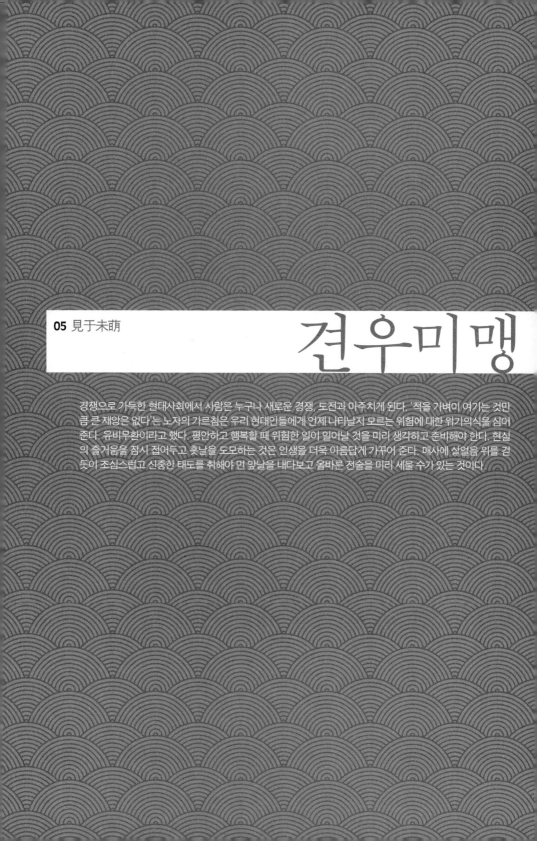

05 見于未萌

견우미맹

경쟁으로 가득한 현대사회에서 사람은 누구나 새로운 경쟁, 도전과 마주치게 된다. '적을 가벼이 여기는 것만큼 큰 재앙은 없다'는 노자의 가르침은 우리 현대인들에게 언제 나타날지 모르는 위험에 대한 위기의식을 심어 준다. 유비무환이라고 했다. 평안하고 행복할 때 위험한 일이 일어날 것을 미리 생각하고 준비해야 한다. 현실의 즐거움을 잠시 접어두고 훗날을 도모하는 것은 인생을 더욱 아름답게 가꾸어 준다. 매사에 살얼음 위를 걷듯이 조심스럽고 신중한 태도를 취해야 먼 앞날을 내다보고 올바른 전술을 미리 세울 수가 있는 것이다.

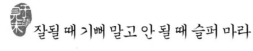
잘될 때 기뻐 말고 안 될 때 슬퍼 마라

천 하 개 지 미 지 위 미　사 악 이
天下皆知美之爲美, 斯惡已.

개 지 선 지 위 선　사 불 선 이
皆知善之爲善, 斯不善已.

고 유 무 상 생　난 이 상 성　장 단 상 형
故有無相生, 難易相成, 長短相形,

고 하 상 영　음 성 상 화　전 후 상 수
高下相盈, 音聲相和, 前後相隨.

세상 사람들은 아름다운 것을 보고 아름답다고 여겨 추함의 존재를 안다.
선한 것을 보고 선하다고 여겨 악함의 존재를 안다. 유와 무는 서로가 있게 하고,
어려움과 쉬움은 서로를 존재하게 한다. 길고 짧음은 서로를 겨루어
보여주고 높고 낮음은 서로를 두드러지게 한다.
음악과 선율은 서로 어우러지고 앞과 뒤는 서로를 뒤쫓아 존재하게 한다.

_도덕경 2장

　이는 노자의 방법론이자 자연주의를 직접 드러내는 구절이다. 이
문장은 자연과 인간사의 상대론으로, 모든 사물이 서로 대립이라는
관계 속에서 탄생하고 존재한다는 것을 설명하고 있다. 모든 사물은
상부 상생하며 서로를 보완하는 존재이다. 그리고 이런 상반되는 관

계는 변화무쌍하기 때문에 사물의 가치판단 또한 끊임없이 뒤바뀐다. 유와 무, 어려움과 쉬움, 길고 짧음, 높고 낮음, 음악과 선율, 앞과 뒤의 변증법은 세상만사 모든 현상이 대립하는 가운데 조화를 이룬다는 사실을 증명하는 것이다.

사람이 살아가는 과정 또한 그러하다. 사람이 살다보면 어떨 때는 모든 일이 순풍에 돛단 듯이 술술 풀리지만 어떤 때는 한치 앞도 볼 수 없이 깜깜한 지경에 처하기도 한다. 심지어 별일 없는 하루 중에도 잠깐 기분이 좋다가 불현듯 갑작스럽게 초조하고 불안한 감정에 휩싸이기도 한다. 우리는 이를 어떻게 봐야 할까?

노자의 변증법 이론에 따르면, 자신의 상황과 감정 변화에 휩쓸리는 것을 피하기 위해서는 순경順境과 역경逆境의 모순 관계를 이해하며 새옹지마, 전화위복의 자세를 취해야 한다.

《채근담茶根譚》에 이런 말이 나온다.

"역경에 처했을 때는 주위의 모든 것이 침이고 약이 되어 절개와 덕을 쌓게 하지만 이를 깨닫지 못하고, 순경에 처했을 때는 눈앞의 모든 것이 칼과 창이 되어 살을 녹이고 뼈를 깎게 하지만 이를 깨닫지 못한다."

사람이 역경에 처했을 때는 접하게 되는 모든 것이 자신의 부족한 점을 치료하는 좋은 약으로 작용한다. 그래서 자기도 모르는 사이 역경을 이겨낼 의지를 단련시켜준다. 하지만 순경에 처했을 때는 주변의 모든 것이 의지력을 꺾고 무력화시키는 칼과 창으로 변하여 저도 모르게 몸과 마음을 타락하게 만들며 실패의 길로 접어들게 만드는 것이다.

우리 인생길에는 오르막과 내리막이 계속된다. 어려움에 처하는 것은 당연히 고통스럽고 답답한 일이다. 하지만 적극적인 태도로 스스로 반성하는 사람은 이런 시련 속에서도 자신의 부족한 점을 보완하고 의지를 갈고 닦는다. 그리고 기회가 생겼을 때, 이를 절대 놓치지 않고 순식간에 상황을 역전시켜 높이 날아오른다. 반대로, 일이 잘 풀리는 것은 좋은 일이다. 하지만 인품이 덜 되고 아무 생각 없이 사는 사람이 풍족하고 여유로운 환경에 놓이면 유혹을 이기지 못하고 쉽게 타락하고 잘못되어 버린다. 그래서 우리는 삶의 빈부는 불변하는 것이 아니며 순경과 역경 또한 계속해서 바뀐다는 점을 유념하고 경계해야 한다.

노자는 우리에게 "인생의 좌절을 경험했을 때, 얼마나 손해를 보았는지를 따지느라 시간을 낭비하지 말고 반대로 좌절 속에서 무엇을 얻을 수 있을지를 따져보라"고 경고한다. 아무리 좌절이 닥쳐와도 자신의 의지만 확고하다면 잃는 것보다 얻는 것이 더 많다. 발끝을 딛고 높이 올라서면 조금 전과 다른 삶과 세계가 또다시 펼쳐지지 않는가.

춘추전국시대에 자문子文은 초楚나라의 재상인 영윤令尹 직을 맡고 있었다. 그는 세 번이나 영윤의 자리에 올랐지만 기뻐하는 기색이 없었고, 세 번을 그만두면서도 노여워하지 않았다. 이는 그의 마음이 언제나 평온하기에 삶의 순경과 역경이 아무런 영향을 미치지 못하기 때문이었다. 자문은 마음 씀씀이가 관대하여 이런 일을 다투는 것이 쓸모없다는 사실을 잘 알고 있었다. 잃게 되어 있는 것은 얻으려 노력하여도 장담할 수 없고 이를 얻으려고 용을 쓰면 쓸수록 마음은 더욱 평정심을 잃게 된다. 그렇다면 스스로에게 아무런 이득도 생기지 않고 차라리 그냥 내버려둔 것만 못하게 되는 것이다. 그런 마음가짐을 가진 자문에게 인생길은 언제나 탄탄대로 순경이었고, 어려움은 아무 문제가 되지 않았다.

잘될 때도 기뻐하지 말고 안 될 때도 슬퍼하지 마라. 일이 잘될 때, 재앙이 도사리고 있으며 안 될 때도 복은 다가오는 법이다. 세상 모든 일은 서로 맞서면서 조화를 이룬다. 우리의 인생길에는 오르막도 내리막도 있으니 새옹지마, 전화위복을 잊지 말자. 모든 것은 다 마음에 달려 있다.

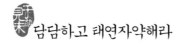
담담하고 태연자약해라

불 자 견 고 명 불 자 시 고 창
不自見, 故明. 不自是, 故彰.

불 자 벌 고 유 공 불 자 긍 고 장
不自伐, 故有功. 不自矜, 故長.

스스로 내세우지 않아 더욱 분명하게 드러난다.
스스로 옳다하지 않아 더욱 훌륭하게 두드러진다.
스스로 자신의 공적을 뽐내고 교만하지 않아 더욱 오랫동안 업적을 빛낸다.

_도덕경 22장

주변에 이런 사람들이 꼭 하나씩은 있다. 내가 제일 똑똑하고 내 생각이 가장 좋고 내 말은 언제나 옳으며 능력 또한 내가 최고라고 자부하는 사람. 사실 대다수의 보통 사람들에게도 '자신의 단점'은 보지 못하는 사각지대나 마찬가지다. 그래서 종종 건방지게 굴다가 큰 코를 다치기도 한다.

노자는 지나치게 주관적으로 판단하거나 자신을 과신하는 태도를 경계하고, 겸허한 마음을 가져야만 발전이 있다고 경고했다. 겸허함은 내재적인 수양의 발현이며 오만함은 무식의 소치이다. 겸허하게 자신을 낮추는 행동은 자신을 필승으로 이끌겠지만, 거들먹거리는 태도는 승리로 향하는 길의 장애물이다.

그래서 현명한 사람은 항상 겸손하고 진실한 대화의 방식으로 사람의 마음을 움직이며, 우매한 사람은 기세등등하고 자신이 우위에 있는 듯 거만함을 떨어서 상대방에게 거부감을 불러일으킨다. 평소 자신을 낮추는 사람은 어려움에 처했을 때도 이를 안타까워하는 사람들의 도움을 받기도 하지만, 그렇지 않은 사람은 당연히 모두에게 외면 받는다.

노자는 "담담한 마음이 고요하기가 바다와 같다淡兮其若海"라고도 했는데, 이는 일이 뜻대로 풀려 잘 흘러갈 때도 평온한 바다와 같이 평정심을 유지하고 남을 업신여기거나 깔보지 않아 도리를 저버리지 않는 올곧은 사람이 된다는 의미이다.

동한 말, 하태후何太后의 오빠인 하진何進은 십상시十常侍, 후한 말에 권력을 장악한 10명의 환관을 이르는 말_역주가 권력을 휘두르는 것을 참지 못하고 그들을 처치하려고 했다. 경성京城은 군사적으로 매우 중요한 곳이기 때문에 황제의 윤허 없이는 군마가 진입할 수 없었다. 그러나 백정 출신이었던 하진은 배운 바가 적어 이런 사정에 어두웠고, 감히 먼 곳의 군사를 경성으로 끌어들이려고 했다. 조조가 이를 알고 하진에게 간언했다. "환관으로 인한 혼란은 고래로 줄곧 있어 왔습니다. 애초에 황제가 그들에게 그런 권력과 총애를 내려서는 안 되는 것이지요. 그리하여 일이 이 지경이 된 것입니다. 죄를 다스리고자 한다면 원흉을 쳐내면 될 것인바, 옥리 한 사람만 쓰면 족할 일입니다. 어찌 군사까지 동원하시려 하십니까?" 조조의 말은 상당히 일리 있는 의견이었다. 환관이 그런 권력을 쥐도록 황제가 눈감아 준 것이 문제였고, 이를 처리하기 위해서 굳이 큰 군대를 쓸 필요까지는 없기 때문이었다. 그러나 하진은 조조의 간언에 귀를 기울이기는커녕 조조가 다른 사심이 있다고 생각했다. 그러자 조조가 물러나면서 이렇게 탄식했다.

"천하를 어지럽힐 사람은 바로 하진이구나."

결국 혼란은 하진에게서부터 시작되었다. 하진은 부하의 권고를 듣지도 않았고, 권력을 쥐고 흔들며 감히 자신을 거역할 사람은 없다고 생각했다. 그리고 그런 판단이 그를 죽음으로 이끌었다.

천하의 권력을 손에 쥔다는 것은 단순히 가진 힘이 크다는 뜻이지 그만큼 안전하다는 뜻은 아니다. 오히려 모두가 바라는 권력의 중심에 서기에 음해의 대상이 된다는 것을 의미한다.

하진의 식견은 그의 출신 성분과 관련이 있었다. 여동생이 입궁하여 황자를 낳고 태후의 자리에 오르자 하진 역시 순식간에 대장군이라는 높은 직위를 꿰차게 되었다. 신하로서는 가장 높은 직위에 올라 겉으로는 막강한 권력을 차지했지만, 내실은 부족하여 큰일을 하기에는 전혀 기초가 마련되어 있지 않은 사람이었다. 한 치 앞도 내다보지 못하고 움켜쥔 권력과 지위에만 눈이 멀어 마치 모든 것을 다 가진 것처럼 행세한 것이다. 하진은 자신을 너무 과신한 나머지 억울할 새도 없이 스스로 숨통을 조인 셈이 되었다.

사람은 내세울 일이 있을수록 담담하고, 뜻대로 되지 않을수록 태연자약해야 한다. 권력, 재물, 형세가 크고 강할수록 사람의 판단력은 흐려지고 상대를 깔보게 된다. 우리 생활에서 하진과 같은 권력은 쉽게 가질 수 있는 것은 아니지만 우리는 여기에서 충분히 교훈을 얻을 수 있다. 어떤 문제든 깊이 사고하고 염려하며 진지하게 대해야 한다는 것이다. 자기가 모든 것을 다 장악하고 다 알고 있다고 생각하며 소홀히 대해서는 안 된다. 상황은 언제든 변하는 것이고, 사람과 사람, 사람과 어떤 일의 관계는 언제든 뒤바뀔 수 있다. 결정적인 순간에 한 발짝만 잘못 내딛어도 일은 전부 틀어질 수가 있다. 그러므로 만사에 조심하고 또 조심해야 한다. 본인이 득세했다고 해서 방종해서는 안 되며 대수롭지 않은 듯해야 한다. 또한 일이 잘 풀리지 않는다 해서 자기 자신을 괴롭혀서는 안 되고 언제나 평온함을 잃지 말아야 한다.

일시적인 승리감에 도취되어 더 이상 발전하려는 생각을 하지 못하고 이루어 놓은 자리에 머무르려 해서도 안 된다. 그럴수록 더욱 자신의 감정을 다스리고 일에 매진하며 항상 웃는 낯으로 어려움을 이겨내고 삶을 여유 있는 태도로 대해야 한다. 그래야 근심 걱정이 사라지고 앞으로의 길이 더욱더 창대해질 것이다.

혹시 뜻대로 일이 잘 풀리지 않을지라도 스스로를 포기하거나 망치지 말고 절망하지 않아야 한다. 오히려 담대하고 털털하게 헤쳐 나가야 한다. 나보다 어려운 처지의 사람들을 생각해보자. 그러면 원인 모를 분노가 자연히 사그라들 것이다. 평온한 마음을 먹으면 내가 얻고 잃는 것에 대한 스트레스가 줄고 고요함과 유쾌함이 찾아든다. 궁지에 몰렸다고 해서 앞뒤 재지 않고 성급하게 움직여서는 안 된다. 담담한 마음으로 실의에 빠진 자신을 극복하고 기운을 내어 다시 일어서야 한다.

사람이 득의양양했을 때는 평정심을 잃기 쉽다. 그러면 스스로를 잃어버리게 되고, 호시탐탐 기회를 노리던 악한 마음과 행동이 때를 놓치지 않고 파고든다. 또한 사람이 뜻을 이루지 못했을 때는 평소 하지 않던 행동을 하게 된다. 그러면 뒷일은 생각하지 못하고 부정적이며 절망적인 상태로 빠져든다.

인생에는 우여곡절이 많다. 뜻을 이루었을 때는 그 근본을 잊지 말고, 뜻을 미처 이루지 못했을 때는 낙담하고 의기소침하지 말아야 한다.

겸허함은 필승의 역량이며, 교만함은 승리의 장애물이다. 사람은 내세울 일이 있을수록 담담해야 하고, 일시적인 승리감에 도취되어 안주하지 말아야 한다. 또한 뜻대로 되지 않을수록 태연자약하며, 스스로를 방치하고 포기하지 말고 자신감 있게 다시 일어서야 한다.

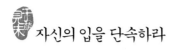

자신의 입을 단속하라

대 음 희 성　대 상 무 형
大音稀聲, 大象無形.

가장 크고 아름다운 소리는 거의 들리지 않고,
거대한 기세와 형상은 그 형체가 없는 듯하다.
_도덕경 41장

가장 아름다운 음악소리는 들어보면 아무 소리도 없는 듯하고 가장 큰 형상은 그 자취를 찾을 수가 없다. 이는 높은 경지에 이른 도이며 무엇도 느낄 수가 없는 것 같지만 사실은 모든 감각과 느낌을 내포하고 있다는 이치를 설명한다. 사람 역시 이와 마찬가지로, 도를 깨우친 사람은 수많은 뜻을 품고 있으면서도 말이 적다.

석가모니가 여러 제자들과 함께 연못가에 있는데, 갑자기 연꽃을 집어들더니 미소를 지었다. 아무도 그 이유를 몰랐는데, 그중에서 가섭존자만이 뜻을 깨닫고 함께 미소를 지었다.

석가모니는 꽃을 들고 웃기만 했고, 노자는 "가장 크고 아름다운 소리는 거의 들리지 않는다"고 말했다. 두 동서양의 성인聖人이 담은 뜻은 같았다. 그들은 이렇게 우리를 타이른다. "침묵하라. 바보처럼 보일지라도 자신이 아는 바를 내세우지 말고 말과 표정에 기뻐하는 내색이나 교만의 기색을 드러내지 말라."

우리가 접하는 다양한 상황에서, 말을 잘하는 것은 상황을 장악할 수 있는 강력한 무기가 되지만 이런 말재주가 꼭 성공을 결정한다고 할 수는 없다. '물은 배를 띄울 수도 있지만 뒤집을 수도 있다'는 중국 속담처럼 말이다. 반면에 많은 사람들의 실패는 잘못된 말에서 그 원인을 찾을 수가 있다. 하늘은 우리에게 말할 수 있는 능력을 주었지만 말을 잘 하는 기술을 가르쳐주지는 않았다. 단순히 말을 하는 것과 말솜씨가 좋은 것은 완전히 다르다. 전자는 하늘이 특별히 주신 은혜이고 후자는 후천적인 노력을 통해서만 얻을 수가 있는 것이다.

말이 많다는 것은 생각이 복잡하게 얽혀 확실하지 못하고 믿을 수 없다는 뜻이다. 이런저런 생각을 두서없이 하고 또 말하는 사람은 다른 사람에도 신뢰를 줄 수 없다. 자신의 머릿속도 제대로 건사하지 못하는데 어떻게 다른 사람의 일을 도울 수가 있겠는가. 생각은 명료한데 말이 많다면, 그것은 그 사람에게 확신이 부족하다는 뜻이다. 확신이 부족한 이유는 딱 하나이다. 설명하는 대상이 번지르르한 말과는 딴판이라는 것. 그래서 거짓말을 날조하여 믿게끔 하려는 것이다.

말을 쉽게 내뱉는 사람은 무책임한 경우가 많다. 말이 많은 것은 말이 적은 것만 못하고, 말이 적은 것은 말을 잘하는 것만 못하다. 또한 말이 많은 것은 많이 아는 것만 못하고, 천 마디 말은 딱 한 가지 행동만 못하다. 그러므로 우리는 나보다 경험이 많은 사람 앞에서는 말을 특히 더 조심해야 한다. 까딱 잘못하다가는 자신의 약점만 보이고 나쁜 이미지만 심어줄 수 있기 때문이다. 그리고 말은 적게 하는 것도 중요하지만 잘 하는 것도 중요하다. 그래서 평소 생활에서도 침묵하기, 우아하고 점잖은 말하기를 빼놓지 말고 훈련하는 것이 좋다. 이미 내뱉은 말을 도로 주워 담지 못해 후회하는 일은 흔하게 일어난다. 그래서 잘 모르는 일에 관해서는 더욱 입을 굳게 닫는 지혜가 필요하다.

일단 말을 적게 하면 먼저 차분하게 사고할 수 있고, 더 멋지게 말을 할 수가 있다. 쉽지는 않겠지만, 말은 커뮤니케이션에 필수적인 매개체이므로 소통을 원활하게 하려면 요령을 익히는 것이 훨씬 도움이 된다. 그렇다면 말을 잘하기 위한 요령에는 어떤 것들이 있을까?

적절하고 타당해야 한다. 농부를 만나면 농사에 관한 이야기를, 경영인을 만나면 경영, 비즈니스에 관한 이야기를, 노동자를 만나면 각종 기술이나 업무 테크닉에 관한 이야기를 꺼내야 한다. 이는 듣는 사람의 상황에 대화의 초점을 맞추는 표현방식이다. 그리고 물론 가장 중요한 것은 합리적이고 이치에 어긋나지 않는 말의 내용일 것이다.

수용 가능해야 한다. 이는 다른 사람이 말을 듣고 이를 받아들일 수 있어야 한다는 말이다. 어떻게 내 말을 납득시킬 것인가? 좋은 의견을 많이 제시하되 일방적인 칭찬이나 찬사에는 인색해야 한다. 그리고 좋은 말을 하더라도 적절한 때와 장소를 가려 간단명료하게 전해서 본인 스스로 긍정적이고 발전적인 생각을 갖게 해야 한다. 그저 입에 발린 말만으로는 다른 사람에게 자신의 의견을 관철시킬 수가 없다.

신뢰할 수 있어야 한다. 그 사람의 말조차도 믿을 수 없다면 이 사회에서 정상적으로 살아갈 수 있을까? 당연히 말은 믿어지게 해야 한다.

말은 언제나 한 치의 거짓도 없이 그 누구도 속이지 않아야 한다. 그래야 말 한 마디로도 다른 사람에게 신뢰감을 주고 긍정적인 반응을 이끌어낼 수 있다.

오해가 없도록 해야 한다. 말은 상황에 맞게 적절해야 하고 융통성을 발휘해야 남들에게 오해를 사거나 흠을 잡히지 않는다. 말을 삼가고 잘 모르는 것에 관해 함부로 들먹이지만 않으면 적어도 남들에게 괜한 구실을 주지는 않을 것이다. 신뢰할 수 있는 말로 사람들에게 편안함과 즐거움을 준다면 누구나 나를 환영할 것이다.

그리고 마지막으로 이것 하나는 꼭 기억해야 한다. 말을 아무리 잘하는 사람이라도 이런저런 말을 주워 섬기다 보면 분명히 말실수를 하게 된다. 그러므로 언제나 입단속에 신경 써야 한다. 한 마디로 끝낼 말을 두 마디로 장황하게 늘리지 말라.

많은 사람들의 실패는 잘못된 말에서 그 원인을 찾을 수가 있다. 말이 많은 것은 말이 적은 것만 못하고, 말이 적은 것은 말을 잘하는 것만 못하다. 또한 말이 많은 것은 많이 아는 것만 못하다. 만약 말재주가 없는 사람이라면 차라리 입을 꾹 닫는 것이 낫다.

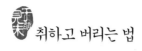 취하고 버리는 법

물 혹 손 지 이 익   혹 익 지 이 손
物或損之而益, 或益之而損.

사물의 법칙이란 어떤 손해가 이익이 될 수도,
어떤 이익이 손해가 될 수도 있음이다.

_ 도덕경 42장

노자는 어떤 일이든, 손해라고 생각되는 일이 이익이 되고 이익이라고 생각했던 일이 도리어 손해가 될 수 있다고 여겼다.

손해와 이익이란 서로 대립하지만 하나의 존재로 그림자처럼 함께 붙어 다닌다. 이쪽의 손해는 저쪽의 이익이 되고 이쪽의 이익이 저쪽의 손해가 되어, 잃는 쪽이 있으면 얻는 쪽이 있고 얻는 쪽이 있으면 잃는 쪽도 있는 것이다. 그렇게 손해와 이익은 함께 하기에 무슨 일이든 손해이면서 동시에 이익이고 이익이면서 동시에 손해이다.

손익이 상생하고 있다고 해서 우리는 두 손 놓고 모든 손해를 감수해야만 할까? 그렇지 않다. 사람은 생각하고 사고할 수 있으며 지혜로운 존재이기 때문이다.

《국사보國史補》에 실린 이야기이다. 중국 하남의 민지현으로 들어가는 좁은 절벽 길에 옹기항아리를 잔뜩 실은 수레가 길을 막고 있었다. 매서운 추위가 몰아치는 겨울인 탓에 안 그래도 좁고 가파른 길이 눈으로 꽁꽁 얼어서 길 위의 수레와 사람들은 오도 가도 못하고 난처한 상황이었다. 날은 점점 저물고 삼삼오오 무리를 지은 사람들이 몰려들어 현으로 가려고 수레 뒤쪽으로 길게 늘어섰다. 어찌나 추운지 손발이 꽁꽁 얼어붙고 얼굴에는 걱정이 가득했지만 누구도 뾰족한 수가 없어서 수레를 바라보고만 있었다. 그런데 그중에서 유파劉頗라는 사람이 말을 몰고 앞으로 와서 물었다.

"수레에 실은 항아리가 모두 얼마요?"

"칠팔천 냥쯤 되오."

그러자 유파는 그 자리에서 은자를 꺼내 값을 지불하고, 항아리를 모두 절벽 아래로 밀어버렸다. 가벼워진 수레는 곧바로 제 속도를 낼 수 있었고 뒤따르는 수레와 사람들도 앞으로 나아가기 시작했다. 사람들은 모두들 한숨을 돌리며 유파에게 고마움을 전했다.

유파는 아무도 손을 쓰지 못하는 난처한 상황에서도 현명하게 이해득실을 따져서 상황에 가장 적절한 결단을 내리고 곧바로 행동으로 옮겼다. 작은 것을 버리고 큰 것을 취하는 이런 현명한 판단과 행동력은 경쟁이 갈수록 치열해지는 현대사회에서도 꼭 필요한 덕목이다.

전쟁 중에 병사를 자식처럼 여기는 것은 모든 장수의 미덕이다. 그래서 병사를 잃는 것은 장수로서 절대 원하지 않는 일이지만 적은 희생을 감수하고서라도 하루빨리 전쟁을 승리로 이끄는 것은 병사들의 더 큰 이익을 보전할 수 있는 방법일 것이다. 회사의 경영자 또한 이런 장수의 기개를 발휘할 수 있어야 한다.

작은 것을 버리고 큰 것을 취하는 것은 전쟁에서 중요한 전술 중 하나이다. 작은 것을 희생한다는 뜻으로 '희생전술'이라고도 할 수 있을 것이다. 이런 희생전술은 비즈니스 전쟁에서도 똑같이 적용된다.

장사꾼이 장사를 하는 목적은 바로 이윤창출이다. 고객이 자신의 상품을 소비함으로써 이익을 취하는 것이다. 하지만 고객 하나하나가 지출하는 금액에는 한계가 있기 때문에 가능한 한 많은 고객을 모으는 것이 관건이다. 그래서 나중에 더 큰 이익을 얻기 위해 당장 작은 손해를 감수하는 방법은 경영에서 가장 효과적으로 쓰이는 수단이다.

단일 상품에서 얻어지는 이익의 측면에서 보았을 때, 다른 곳보다 단가를 낮추어 이익의 일부를 고객에게 돌려줌으로써 저가 상품으로 고객의 발길을 잡는 방법이 있다. 우리가 흔히 볼 수 있는 가격 할인, 바겐세일, 폭탄 세일 등을 예로 들 수 있다.

종합적인 영업이익의 측면에서 보았을 때는 일부 상품의 이익을 완전히 포기해서 다른 서비스나 상품의 이익을 얻는 방법이 있다. 통신사 약정 서비스에 가입하면 휴대폰을 공짜로 주는 것처럼 말이다.

어떤 전략을 차용하든 눈앞의 작은 이익을 양보하는 이유는 더 큰 이익을 얻기 위함이다.

1949년, 중화인민공화국이 설립되기 직전에 옌타이烟臺 맥주 공장은 상하이 각지의 신문에 광고를 게재했다. 모월 모일에 상하이의 '신

세계新世界, 1915년 경 상하이에 들어선 문화, 오락 중심의 대규모 위락시설_역주 '를 이
용한 고객들을 대상으로 옌타이 맥주 로고가 있는 수건을 배포하고
무료로 맥주를 무한정 제공한다는 내용이었다. 그리고 맥주를 많이
가장 많이 마신 사람은 3위까지 선정해 큰 상품을 증정한다고 했다.
이 소식이 전해지자마자 상하이 시민들은 폭발적인 반응을 보였고,
행사 당일 시민들은 너도나도 밖으로 몰려나와 신세계로 향했다. 그
날 하루만에 48병들이 한 상자인 맥주가 무려 500상자나 소진되었
다. 성황리에 개최된 맥주 파티와 상을 받는 시민들의 득의양양한 모
습은 상하이 각 신문에 생생하게 실려 여기저기로 퍼졌고 옌타이 맥
주는 전국적으로 일대 반향을 불러일으키게 되었다.

뛰어난 비즈니스맨은 자신이 잃을 것과 얻을 것을 잘 알고 시나리오
를 구상한다. 다양한 이해득실이 복잡하게 얽혀있더라도 중요한 것과
중요하지 않은 것, 긴급한 것과 그렇지 않은 것을 잘 구분하여 취사선
택을 한다면 작은 손해를 큰 이익으로 맞바꿀 수가 있다. 생활에서도
취사선택의 지혜를 잘 운용하면 자신에게 유리한 것만 얻고 해로운 것
을 피할 수 있으며, 힘든 일도 전화위복으로 복이 되어 돌아올 것이다.

🛶 어떤 일이든, 손해라고 생각되는 일이 이익이 되고 이익이라고 생각했
던 일이 도리어 손해가 될 수 있다. 얻는 것이 있으면 잃는 것도 있고 잃는 것이 있
으면 얻는 것도 있다 하지 않는가. 이해득실을 잘 따져 보고 취사선택의 지혜를 발
휘하자.

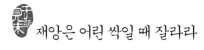

재앙은 어린 싹일 때 잘라라

기 안 이 지　기 미 조 이 모　기 취 이 반　기 미 이 산
其安易持, 其未兆易謀. 其脆易泮, 其微易散.

위 지 어 미 유　치 지 어 미 란
爲之於未有, 治之於未亂.

편안할 때는 유지하기가 쉽고, 드러나지 않은 것은 도모하기가 쉽다.
연약한 것은 없애버리기가 쉽고 작은 것은 흩어 버리기 쉽다.
아직 생겨나고 어지러워지기 전에 다스려야 한다.

_ 도덕경 64장

　흔히들 어떤 일이 틀어질 기미가 보이면 '일이 더 커지기 전에 싹을
잘라야 한다'는 말을 많이 한다. 노자 역시 같은 취지의 말을 했는데,
이는 우리 생활에서도 필수불가결한 태도이다. 부부의 사랑이 식어가
는 상황을 예로 들어보자. 아무리 사랑하던 사이라도 두 사람의 눈을
가렸던 콩깍지가 벗겨지면 예전의 감정은 자취를 감춘다. 만약 결혼
생활까지 깨어질 위기에 놓였다면, 이는 정말 최악의 상황이라고 할
수 있을 것이다. 하지만 모든 일은 전후인과관계에 속해 있고 변화해
나가는 과정의 일부이며 작은 데서 출발해 크게 나아간다. 노자의 교
훈을 깊이 새겼다면 일이 이렇게까지 번지기 전에 문제점을 먼저 발

견할 수 있지 않았을까.

결혼 후 사랑의 감정이 변하는 것을 '칠 년의 가려움_{우리나라에 '칠 년만}의 외출'이라고 소개된 마릴린 먼로 주연 영화의 원제는 〈The Seven Year Itch 칠 년만의 가려움이었다_역주〉에 비유하기도 하는데, 사실 요즘의 사람들은 칠 년조차 버티지 못할 때가 종종 있다. 그리고 당사자들조차 도대체 이 일을 어찌할 바를 모른 채 발을 동동 구른다. 하지만 선견지명이 있는 지혜로운 부부는 사소한 일에도 미리 서로의 상태를 체크하고 진실한 태도로 상대방을 마주한다. 이는 결혼생활이 위기를 맞이하지 않는 비결이라고도 할 수 있을 것이다. 아래 이야기를 살펴보자.

아내 '양'은 남편 '장'의 고민을 전혀 모르고 있었다. 장은 체면을 중요시하는 사람이어서 회사 동료나 친구들 앞에서 언제나 행복한 가장의 모습이기를 바랐다. 하지만 그는 이 결혼이 도무지 만족스럽지가 않았다. "그녀가 나를 사랑한다는 걸 잘 알아. 하지만 정말 진짜로 뭔가 불편한 마음이 자꾸 든단 말이야."

생각해보면 오래전부터 뭔가 찜찜한 구석이 있었다. 장과 양은 어릴 때부터 이웃에 살았고 서로를 좋아하게 된 때부터 지금까지 10년이 흐르는 동안 다른 사람은 생각도 해 본 적이 없었다. 하지만 결혼만큼은 그가 그녀를 사랑해서라기보다는 그녀와의 결혼을 거절할 변명할 핑계가 없기 때문이었다.

양은 남들이 보기에는 모자랄 것 하나 없는 여자였다. 온화하고 부지런한 성격, 늘씬한 몸매, 번듯한 직장에 무엇보다 장을 너무나 사랑했다.

딱 한 가지 단점이라면 남편의 마음을 잘 몰라준다는 것이었다. 장은 푸념을 늘어놓았다.

"그녀는 자기가 나를 죽도록 사랑하는 만큼 나도 똑같이 죽도록 자기를 사랑해야 한다고 생각해. 그래야 우리 사이에 아무런 문제가 없을 것이라고. 그러면서 내가 무슨 생각을 하는지에 대해서는 하나도 몰라."

"나는 저녁에 집에 가면 영화 보는 걸 좋아하거든. 예전에는 아내도 자주 나랑 같이 영화를 봤어. 그런데 결혼하고 나서는 혼자 텔레비전만 봐. 혼자 영화를 보는 게 얼마나 쓸쓸한지, 게다가 영화 본 후에 느낌이 어땠는지 얘기하려 해도 소파에 드러누워서 드라마에 미쳐 있는 아줌마를 보면 말도 하기 싫어진다니까."

두 사람은 화목해 보이기만 한 결혼생활을 3년 가까이 이어나가고 있었다. 그런데 장의 병원에 여직원이 하나 새로 들어왔다. 예쁘지도 않고 작달막한 키에 창백한 얼굴로 보아 건강도 그다지 좋지 못해 보였다. 하지만 장은 그녀에게 끌렸다.

"그거 알아? 그녀는 내가 봤던 영화들을 죄다 봤더라고. 메신저로 영화 얘기를 하다 보면 한두 시간은 쏜살같이 흘러가 버려."

양은 무서운 여자의 직감으로 남편의 상태를 눈치 챘다. 그녀는 남편에게 울며 매달리고 주변 사람들에게 상담을 받고, 심지어 매일같이 퇴근 시간이면 병원으로 장을 마중 나갔다. 한바탕 난리법석을 떨고 난 후, 그 여직원이 떠나는 것으로 일이 마무리되었다. 그러자 양은 승리자가 된 듯 만족한 얼굴로 자신의 소파로 돌아와 연속극에 빠져들었다.

아내는 남편이 새로운 여자에게서 손을 떼자 모든 것이 평온해지고 잘 해결될 줄 알겠지만, 사실 이 이야기를 본 모두가 이 부부의 앞날을 예견할 수 있을 것이다. 비록 이번에는 남편을 붙잡아둘 수 있었지만 남편의 마음을 이해하려는 노력이 없는 한, 앞으로도 똑같은 상황이 자꾸 닥쳐올 것이다.

이 부부의 문제는 무엇이겠는가? 제삼자의 등장일까? 그렇지 않다. 문제는 오히려 평온하고 타성에 젖은 그들의 일상에 있었다. 사람들은 대부분 결혼 생활에 문제가 생기고 그것이 수면 위로 드러나면 그제서야 밀린 숙제를 하듯이 문제를 해결하려 한다. 하지만 결혼 생활은 복숭아와 같다. 겉까지 상해버렸다면 속은 이미 썩어 문드러져 있을 것이다.

당신의 연애, 결혼에 문제가 없을 것이라 확신하지 마라. 그런 생각을 하는 순간, 이미 문제가 싹틀 충분한 이유가 생기는 것이다.

편안할 때는 유지하기가 쉽고, 드러나지 않은 것은 도모하기가 쉽다. 연약한 것은 없애버리기가 쉽고 작은 것은 흩어 버리기 쉽다. 재앙을 막으려면 아직 작을 때여야 한다. 틀어질 기미가 보이면 일이 더 커지기 전에 싹을 잘라버리도록 하자.

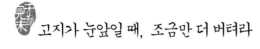
고지가 눈앞일 때, 조금만 더 버텨라

민지종사
民之從事,

상 어 기 성 이 패 지
常於幾成而敗之.

사람들은 일을 할 때,
거의 성공을 앞에 두고 실패한다.

_도덕경 64장

세상에는 수많은 사람들이 각각 자신의 원대한 이상을 품고 살아간다. 누구나 꿈을 이루기 위해 고군분투하지만 막상 자신의 목표를 이루는 사람은 극소수뿐이다. 그 원인을 따져보면, 성공하지 못한 대다수의 사람들에게 '버티는 정신'이 부족했기 때문이다.

미국의 저명한 인간관계 전문가 데일 카네기는 원래 지극히 평범한 사람이었다. 오히려 열등감을 느낄 정도로 스스로를 부끄럽게 여겼는데, 훗날 깨달은 바가 있어서 스스로를 굳게 믿으며 쉬지 않고 노력해 자신의 운명을 바꾸어냈다.

카네기는 아주 가난한 집에서 태어나 어릴 때부터 집안일을 도왔다. 당시로서는 결코 적지 않은 비용이었던 학비를 벌기위해서 남의 집 날품팔이도 마다하지 않았다. 어려운 환경 속에서도 카네기는 현실에 굴복하지 않고 운명을 개척하기 위한 길을 찾고자 노력했다. 그러던 그는 학교에서 주로 두 종류의 학생들이 인기 있다는 것을 깨달았다. 하나는 야구선수처럼 운동을 뛰어나게 잘하는 학생이었고 또 하나는 웅변대회에서 상을 받는 등 말재주가 우수한 학생이었다. 카네기는 스스로 후자가 되기로 결심했고 스피치 연습을 열심히 하여 대회에서 좋은 성적을 거두는 것을 목표로 삼았다.

그리고 몇 달간 피나는 노력을 했지만, 그의 노력은 번번이 수포로 돌아갔다. 계속되는 실패에 이루 말할 수 없이 실망한 카네기는 잠시 자살을 생각하기도 했다. 하지만 그는 끝까지 좌절에 무릎 꿇지 않았고 도전을 계속했다. 다음 해 그는 마침내 좋은 성적을 거둘 수 있었고, 시련을 극복한 학창시절의 경험은 이후 카네기가 성공하는 데 큰 밑거름이 되었다.

사람들이 좌절했을 때는 해오던 것을 꾸준하게 지속하려는 고집이 더욱 중요하다. 강연과 인간관계의 세계적인 대가가 된 카네기도 처음에는 작은 스피치 대회에서 몇 번이나 고배를 마시지 않았는가. 이 극적인 변화는 세상 어디에서든 사람들의 큰 성공이 단순히 운에 따라 이루어진 것이 아니라는 사실을 우리에게 잘 보여준다. 그들에게 큰 힘이 되어준 것은 바로 좌절 앞에서도 용감하게 이를 악물고 나아갈 수 있게 한 자기 자신의 의지와 강한 정신이다.

누구나 생각하는 바를 이루고 싶어 한다. 하지만 사실 우리는 실패에 대한 공포와 성공에 대한 불확실성 때문에 그러지 말아야 할 곳에서 그만 꽁무니를 빼고 만다.

사람들이 자주 실패하고 좌절하는 곳은 바로 성공이 저 앞에 보일 때이다. 왜 성공 직전에 실패를 하게 될까? 단도직입적으로 말하자면, 꾸준한 마음과 굳센 의지가 부족하기 때문이다. 새벽이 밝아오기 전이 가장 어두운 법이다. 가장 중요하고 결정적인 타이밍에 걸음을 멈추었다가는 그 자리에 주저앉고 말 것이다.

성공을 이룬 한 사람이 이런 말을 했다. "승리의 희망과 상황을 유리한 방향으로 끌어오는 원동력은 앞을 향해 꾸준히 나아가려는 노력에서 탄생한다. 가장 힘들고 포기하고 싶은 순간에는 오 분만 더 버텨라. 순식간에 전세가 역전될 것이다. 사람들이 실패하는 것은 그들에게 능력이 없어서가 아니라 강인한 정신력이 없기 때문이다. 이런 사람은 무슨 일을 하든 용두사미로 끝나고 만다. 또한 자기가 성공할 수 있을지 없을지를 계속해서 의심하고 결국은 자기가 무슨 일을 해야 할지도 모른 채 실패만 거듭하고 말 것이다."

평범한 사람과 걸출한 위인의 차이점은 바로 끈질기게 계속해나가느냐 그렇지 못하느냐에 있다. 포기를 모르고 앞으로 전진한다면 승리가, 중도에 포기하고 만다면 무너진 공든 탑이 우리를 맞을 것이다.

승리의 희망과 상황을 유리한 방향으로 끌어오는 원동력은 앞을 향해 꾸준히 나아가려는 노력에서 탄생한다. 가장 힘들고 포기하고 싶은 순간에는 오 분만 더 버텨라. 순식간에 전세가 역전될 것이다.

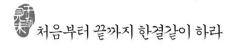
처음부터 끝까지 한결같이 하라

신 종 여 시   즉 무 패 사
愼終如始, 則無敗事.

끝까지 처음처럼 신중하게 한다면 실패하는 일은 없을 것이다.

_도덕경 64장

—

'신종여시'라는 말은 어떤 일을 할 때, 시작만 그럴듯하고 거창하게
할 것이 아니라 끝까지 만족스러운 결말을 얻도록 노력해야 한다는
뜻이다.

당 현종 이륭기李隆基는 어지러운 궁정을 스스로 수습하고 황제에 즉위
한 인물이었다. 나라를 잘 다스리는 데 온 힘을 쏟고 명재상인 송경宋璟,
요숭姚崇, 장구령張九齡을 휘하에 등용하여 이십여 년간 '개원성세開元盛
世'를 누리며 당나라가 번영할 수 있도록 했다.

그러나 현종은 시작과 끝이 한결같지 못했다. 자신이 이룬 업적에 기세
등등하여 나날이 겸손함을 잃었고 타락의 길로 접어들었다. 며느리였
던 양옥환楊玉環을 귀비로 맞아들이고, '한가할 틈도 없이 총애하고 연
회를 열어 춘정에 흠뻑 취해 밤을 지새우니承歡侍宴無閑暇, 春從春游夜專夜',

'이후로는 조회도 보지 않았다從此君王不早朝'고 한다.

아내가 예쁘면 처갓집 말뚝을 보고도 절을 한다고, 현종은 양귀비의 세 언니들까지 국부인으로 봉하고 모든 정사를 간신인 이임보와 학식도 재간도 없는 처남 양국충楊國忠에게 일임했다. 이 두 사람은 서로 결탁 하여 나쁜 짓을 일삼고 조정을 혼란으로 몰아넣어 장장 8년에 걸친 '안 사의 난安史之亂'이 일어나게 했다. 이때, 현종은 황급히 사천四川으로 도망을 갔고, 곽자의郭子儀가 위구르에서 원군을 얻어온 덕택에 난은 평 정이 되었다. 그러나 이후 당조는 나날이 쇠락의 내리막길을 걷게 되었 고, 안사의 난은 당조의 흥망을 가르는 전환점으로 기록되었다.

사람들이 어떤 일을 하면서 성공을 눈앞에 두고도 실패를 자초하는 모습을 보고 노자는 이렇게 경고했다. 완성을 앞두고 처음의 마음처 럼 진지하고 성실하다면 실패할 일은 없을 것이다. "백 리 길을 가는 사람은 구십 리를 반으로 여긴다行百里者半九十"는 말이 있다. 무슨 일 이든 시작만큼 끝까지 공을 들이되, 결정적인 시기에 절대로 소홀함 을 보여서는 안 된다. 그렇지 않으면 공든 탑도 와르르 무너지기 마련 이다.

사람의 마음 또한 마찬가지이다. 새로운 것만 좋아하고 옛것을 싫 어하는 사람에게는 언제나 내가 가지지 못한 남의 떡만 커 보이는 법 이다. 예컨대, 연애를 처음 시작할 때는 수많은 남자들이 여자 친구에 게 잘 보이기 위해 온갖 달콤한 말로 비위를 맞추고 수단과 방법을 가 리지 않고 구애를 한다. 그런데 일단 결혼을 하게 되면 신선함, 신비

감을 잃은 채, 쌀쌀맞고 냉랭하기 그지없는 남편이 되어 버린다. 노력이 없다면 쌍방의 마음이 언제나 처음 같은 설렘을 간직하기는 어렵다. 그렇게 시간이 지날수록 상대방은 꼴도 보기 싫은 원수지간이 되고, 새로운 상대를 물색하게 된다. 특히 현대에 물질만능주의가 판을 치고 이혼율이 급상승하는 것은 모두 사람들의 마음이 경솔하게 움직이고 마음이 시종일관 한결같지 못해서 생기는 현상이다.

업무 중에도 용두사미의 상황은 종종 발생한다. 이미 할당된 업무에 아무런 피드백이 없다든지, 야심차게 시작한 일에 진행상황이 어떤지 결과가 어떤지에 관해 아무런 보고가 없는 경우가 그러하다. 보통 회사 업무는 연초에 이미 전체 계획과 목표가 결정된다. 이를 두고 각 하위 부서와 팀에서는 우선순위를 매기고 업무에 착수한다. 그런데 문제는 시간이 흘러 4분기가 다가왔을 때 생긴다. 사업과 임무는 완수했는가? 어느 부분이 성과를 보였고 어느 부분이 미진했는가? 목표치까지 얼마나 남겨두고 있는가? 어떻게 목표치에 근접할 것이며 최종 목표를 달성할 것인가? 어떤 방침이나 목표든 처음과 끝을 똑같이, 수미일관首尾一貫 해야 한다. 한결같이 목표를 단단히 주시하고 안간힘을 다해 그러쥐며 목표까지 도달하기 위해서 끝까지 전력을 다해 분투해야 한다.

현대사회의 극심한 경쟁과 나에게 주어진 업무, 개인적으로 이루어야 할 한 해의 목표는 언제나 우리에게 스트레스를 안겨준다. 그러나 우리는 그저 성실하고 착실하게 처음부터 끝까지 한결같은 마음으로 임해야 한다. 그래야 전면적이고 효과적으로 일을 마무리하고 다음

한 해의 건실한 기초를 닦을 수 있다. 일관되지 못한 용두사미격의 태도는 일을 더욱 어렵게 만들 뿐이다.

"백 리 길을 가는 사람은 구십 리를 반으로 여긴다." 무슨 일이든 시작만큼 끝까지 공을 들이되, 결정적인 시기에 절대로 소홀함을 보여서는 안 된다. 그렇지 않으면 공든 탑도 와르르 무너지기 마련이다.

다투지 않아야 화를 피한다

이 기 불 쟁   고 천 하 막 능 여 지 쟁
以其不爭, 故天下莫能與之爭.

남들과 다투지 않은 고로, 천하에 그와 싸우려는 자가 없다.

_도덕경 66장

노자는 사람이 사심을 품을수록 자기 자신을 잃고 무엇을 하려고 욕심을 부릴수록 이루기가 어렵다고 했다. 만약 혼자서 온 나라의 사람들과 나라를 두고 다투거나 세상 모든 사람들과 천하를 놓고 다투려한다면 결국 아무것도 얻지 못한다는 것은 불 보듯 뻔하다. 하지만 반대로 남들과 싸우지 않고 사리사욕을 부리지 않는다면 오히려 바라는 모든 것을 얻게 될 것이며 싸우지 않는 싸움으로 천하에 싸울 자가 없어질 것이다.

노자는 천하에 가장 다투지 않는 존재로 '물'만한 것이 없다고 보았다. 물은 만물의 생명을 보살피고 키워내는 덕행을 지녔다. 물은 세상 만물을 위해 자신의 이익을 기꺼이 나누어줄 뿐, 만물에서 아무것도 취하지 않는다. 물은 세상 모두에게 도움이 되는 일이라면 절대 거절하는 법이 없다. 하지만 모두를 위해 일하면서도 언제나 우위에 서지 않고 이익을 독점하지 않는다. "사람은 높은 곳으로 오르고 물은 낮은 곳으로 흐른다"는 말이 있다. 물은 영원히 불평등한 이 세상에서 기꺼이 가장 낮은 곳으로 흘러 모든 것을 포용한다. 그래서 노자는 물을 '다투지 않기에 천하에 다툴 자가 없으며' 너그러운 포용력을 미덕으로 이루었다고 표현했다. 그리고 옛 사람들은 물로 이루어진 바다와 흙으로 이루어진 산을 두고 상응하는 대구를 지어 수양의 목표로 삼았다. '오로지 물만이 아래로 흘러 바다를 이루고 산만이 자만하지 않고 하늘과 높이를 겨룰 만하다.'

　우리에게 손자병법으로 더 잘 알려진 중국의 고대 병법서《손자孫子》에는 "무릇 군의 형세는 물을 닮아야 한다夫兵形象水, 부병형상수"는 구절이 나온다. 손자는 최고로 이상적인 병법은 물과 같은 방식이라고 여겼다. 물은 그 속에 거대한 힘을 품고 있으며 정형화된 형상이 없이 담는 용기에 따라 계속해서 모습을 바꾼다. 그래서 손자는 물을 병법에 대입하여 전쟁을 치를 때도 물의 정신을 배워 전략을 구사해야 한다고 주장했다. "물과 같이 고정된 형상이 없으면 전투에서도 고정불변의 태세가 있을 수 없다. 적군의 형세를 살펴 자유자재로 전략을 바꾼다면 승기를 장악할 수가 있을 것이다." 장수는 먼저 전략의 원칙을 세우되, 융통성 없이 고집을 부리거나 틀에 얽매여서는 안 된다. 상황의 변화를 보고 재빠르게 아군의 전술을 수정하는 방식으로 전략을 운용해나가야 한다. 이런 탄력적이고 다변적인 전술은 적군의 공격을 일시적으로 무력화하는 동시에 아군의 역량을 재충전하는 역할을 한다. 물은 낮은 곳으로만 흐르는 순한 성질을 띠고 있지만 소용돌이나 급류를 이루면 거대한 암석도 거친 나무둥치도 아주 손쉽게 해치워 버릴 수가 있는 것이다.

일본의 바둑 고수인 다카가와 슈가쿠高川秀格는 '흐르는 물은 앞을 다투지 않는다流水不爭先, 유수부쟁선'라는 말을 좌우명으로 삼았다. 그는 기전에서도 물이 흘러가듯 자유롭고 쉬운 대국을 펼쳐서 상대에게 두려움이나 위협을 주지 않았다. 하지만 일단 공격이 시작되면 고요한 파도가 덮쳐온 듯 일시에 그 힘을 발휘했고 순식간에 상대의 공세를 무너뜨렸다. 싸우지 않음으로 천하에 싸울 상대가 없다는 이치를 자유자재로 활용했던 것이다.

싸움을 피하는 것은 절대로 수동적인 태도가 아니다. 무엇과도 싸우고 다투지 않는 것은 결국 크게 이루기 위해 먼저 무위를 실천하는 것을 가리킨다. 겉보기에는 아무것도 하지 않은 것 같지만 이는 엄연히 무위가 아닌 유위이며, 무위를 통해 먼 훗날 이루게 될 무언가를 미리 내다 본 생활 속의 철학적 지혜라고 할 수 있다. 구불구불한 오솔길이 평탄한 길보다 더 아름다운 경치를 선사하는 것처럼 말이다.

하늘의 뜻을 따르고 시대의 추세를 따르고 민심을 따르고 자기 본연의 성질을 따르면 절대로 상황에 휘둘려 허둥대지 않는다. 마치 대자연에 몸을 완전히 맡긴 원시인처럼 하늘과 운명의 의지에 따라 살아가보자. 인생이라는 망망대해 속에서도 자신이 처한 상황에 순응하기만 한다면 주동적이고 낙관적이며 자발적으로 운명의 뱃머리를 이끌어갈 수 있을 것이다. 내가 나 자신을 다스리는 왕이 되는 것이다.

춘추전국시대의 범려范蠡의 일화에서도 우리는 큰 교훈을 얻을 수
가 있다.

범려는 월越나라 왕 구천句踐의 책사로 박학다식하고 병법에 정통하여
손자孫子, 장량張良과 어깨를 나란히 하는 인물이었다. 당시 혁혁한 공
을 올린 또 다른 책사 문종文種과 범려는 구천을 천하의 패왕으로 만드
는 데 결정적인 역할을 했다.
두 사람과 구천은 이십 년의 노력 끝에 오吳나라를 멸망시켜 지난날의
치욕을 씻어내고 패업을 달성했다.
구천이 중원을 손에 넣은 후, 범려와 문종은 관직을 하사받았는데 그중
에서도 범려는 대장군의 직함을 받게 되었다. 하지만 범려는 자신이 대
장군이 되면 위험해질 것을 염려하며 큰 권세를 도리어 재앙으로 여겼
다. 게다가 범려는 구천의 사람됨이 편협하다는 것을 알고 있었기에 한
사코 관직을 마다하고 가족들과 함께 작은 일엽편주에 몸을 의지해 구
천의 곁을 떠난다. 배는 삼강三江과 오호五湖를 지나 제나라에 닿았고
범려는 그곳에서 농사를 짓고 장사를 하면서 평생을 지내며 월나라로
돌아가지 않았다. 그런데 범려가 떠나기 전에 문종에게 남긴 편지가 한
통 있었다. 문종 역시 구천의 곁을 떠나기를 권하는 내용이었다.
"새를 다 잡으면 좋은 활이라도 거두어들이고 토끼 사냥이 끝나면 사냥
개를 삶는 법입니다. 월왕은 목이 길고 입이 새처럼 뾰족하니, 함께 어
려움을 헤쳐 나갈 수는 있어도 함께 안락하지는 못할 관상입니다. 공도
어서 구천의 곁을 떠나시지요!"

문종은 한동안 병을 핑계로 아침 조회에 나가지는 않았지만 범려의 충고를 받아들이지 않았다. 그런데 월왕은 문종에게 보검을 하사하면서 이렇게 말했다.

"그대가 나에게 오나라를 정벌할 계책을 네 가지 알려주었지. 그중에서 세 가지를 내가 썼으니 그대가 마지막 계책이 쓸모가 있을지를 돌아가신 선왕과 함께 한번 시험해보게나."

문종은 결국 어쩔 수 없이 후회 속에 스스로 목숨을 끊었다.

한편 제나라에 도착하여 이름을 치이자피鴟夷子皮로 고치고 해변가에서 농사를 짓고 장사를 한 범려는 얼마 지나지 않아 어마어마한 부를 축적하게 되었다. 제나라 사람들은 모두 그가 현명하고 재덕을 겸비한 사람이라는 것을 알았기에 승상이 되기를 권했다. 하지만 범려는 여전히 관직을 사양하고 자신의 재산을 모두 사람들에게 나누어준 후, 몰래 제나라를 떠나 도陶 땅으로 가서 살았다.

도땅은 천하의 교통이 사통팔달로 뚫린 곳이라 무역의 중심지였고, 범려는 여기에서도 무역을 하여 적지 않은 이문을 남겼다. 그래서 제나라에서와 마찬가지로 얼마 지나지 않아 재산이 백만금으로 불어났다. 범려는 그렇게 십구 년 간 장사를 하면서 총 세 번이나 천금을 벌어들였고, 그 모든 재산을 세 번 이웃들에게 돌아가게 나누어 주었고, 세 번 집안을 일으켜 세웠다.

범려와 문종은 똑같이 구천의 공신이었지만 두 사람의 운명은 완벽하게 갈렸다. 한 사람은 천하의 거부가 되어 계속해서 그 명성을 떨치며 절정을 누렸고, 다른 한 사람은 '토사구팽兎死狗烹'의 비참한 최후를 맞이한 것이다. 범려는 '다투지 않는 것이야말로 화를 피하는 길'이라는 이치를 잘 알아 고관대작의 녹봉을 탐하지 않았고, 문종은 부귀영화를 버리기가 아까워 놓지 못했기 때문이다.

노자의 '부쟁不爭' 정신은 목적이 아닌 과정이다. '주가 되지 않고 객이 되며, 감히 한 치를 나서지 않고 한 자를 물러선다'는 노자의 지략은 과오를 범하지 않고 먼저 자신을 보전하게 만드는 적절한 처방이다. '싸우지 않아 천하에 그에 맞서는 사람이 없다'는 것은 일 보 후퇴함으로써 이 보를 나아가고 부드러운 것으로 강한 것을 이기며 추진력을 얻기 위해 몸을 움츠리는 생존의 철학이다. 이는 현대 심리학의 자아발달과 정신건강 등과도 궤를 같이 한다. 노자가 말하는 부쟁이란 각자의 장단점, 지위의 고하, 논리의 옳고 그름 등 현대사회에서 겪는 모순의 모든 범위를 포함하고 있기 때문이다.

자기 수양이 깊고 신중한 사람은 타인과 함부로 잘났고 못났는지를 겨루지 않는다. 그들은 자신의 우수한 점을 내면의 인격을 더욱 함양하는 재료로 삼을 뿐, 이를 내세워 남에게 옹졸하게 굴거나 따지고 들지 않는다. 송宋나라의 재상 부필富弼이 젊었을 때의 일이다. 어떤 사람이 누군가 당신을 욕한다고 알려주자, 부필은 이렇게 대답했다. "아마 다른 사람을 욕한 것일 겁니다." 그러자 그 사람은 "당신의 이름을 들먹이며 욕을 하는데 어떻게 다른 사람을 욕한단 말이오?" 부필은 또 말했다. "아마 저와 이름이 같은 사람을 욕하는 것이겠지요." 그러자 부필을 욕한 사람이 나중에 이 말을 전해듣고는 부끄러워서 어찌할 바를 몰랐다고 한다.

스스로 긍지를 가지되 다른 사람과의 다툼을 피하는 것矜而不爭, 긍이
부쟁은 곧 그 사람의 강한 자신감과 높은 자존감이 상대방을 초월하고
압도한다는 뜻이다.

싸움을 피하라고 해서 절대로 싸워서는 안 된다거나 부당하게 굴욕
을 당하라는 말은 아니다. 남과 맞서기 위해서는 스스로 마땅한 조건
이 갖추어져야 하고 때와 장소에 맞게 행동해야 하며, 적정선을 잘 지
켜야 한다. 그러므로 '긍이부쟁'은 스스로를 귀하게 여기고 자부심을
갖는 일종의 처세 태도이기도 하지만 실질적으로 남과 대치할 만한
지위를 스스로 갖추어야 한다는 뜻이기도 하다. 아무 능력도 없이 자
존심만 높이며 사람들과 다툰다면, 긍지와 자부심은 아무도 인정하지
않을 뿐더러 비겁하고 무능한 싸움꾼 소리밖에는 듣지 못한다.

다투지 않음으로써 타인과 가까워질 수 있고 욕심내지 않음으로써
만물을 가질 수가 있다. 탐하지 않아야 명성이 따라오고 넘보지 않아
야 이익이 나에게로 모일 것이라는 사실을 유념하자.

남들과 싸우지 않고 사리사욕을 부리지 않는다면 오히려 모든 것을 얻
게 되며 싸우지 않는 싸움으로 천하에 싸울 자가 없어진다. 싸우지 않으면 자신을
보전하고 충돌을 피할 수 있다. 싸우지 않는 것이 곧 화를 입지 않는 길이니, 쓸데
없이 타인과 장단을 논하지 말고 고하를 다투지 말며 시비를 가리려 하지 마라.

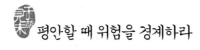

평안할 때 위험을 경계하라

화 막 대 어 경 적　경 석 기 상 오 보
禍莫大於輕敵, 輕敵幾喪吾寶.

적을 가볍게 여기는 것만큼 큰 재앙은 없다.
적을 가볍게 여기기 때문에 나의 보배를 잃게 되는 것이다.
_도덕경 69장

—

《상서》에는 이런 말이 나온다. "평안할 때 위험을 생각하고, 생각한 대로 대비를 하라, 대비를 하면 우환이 없다居安思危 思則有備 有備無患 거안사위 사즉유비 유비무환."《漢書, 息夫躬傳한서, 식부궁전》에는 이런 말이 있다. "천하가 평화롭더라도 전쟁을 잊으면 반드시 위태로워진다天下雖安 忘戰必危 천하수안 망전필위."

무슨 일이든 안전하고 평안할 때 위험을 대비해야 한다. 현재의 즐거움을 조금만 접어두고 미리 우환을 걱정한다면 우리의 인생은 한층 더 안전하고 평화로워질 것이다.

특히 어떤 일이 예상보다 급속도로 진전될 때는 나아가고 물러섬에 더욱 신중을 기해야 한다. 또한 일이 위기에 빠지거나 저조해지면 스스로 의기소침해지지 않도록 마음을 다잡고 적극적으로 대처해 원래

궤도를 되찾을 수 있게 노력하는 것이 좋다.

조심하고 신중한 태도는 소심함과는 다르며 위축되거나 두려워하는 것이라고 생각할 필요가 없다. 그런데도 사람들은 사업이 침체기에 접어들면 그릇된 방법으로 덮으려하거나 과하게 방어적인 태도를 취한다. 그래서 도리에 어긋나는 편협한 생각을 갖게 되거나 강한 정신적 스트레스를 경험하게 된다.

《역경易經》에는 이런 구절이 있다. "군자가 안전할 때 나라가 망할 염려를 잊지 않고 나라를 다스림에 혼란스러워질 것을 항상 염두에 두면, 몸도 평안하고 나라도 잘 보전할 수 있다." 미리 대비책을 강구하여 위기에 빠지지 않도록 하는 것은 현대 비즈니스에서도 대단히 중요한 법칙이다. 사람들은 힘든 시기를 보낼 때는 뼈를 깎는 노력을 마다하지 않고 근면성실하게 일에 임하고 조심하고 또 조심하여 모든 일에 만전을 기한다. 하지만 일단 사업이 순조롭고 만사형통으로 잘 풀리게 되면 위험은 금세 잊게 된다. 그래서 경계심을 늦추게 되어 실수를 하거나 스스로 자멸의 길로 접어들게 되는 것이다.

경쟁이 극심한 현대 비즈니스 업계에서는 업계 최고의 자리에 오르더라도 두 발 뻗고 편안하게 잠을 잘 수가 없다. 언제나 시장의 동태를 면밀하게 주시하고 부단한 개발과 혁신을 게을리 하지 않아야 선두 자리를 공고히 할 수 있다.

미국의 질레트Gillette는 면도날을 생산하여 크게 성공을 거둔 세계적인 기업이다. 하지만 질레트에는 성공적인 현실에 안주하고 시장을 멀리 내다보지 않아 한때 심각한 타격을 입은 흑역사가 있다.

1961년, 면도기 산업에 한 획을 그은 획기적인 제품이 등장했다. 영국의 윌킨슨 스워드Wilkinson sword에서 세계 최초로 스테인리스 면도날을 이용한 면도기를 출시한 것이다. 스테인리스날 면도기의 갑작스러운 등장은 질레트에게 큰 충격이었다. 윌킨슨 스워드의 면도기의 시장 점유율이 폭발적으로 높아지면서 질레트의 아성에 심각한 타격을 줄 수 있기 때문이다.

이때 질레트는 자신들이 보유한 스테인리스날 면도기 기술로 즉각 제품을 출시해 고객의 요구를 만족시켜야만 했다. 그렇다면 판촉 비용도 줄일 수가 있었다. 하지만 그렇게 된다면 기존에 큰 성공을 거둔 제품인 '슈퍼블루블레이드'의 시장 장악력은 완전히 바닥으로 곤두박질 칠 것이고 아예 시장 자체를 포기해야 할 수도 있었다. 그래서 결정을 내리기에는 큰 결심과 용기가 필요한 상황이었다.

다각도의 분석을 진행했지만 질레트는 시장에서 자신들의 입지가 흔들리지 않을 것이라고 잘못된 판단을 내렸다. 그래서 스테인리스날 면도기를 출시하지 않았고 슈퍼블루블레이드를 계속해서 고집하게 되었다. 하지만 이것이 완전히 잘못된 결정이었다는 것이 곧 증명되었다. 그들이 스테인리스를 포기하고 얼마 지나지 않아 상황은 완전히 급변했기 때문이다. 질레트의 정책 결정자들은 어안이 벙벙할 수밖에 없었다.

스테인리스날 면도기의 기세는 유례없이 맹렬했다. 질레트가 요지부동하는 틈을 타 다른 기업들은 마케팅에 거액을 쏟아 부었고, 부식이 잘 되지 않아 내구성이 좋은 스테인리스의 장점을 대대적으로 광고하자 판매율은 계속해서 천정부지로 치솟았다.

대대적인 마케팅 공세에 넘어간 기존 고객들은 스테인리스날 면도기로 하나둘씩 돌아섰고, 결국 슈퍼블루블레이드의 판매량이 급감하며 시장 장악력은 질레트 유사 이래 최저점을 찍었다.

그리고 사십 년이 지난 지금까지, 세계 면도기 시장은 비슷비슷한 업체들이 치열한 경쟁으로 흥망을 거듭하고 있다. 질레트는 지금도 여전히 일인자의 자리를 고수하고 있기는 하지만 시장을 제대로 판단하고 위험에 대비하지 못한 당시의 뼈아픈 교훈은 아직도 기억 속에 선명하게 남아있다.

적을 가벼이 여기는 것만큼 큰 재앙이 없다고 한 노자의 가르침에 따라, 언제나 현실감각, 위기의식을 잃지 말아야 한다. 즐거움 속에서도 슬픔을 대비하고 평안함 속에서도 위험을 염두에 두며 복을 받으면 재앙을 경계하여 우환이 닥쳐도 계속해서 앞으로 나아갈 수 있는 힘을 길러야만 한다.

평안할 때 위험을 염려하고 대비하라. 대비를 하면 우환이 없다. 무슨 일이든 안전하고 평안할 때 위험을 생각해야 한다. 현재의 즐거움을 조금만 접어두고 미리 우환을 걱정한다면 우리의 인생은 한층 더 아름다워질 것이다. 매사에 신중하고 조심하여 먼 훗날을 예측하고 대비하자.

포박수진

사람은 본래 새 것을 좋아하고 낡은 것을 싫어하는 습성이 있어 항상 달라지고 싶어한다. 하지만 가진 것을 포기하지 않으면 새롭게 변화하기란 어렵다. 욕심이 많을수록 더 큰 것을 얻기 위해 탐욕스러워질 뿐, 만족을 모르는 사람은 절대 행복을 느낄 수가 없다. 내려놓는 것 또한 마음수양의 높은 경지라 할 수 있다. 크게 버리면 다시 크게 얻을 것이고, 작게 버리면 작게 얻을 것이며, 버리지 않으면 아무것도 얻을 수가 없다. 먼저 내려놓고 포기하는 법을 배운다면 마음이 저절로 편안해질 것이다.

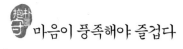

마음이 풍족해야 즐겁다

견 소 포 박   소 사 과 욕
見素抱撲, 少私寡欲

순결한 본성을 지키고 사사로운 욕심과 잡념을 줄여라.

_도덕경 19장

—

　명예나 이익을 탐내지 않고 청정함을 으뜸으로 여기는 마음은 개인의 정신수양이나 마인드컨트롤에 좋은 영향을 미친다. 노자는 '견소포박, 소사과욕'을 특히 강조했다. 이는 본래 치국治國의 도리를 일컫는 말이었는데, 후세 사람들이 양생養生, 건강한 육체와 정신을 함양하는 것을 이름_역주에 더욱 알맞다는 것을 알고 정신수양의 이치로도 쓰게 되었다. 사사로운 명리에 욕심을 버리고 깨끗한 마음가짐과 건강한 육체를 유지하는 사람이라면 당연히 오래오래 건강하게 살 수 있지 않을까. 노자는 사람의 생명은 보전하기가 어렵고 쉽게 사라지며, 사람의 기운은 깨끗하기가 어렵고 쉽게 혼탁해진다고 했다. 그러므로 분에 넘치는 욕심을 절제해야만 생명을 보전할 수 있다. 양생을 잘 하는 사람은 명리에 연연하지 않고 색色을 금한다. 재물을 적게 지녀 청렴하며 진하고 맛있는 음식을 적게 먹는다. 그리고 황당무계한 언행을 버리

194

고 질투를 하지 않는다.

중국에서는 사람의 욕심이 끝이 없음을 뱀이 코끼리를 삼킨 것에 비유한다. 자신의 몸보다 큰 코끼리를 삼킨 뱀이 어떤 느낌일지 상상해보라. 삼키려 해도 삼킬 수가 없고, 도로 뱉으려 해도 뱉을 수가 없는 이러지도 저러지도 못해 난처할 것이다. 이와 같이 무엇이든 욕심을 내는 사람은 결국 아무것도 갖지 못한 채, 쫓고 쫓기는 아귀다툼을 벌이느라 한 평생을 허비한다. 이런 삶은 생각만 해도 정말 피곤하지 않은가. 공자는 안회顔回라는 제자를 두고 "밥 한 소쿠리와 물 한 바가지로 누추한 곳에 사는 것을 다른 사람들은 견디지 못하거늘 회는 그를 즐기는구나."라고 칭찬했다. 이처럼 욕심이 적다면 괴로움도 줄어들지 않을까?

관리든 평민이든 돈이 있든 없든 사실 모두 똑같이 즐겁고 재미있게 살 수 있다. 각자 자기만의 방식으로 말이다. 시간의 흐름, 개인의 상황에 따라 달라지기 때문에 공명과 이익은 일부러 힘써서 쫓을 필요가 없다. 오품五品의 관리에 오른 자라도 머리가 텅텅 비어 현명하지 못하다면 그 명성은 허울뿐인 허명일 것이고, 작고 하찮은 사람이라도 남들보다 뛰어난 재주가 있다면 세상에 이름을 떨칠 수도 있으니 이것이 진정한 즐거움과 행복이 아니겠는가!

그런데도 사람의 욕망은 언제나 만족을 모른다. 칠품 관리는 육품이 되고 싶어 하고 육품 관리는 오품이, 오품 관리는 삼품이 되고 싶어 한다. 그래서 권력에 빌붙고 아첨을 한다. 그렇게 품계를 하나하나 높일수록 인품은 한 단계 한 단계 낮아지고 결국은 모든 힘을 권력을 탐하는 데 쏟아붓는 것이다. 이런 사람은 나중에 돌이켜 생각해보면, 도대체 인생이 무슨 맛인지도 모르겠고 진짜 인생이라고는 일평생 누려본 적이 없어서 무엇이 진정한 삶인지 영문을 모른 채 사는 것이 재미없고 피곤하기만 할 것이다.

공명과 영리를 대할 때는 역시 앞서 언급한 '바보 정신'을 발휘해야 한다. 모든 것을 자연의 순리에 맡기고 맡은 바 최선을 다하고 사람에게는 진실하게 대해야 한다. 가질 것은 가지고 가지지 못할 것은 다투지 않으며 가져서 안 되는 것을 얻었을 때는 갖지 않는 사람이야말로 총명한 사람이고 삶을 심플하게 즐길 수 있는 사람이다.

미국의 한 사업가가 멕시코 해변의 작은 마을 부둣가에 앉아있었다. 그때 한 멕시코 어부가 작은 쪽배를 항구에 대었다. 배 위에는 싱싱한 황다랑어 몇 마리가 실려 있었고, 미국인 사업가는 어부에게 잡아온 황다랑어가 최고급품이라고 입에 침이 마르게 칭찬을 했다. 그리고 이렇게 좋은 황다랑어를 잡는 데 얼마나 걸렸냐고 물었다. 어부는 잠깐이면 잡을 수 있다고 대답했다. 그러자 사업가가 그럼 더 많이 잡아오지 왜 좀 더 잡아오지 않았냐고 물었다. 어부는 대수롭지 않다는 듯 대답했다.

"우리 한 식구한테는 이만큼이면 충분하지요!"

"그럼 고기 잠깐 잡고 나면 하루 종일 뭘 하면서 보내십니까?"

"저요? 매일 늦잠 자고 일어나서 고기 잡아오면 아이들하고 놀고요, 마누라하고 낮잠도 잡니다. 저녁때는 마을에서 친구들하고 술도 한잔하고 어울려서 기타도 치고요. 매일매일 얼마나 바쁜데요!"

어부는 가난 때문에 전전긍긍하거나 부자가 되려고 애쓰지 않았다. 그 모습이 답답한 사업가는 그에게 자신의 생각을 말해주었다.

"지금보다 고기 잡는 시간을 더 늘리세요. 그러면 좀 더 큰 배를 사실 수 있을 겁니다. 그러면 당연히 고기를 더 많이 잡게 되고 더 큰 배를 사서 직원들을 고용할 수 있겠지요. 그 정도면 생선 장수들 말고 생선가공공장에다가 직접 넘길 수도 있고, 또 나중에는 통조림 공장을 직접 차릴 수도 있어요. 그렇게 당신이 직접 이 지역 수산업의 생산, 가공, 처리, 판매를 장악할 수 있다고요. 그러면 작은 마을을 떠나 멕시코시티로도 가고 로스앤젤레스뿐만 아니라 뉴욕까지도 진출하게 될 겁니다. 거기서 사업을 더 확장할 수도 있고요."

설명을 들은 어부가 물었다.

"그건 시간이 얼마나 듭니까?"

"십오 년이나 이십 년 쯤이요."

"그 다음은요?"

사업가는 큰 소리로 웃으며 말했다.

"그 다음에는 돈을 어마어마하게 버는 거지요! 억만장자가 되는 거요!"

"그 다음은요?"

"그 다음에는 멋지게 은퇴를 하는 거죠. 아름다운 바닷가 마을로 가서 사는 겁니다. 매일 늦잠을 자고 바다로 나가 낚시도 하고요, 아이들하고도 놀아주고 아내와 낮잠도 즐겨요. 해질녘에는 마을 사람들하고 어울려서 술도 한잔하고 기타 치고 노래 부르면서 즐겁게 지내는 거죠."

그러자 어부가 이상하다는 듯 물었다.

"내가 지금 그렇잖소?"

어부의 반문에 사업가는 깜짝 놀라 말문이 막히고 말았다.

어부의 질문에 어떻게 답해야 할지 다시 한 번 생각해보자. 우리는 도대체 무엇을 좇으며 살아가는가? 쾌락? 돈? 행복? 사실 생활이라는 것은 다양한 사람들이 삶을 대하는 태도와 마음가짐이다. 또한 쉴 새 없이 바뀌는 상황 속에서 일어나는 선택의 연속이자 우리가 삶을 살아가는 다양한 방식일 뿐이다.

사람들은 언제나 살기가 힘들다고 말한다. 가만히 생각해보면 육체적인 피로 외에도 정신적인 피로와 욕심으로 인한 스트레스 역시 사람들을 무척 힘들게 한다. 욕망으로 얻는 만족은 진정한 만족이 아니라 잠깐의 자기기만일 뿐이며 욕망은 언제나 더 큰 욕망을 몰고 온다.

삶의 가치의 측면에서 보자면, 인생의 희노애락을 마음껏 누리고 자신이 하고 싶은 일을 하는 것, 그래서 백 년도 되지 않을 짧은 생을 넉넉하고 여유 있는 마음으로 보내는 것이 가장 가치 있는 생이 아닐까.

순결한 본성을 지키고 사사로운 욕심과 잡념을 줄이는 것이 바로 양생의 도리이다. 마음이 풍족하고 넉넉하다면 부자든 가난뱅이든 마음이 평화롭고 행복하다. 명리를 좇는데 욕심을 부리지 말고 깨끗한 마음, 건강한 몸을 유지하기 위해 노력하면 오래오래 건강하고 행복할 수 있다.

抱朴守一 도량이 커야 천하를 품는다

지 상 용
知常容,

용 내 공
容乃公,

공 내 전
公乃全.

자연의 이치를 아는 사람은 받아들이게 되고,
받아들이면 어느 쪽으로도 치우치지 않고 공평하며,
공평하면 포용하지 못할 것이 없다.

_도덕경 16장

—

남을 너그럽고 관대하게 대하고 남의 비판을 수용하는 태도는 사업을 성공시키고 가정을 아름답게 만든다. 사사건건 시비를 걸고 크고 작은 일에 휩쓸리며 사는 것은 생각만 해도 피곤하다. 그래서 노자는 자연의 이치대로 매사를 항상 받아들이게 되면 포용하지 못할 것이 없다고 한 것이다.

도가, 유가, 불가에서는 하나같이 입을 모아 '관용'을 주장했다. 예를 들어 중국에는 이런 말이 있다. "큰 배는 천하에 포용하기 어려운 일들도 모두 받아들일 수 있고, 벌린 입은 천하의 가소로운 사람들을 향해 웃는다." 미륵불이 있는 중국의 사찰에는 흔히 붙어있는 구절이다. 이 구절에서 말하는 큰 배는 천하의 만사와 만물을 다 수용하는 큰 도량을 말한다. 도량은 타인의 장점과 단점, 그리고 잘못을 모두 감싸 안는 넓은 마음과 깊은 생각이다. 도량이 크면 사람의 마음을 얻고 하나로 모을 수 있으며 여러 사람의 의견을 하나로 집결시켜 더욱 긴밀하고 조화로운 커뮤니케이션 환경을 조성하는 데 큰 도움을 준다. 그래서 넓은 도량은 사회생활, 인간관계, 연애사 등에 빠질 수 없는 중요한 역할을 담당한다.

관용은 인간관계의 윤활유이다. 진심으로 타인의 실수를 보듬어 안으면 사람과 사람 사이의 불필요한 마찰을 줄이고 상대의 심리상태를 바꾸어 평화롭고 화기애애한 분위기를 연출한다.

우정에도 관용을 힘을 발휘하는 것이 필요하다. 친구가 실수를 하거나 나에게 잘못했을 때, 따뜻하게 배려하고 사심 없이 용서해보자. 친구에게 베푼 관용으로 나까지 기분이 좋아질 것이다.

배우자의 실수는 당연히 너그러운 마음으로 대해야 한다. 그런 보살핌은 두 사람의 관계를 훨씬 돈독하게 하고 결혼생활을 화목하고 행복하게 만든다. 내 행동의 잘잘못을 따지지 않고 포근하게 감싸주는 사람이라면 사랑스럽지 않을 수가 없다.

또한 관용의 마음은 가족 간에 일어나는 적대적인 모습이나 질투, 불만, 증오, 원망도 눈 녹듯 녹아내리게 한다.

생활하면서 다른 사람들과 오해가 생기거나 서로 얼굴을 붉히게 되는 일은 언제든 생길 수 있다. 그렇다고 이런 불상사를 전부 마음에 담아두는 것은 심리적으로나 육체적으로나 건강상 좋지 못하다. 얼른 잊어버리고 상대방을 너그럽게 받아들이는 것이 여러모로 낫다. 사람이 앙심을 품을 때는 심장박동수가 높아지고 혈압이 상승하며, 반대로 자비로운 마음을 품고 상대에게 관용을 베풀 때는 심장박동수가 안정적으로 느려진다는 연구 결과도 있다.

그렇다면 어떻게 해야 관대하고 너그러워질 수 있을까?

범사에 지나치게 따지고 논쟁하지 마라. 원하지 않는 일을 겪게 되었을 때, 침착하고 태연하게 처신하면 괜한 힘을 빼지 않아도 된다. 남들에게 괴롭힘을 당해도 굳이 되갚아주려 하지 말고 조금 손해를 보더라도 다른 사람에게 양보하도록 노력하자. 또 다른 사람의 좋은 점을 많이 보고 나쁜 점은 살짝 눈감아주자.

사람을 사귀면서 마찰은 어느 정도 생길 수밖에 없다. 중국 노랫말에도 "숟가락은 언제나 솥 가장자리에 부딪히고 발은 언제나 땅을 디딘다"라는 내용이 있다. 그다지 큰일도 아닌데 굳이 마음에 하나하나 담아둘 필요가 있을까?

인내하라. 직장 동료의 비판이나 친구 사이의 작은 오해에 대한 과도한 논쟁과 반격은 인간관계에 전혀 도움이 되지 않는다. 차분하게 냉정을 유지하고 참고 용서하는 자세가 중요하다. "관용은 가시덤불 속에서 자라난 곡식의 낟알이다." 한 발 물러나서 본다면 세상은 자연히 넓어 보이는 법이다.

통찰하라. 세상은 모순투성이다. 모든 사람과 모든 일이 내가 바라는 대로 아름답고 순조로울 수는 없다. 어려운 시기를 함께 보낸 전우애도 절친한 우정도 사랑하는 연인의 사랑도 모두 혼자서는 이룰 수 없는 상대적인 감정이다. 이 관계에서 발생하는 모순과 고통은 성공의 빛에 잠시 가려지기도 하지만 이를 완벽하게 무력화시킬 수 있는 것은 포용뿐이다. 다른 사람을 너무 시기, 질투하거나 자기 자신을 엄격하게 몰아세우기보다는 넓은 안목으로 세계를 편안하게 바라보아야 사업이나 가정, 우정을 오랫동안 안정적으로 유지할 수 있다.

다른 사람의 과오를 용서하라. 다른 사람에게 상처를 받은 사람들 중에서는 피해버리는 사람, 원망하는 사람, 극단적으로 복수를 감행하는 등이 있다. 그런데 왜 용서하고 감싸 안지는 않는 것일까?

송나라의 왕안석王安石과 사마광司馬光은 젊은 관리 시절에 같은 곳에서 같은 업무를 보았는데, 서로를 무척 존중하고 흠모하는 절친이었다. 사마광은 왕안석이 가진 빼어난 글재주를 흠모했고 왕안석은 사마광의 청렴결백하고 겸손한 인품을 존경했다. 동료들 중에서도 두 사람의 우애는 가히 모범이라 불릴 만했다.

그런데 왕안석과 사마광은 큰 업적을 쌓으면 쌓을수록 점점 변해갔다. 서로를 칭찬하고 칭송하던 두 오랜 친구는 이제 공적을 서로에게 뺏기지 않으려고 안달이었고 미워하고 원망하며 원수가 되어갔다.

한 번은 낙양洛陽에 모란꽃이 활짝 피었다는 소식에 포증包拯, 포청천의 본

명이 아랫사람들을 모두 불러 모아 술과 음식을 먹고 마시며 꽃놀이를 즐겼다. 포증이 참석한 사람들에게 술을 한 잔씩 권하자 다른 관원들은 모두들 술을 잘 마셔서 사양하지 않았지만, 왕안석과 사마광만은 주량이 다른 사람들에 비해 한참 못 미쳐 망설일 수밖에 없었다. 술잔이 돌자 사마광은 언짢아 잠시 미간을 찌푸렸을 뿐 술을 마셨지만, 왕안석은 끝까지 고집을 부리며 술잔을 거부했다. 덕분에 시끌시끌하던 술자리 분위기는 모두 깨어지고 말았다. 사마광은 자기는 이미 술을 마셨으니 억울하기도 하고 사람들이 자신을 우습게 볼 것이라 여겨 쉬지 않고 왕안석의 잘못을 꾸짖었다. 그러자 왕안석도 지지 않고 맞받아쳐서 두 사람은 말싸움까지 하게 되었다.

그 일로 감정의 골은 더 깊어졌고, 왕안석은 '고집쟁이 상공拗相公'이라고 불리게 되었다. 사마광 역시 사람들에게 나쁜 인상을 남기는 바람에 평소 충직하고 너그러운 사람이라는 이미지를 모두 망쳐버렸다.

뻣뻣하기 그지없는 고집쟁이 상공과 황소고집인 사마광의 갈등은 점차 격화되었다. 왕안석은 개혁파의 우두머리로 사마광을 더욱 무시했다. 사마광도 지지 않고 황제에게 상소를 올리거나 직접 알현하는 방식으로 쉬지 않고 왕안석의 죄상을 고해바쳤다. 그 죄상은 첫째, 사리를 분별하지 못하고 고집을 피운다는 것이었고, 둘째, 당파를 형성하고 황제가 부여한 권력을 사사로이 이용하여 강서江西인사들을 끌어들였다는 것이었다. 결국 왕안석은 충신이 아니라 도적과 같은 놈이라는 것이었다.

하지만 두 사람은 말년에 이르러서 자신의 행동을 후회하게 되었다.

대개 사람이 나이가 들면 다툴 마음이 없어지고 마음이 평화로워지며 세상 이치에 통달하여 고집스러움과 괴팍스러움이 점차 사라지게 마련이다. 왕안석은 조카에게 "이전에 사귀었던 수많은 친구들에게 미움을 샀지만 그 중에서도 사마광은 충성스럽고 후덕한 사람이었다"라는 말을 했다고 한다. 사마광 역시 왕안석의 문장과 인품이 훌륭하며 공로가 단점보다 더 큰 사람이라고 칭찬했다.

인간관계에서 갈등이 더욱 심화되는 이유는 쌍방이 서로 관용을 베풀지 못해서이다. 관용은 비범한 기개, 넓은 마음가짐이며 일종의 고귀한 품성이자 인간이 이르러야 할 숭고한 경지이다. 그래서 옛 사람들은 이렇게 말했다.

"인간은 모두가 성현은 아니니 누군들 허물이 없겠는가, 나중에라도 고칠 수 있다면 고치는 것이 낫다."

그렇게 보면 삶이란 하루하루 잘못을 저지르는 과정이라고 해도 과언이 아니다. 단지 그 경중에 차이가 있을 뿐이다.

관용은 방종을 용인하거나 방임하는 것, 혹은 무조건 감싸고 돌고 마지못해 영합하는 것을 의미하지 않는다. 잘못을 저지른 상대방을 평소와 같은 마음가짐으로 따뜻하게 대하고 바른 길로 인도하며 스스로의 행동을 바꿀 용기와 기회를 베푸는 것이다.

티끌처럼 작은 일에 흥분하여 잘잘못을 따지지 말자. 단, 크게 잘못되어 도저히 수용할 수 없는 문제는 단호하게 그 잘못을 뉘우치게 해야 한다. 그렇지 않으면 포용하려는 마음이 단순한 편들기로 변질될 수가 있다. 자기 자신에게든 타인에게든 너무 편향된 편들기는 당장의 문제해결에도 도움이 되지 않을 뿐더러 이후 그 사람을 더욱 오만 방자하게 만든다. 모든 일에 정도와 적정한 수준이 있듯이 관용을 베풀 때도 과유불급의 이치는 염두에 두어야 한다.

정직하고 아량을 베풀 줄 알아야 만물을 포용하고 아름다운 마음으로 대할 수가 있다. 관용은 사람이 해야 할 도리 중에서도 아주 행복하고 즐거운 행위이다. 또한, 관용은 비범한 기개, 넓은 마음가짐이며 일종의 고귀한 품성이자 인간이 이르러야 할 숭고한 경지이다.

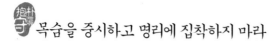
목숨을 중시하고 명리에 집착하지 마라

명 여 신 숙 친　신 여 화 숙 다　득 여 망 숙 병
名與身孰親? 身與貨孰多? 得與亡孰病?

시 고　심 애 필 대 비　다 장 필 후 망
是故, 甚愛必大費, 多藏必厚亡.

명예와 몸 중에 어느 것이 더 가까운가? 몸과 재물 중에 어느 것이 더 중요한가?

얻는 것과 잃는 것 중에 어느 것이 더 힘들고 괴로운가?

너무 집착하면 크게 마음을 쏟아야 하고 많이 쌓아두려 하면 크게 잃는다.

_도덕경 44장

흔히들 부귀공명이라는 말을 많이 쓰는데, 부귀공명이란 무엇인가? 물리학을 배운 사람은 물체 사이에 작용하는 만유인력이라는 말을 알 것이다. 사람이 날지 못하고 공중부양 같은 경공을 할 수 없는 것이 바로 지구가 잡아당기는 만유인력이 작용하기 때문이다. 그런데 사람들이 모여 살아가는 사회에서는 부귀공명이 만유인력과 같은 역할을 한다. 이름을 떨치고 싶은 사람들, 돈을 모으고 싶은 사람들이 자신의 모든 것을 내팽개치고 순간의 유혹에 이끌려 부귀공명의 지옥으로 빨려 들어가는 것이다.

그래서 노자는 이런 질문을 던졌다. 명예와 우리의 몸 중에 어느 것이 더 가까운가? 생명과 재물을 비교했을 때 어느 것이 더 중요한가? 생명이 더 중요함은 말할 것도 없다. 생명을 위해서는 명예도 돈도 포기할 수 있지만, 명리를 위해서 자신의 생명을 희생하는 것은 어떤 의의도 될 수 없다.

비즈니스를 위해서 목숨까지 걸고 열심히 일하는 사람들 중에는 이미 대대손손 다 쓰지 못할 부를 거머쥔 사람들도 있다. 그들은 명성을 얻고 부귀영화를 누리면서 자기 몸 하나를 챙기지 못해 건강을 잃고 심지어는 과로로 목숨까지 잃기도 한다. 하지만 제아무리 대단한 사업을 하더라도 행복을 누릴 건강한 몸이 없다면 무슨 의미가 있을까?

건강은 생명의 가장 중요한 매개체이다. 우리의 삶은 건강한 몸을 통해서만이 그 에너지를 발산할 수가 있다. 건강이 삶의 전부는 아니지만, 건강이 없다면 우리 삶은 아무것도 영위할 수가 없는 것이다.

휴식이라고는 모르는 워커홀릭들은 일에 파묻혀 자기 자신조차 돌보지 못한다. 몸에서 이상 신호를 보내도 바쁘게 돌아가는 일상 때문에 미처 깨닫지 못하고, 더 이상 버티지 못하고 쓰러진 후에야 후회를 한다. 그리고 자신이 죽을힘을 다해 번 돈으로 앞으로의 목숨 값을 지불한다. 무슨 일을 하든지 건강을 희생하는 것은 아니 될 말이다. 몸이 일단 한 번 망가지고 나면 그 어떤 성취, 명성, 재물도 모두 쓸데없는 공염불이 되고 이룰 수 없는 허망한 꿈이 된다. 그러므로 크게 성공하기 위해서는 성공을 하는 데 없어서는 안 될 가장 중요한 무기, 바로 자기 자신의 신체를 잘 돌보아야 한다.

많은 사람들이 스스로를 사랑하는 법을 잘 모른다. 그리고 자기도 모르게 스스로를 해하고 속이는 행동을 한다. 바쁘다는 핑계로 끼니도 잘 챙기지 않아 식사시간은 이미 귀찮은 일이 되었고 편안한 수면과 휴식, 여가시간은 이미 잊혀진 지 오래다. 걸핏하면 몸을 혹사시키며 일하기 때문에 마흔도 되지 않아 머리가 하얗게 새거나 폭삭 늙는 경우도 있다. 자신의 꿈과 포부를 실현하기 위해서는 체력이 받쳐주어야 한다는 것을 몰라도 한참 모르는 것이다.

우리 몸은 영양가 있는 식단, 충분한 수분 공급, 규칙적인 운동과 일광욕 등 원하는 바를 충분히 충족시켜야 정상적으로 작동한다.

우리가 식사나 생활패턴에 조금만 신경을 쓰고 상식적인 수준의 노력을 기울인다면 훌륭한 영양 상태는 얼마든지 유지할 수가 있다. 규칙적이고 절제하는 생활패턴만 잘 지켜나가도 평생 골골거리며 병원을 전전하지 않아도 된다는 말이다.

돈 몇 푼이 아까워 영양은 생각지도 않고 식사를 대충 때우는 사람들도 있다. 샌드위치나 우유 한 잔을 급하게 밀어 넣어 시장기를 없애는 것으로 모든 것이 해결되었다고 생각하고, 시간도 절약하고 돈도 아꼈으니 오히려 잘 되었다고 생각한다. 하지만 진정한 식사는 그런 것이 아니다. 맛있게 차려진 음식을 여유 있게 즐기고 잠시 휴식을 취하면서 음식을 충분히 소화시켜 영양분을 흡수하는 것이야말로 우리 몸에 이익이 되는 건강한 식사법이다. 생명력, 체력, 지력의 원천이 되는 음식물을 제대로 섭취하지 않는 습관은 황금알을 낳는 거위를 제 손으로 죽이는 것과 같은 행위이다.

건강한 신체는 우리가 일을 더 능률적으로 완수하고 쉼 없이 발전할 수 있도록 돕는다. 그런데도 사람들은 언제나 건강을 맨 뒷전으로 생각해 육체적인 능력을 잃고 자신을 허약하게 만드는 실수를 범한다.

수면과 영양의 불균형, 운동 부족, 과도한 업무 등등 나쁜 습관들은 체력을 약화시키고 몸을 해치는 주요한 원인이다. 게다가 많은 사람들이 자신의 에너지를 분노, 걱정, 원한 등 자질구레하고 불필요한 감정 낭비에 쏟아붓고 있다. 한 술 더 떠 본인이 해야 할 업무나 정상적인 생활보다 쓸데없는 곳에 정력을 낭비하는 사람들이 넘쳐나고 있으니, 정말 안타까운 일이다.

부귀와 공명은 세상 사람들의 생명을 앗아가는 치명적인 흉기이다. 명리에 집착하면 당연히 불필요한 마음을 많이 쏟아야 하고 많이 쌓아두려 할수록 더 크게 잃을 뿐이다.

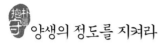 양생의 정도를 지켜라

출 생 입 사   생 지 도   십 유 삼   사 지 도   십 유 삼
出生入死. 生之徒, 十有三. 死之徒, 十有三.

인 지 생   동 지 사 지   역 십 유 삼
人之生, 動之死地, 亦十有三.

부 하 고? 이 기 생 지 후
夫何故? 以其生之厚.

사람이 나는 것을 삶이라 하고 드는 것을 죽음이라 한다.

삶을 길게 누리는 사람이 열 중 셋이고, 단명하는 사람도 열 중 셋이다.

그런데 본래 오래 살 수 있었으나 일찍 떠나는 사람도 열 중 셋이다.

어째서인가? 삶에 너무 과하게 집착하기 때문이다.

_도덕경 50장

노자는 양생의 도가 각양각색이고 방식 또한 각자 다르나, 양생의 관건은 '적절함'을 얼마나 잘 아는가에 달려있다고 보았다. 여기서 말하는 적절함이란 자신의 신체 조건에 맞게 양생을 운용하고 그 한계를 분명히 안다는 것이다. 너무 과하거나 부족한 방법은 올바른 양생관이라 할 수 없다.

중국의 명의, 손사막孫思邈은 노자의 사상에서 깨우침을 이어받아

세상 사람들이 건강을 유지하고 오래오래 장수를 누릴 수 있는 방법을 '십이소十二少'라 불리는 12가지 비결로 압축했다. '적게 생각하고少思, 적게 염려하고少念, 적게 바라고少欲, 적게 일하고少事, 적게 말하고少語, 적게 웃고少笑, 적게 근심하고少愁, 적게 즐기고少樂, 적게 기뻐하고少喜, 적게 좋아하고少好, 적게 미워하고少惡, 적게 화내는少怒' 것이다. 손사막은 인간에게 오욕칠정은 피하기 힘든 정신활동이라고 보았는데, 만약 이를 제멋대로 날뛰게 두거나 억압한다면 신체에 무리가 간다고 했다. 그런 까닭에 언제나 적절함을 잃지 않고 무엇이든 '적게' 하는 것은 대단히 중요하다. 즉, 절제하고 도를 지나쳐서는 안 되며 중용의 도를 유지해야 하는 것이다.

그는 '십이소' 외에도 금기사항으로 '십이다十二多'를 제창했다. "생각이 많으면 마음이 지치고多思則神殆, 염려가 지나치면 뜻이 흐트러지고多念則志散, 욕심이 많으면 목표가 흐려지고多欲則志昏, 일이 많으면 몸이 피로하고多事則形勞, 말이 많으면 기가 부족해지고多語則氣乏, 웃음이 많으면 오장이 상하고多笑則臟傷, 근심이 많으면 마음이 떨리고多愁則心攝, 즐거움이 많으면 뜻이 넘치고多樂則意溢, 기쁨이 많으면 잘못을 잊고 혼란해지고多喜則忘錯混亂, 좋은 것이 많으면 미혹되고多好則專迷不理, 미운 것이 많으면 초췌하고多惡則憔悴無歡, 화가 많으면 맥이 안정을 잃는다多怒則百脈不定." 그는 이 열두 가지 사항이 목숨을 해롭게 하는 기본 문제로 보았다. 그의 양생이론에 따르자면, '십이소'는 양생의 진리이고, '십이다'는 살생의 근본이다. 이 두 원칙을 긴밀하게 결합하여 어떤 것은 열심히 행하고 어떤 것은 금해야 진정한 양생의 경지에 이를 수가 있는 것이다.

현대 양생학에서 '양養'이라고 하면 보양保養, 조양調養, 배양培養, 보양補陽을 모두 아우르고, '생生'이라고 하면 생명, 생존, 생장을 이른다. 양생을 구체적으로 말하자면, 정신수양과 섭식 조절, 신체 단련 등을 통해 종합적으로 몸을 보살펴 건강한 신체를 이루고 장수를 누리는 것을 목적으로 하는 것을 말한다. 양생의 과정에서는 아래 여덟 가지 사항에 주의해야 한다.

종합적이고 균형 있는 양생의 중요성

어떤 사람은 몸을 보하는 것을 양생으로 여겨 음식의 영양성분을 강조하며 먹는 데만 신경을 쓴다. 어떤 사람은 생활의 안락함을 중요시 여기며 마음과 몸의 편안한 휴식을 유일한 보양으로 삼고, 또 어떤 사람은 각종 건강보조제를 최고로 여긴다. 음식, 약품, 휴식이 모두 양생의 범주에 들기는 하지만 너무 과하게 사용하는 것은 오히려 건강에 악영향을 미친다. 보양식, 건강기능식품을 너무 많이 먹다가 영양 과다 증세를 보이는가 하면 너무 쉬는 것만 선호하다가 운동 부족이 되기도 하고 건강보조제만에 매달리다가는 그 기능이 신체기관에 편중되게 작용하여 신진대사를 오히려 저하시키거나 원하는 효과를 얻지 못하기도 한다.

적절한 운동

신체활동은 생명의 원천이다. 그러나 운동을 지나치게 하면 몸이

상하고 너무 부족해도 효과를 보지 못한다. 방에만 틀어박혀 문밖 출입을 하지 않고 몸을 움직이지 않으면 활기를 잃게 되고, 머리가 어지럽거나 눈앞이 캄캄해지며 식욕도 떨어진다. 반대로 몸이 감당하지 못할 정도로 너무 지나치게 신체 단련을 하면 이 또한 건강에 해를 끼친다. 움직임과 휴식을 적절하게 배합하는 것이 바로 양생의 비결이다.

적절한 영양 섭취

영양 섭취는 생명의 근본이다. 의학전문가들은 흔히 말한다. "균형 잡힌 식습관이야말로 건강한 신체, 건강한 정신의 키포인트이다." 영양은 과다해도 비만과 질병을 부르고 부족해도 병치레를 하게 만든다. 합리적이고 균형 있는 영양구성은 고단백, 저지방, 충분한 비타민과 섬유질 섭취, 제한적인 당분과 염분 섭취이다. 하루 세 끼는 아침에 잘 먹고 점심에 배불리 먹고 저녁에 적게 먹는 것이 좋다.

적절한 감정 조절

낙관적이고 균형 있는 심리상태를 유지해야 한다. 너무 기뻐서 감정이 격한 나머지 도리어 슬픔에 휩싸여서는 안 된다. 또 너무 격렬하게 슬퍼하는 것은 병의 화근이 된다. 마르크스는 이런 말을 했다. "편안한 마음가짐은 생리학적 피로와 고통해소에 약보다 도움이 된다." 이는 편한 마음이 오래 장수를 누리는 데 유효한 에너지가 될 수 있다는 사실을 강조한 말이다.

적절한 수면

수면시간은 너무 길어도 너무 짧아도 피로감을 느낄 수 있다. 일본에서 십만 명을 대상으로 십 년 동안 진행한 대규모 추적조사 결과에 따르면, 매일 일곱 시간을 자는 사람이 가장 장수한다고 한다. 나고야 대학의 전문가들은 미국수면협회 회보에 '남녀를 불문하고 매일 일곱 시간을 자는 것이 가장 적합하다, 수면이 이보다 길어도 사망률이 높아지고 이보다 짧아도 사망률이 높아진다'는 내용을 게재하기도 했다.

적절한 두뇌 활동

퇴직한 노년층은 오랫동안 두뇌 활동을 거의 하지 않아 노인성치매에 걸리기 쉽다. 반대로 머리를 너무 집중해서 쓰게 되면, 뇌세포에 충분한 에너지가 부족하여 그 기능을 상실하기도 한다.

적절한 약물 섭취

어떤 약이든 독성이 있다. 또한 치료가 목적이든 보양이 목적이든 모든 약은 부작용이 생긴다. 그러므로 약을 섭취하고자 한다면 반드시 용법에 주의해야 한다. 무분별하게 용량을 늘리거나 줄이지 말고 의사의 지시에 따라야 하며 정시에 정량을 사용해야 제대로 된 효과를 볼 수 있다.

양생의 관건은 '적절함'을 얼마나 잘 아는가에 달려있다. 인간에게 오욕칠정은 피하기 힘든 정신활동인데, 만약 이를 제멋대로 날뛰게 두거나 억압한다면 신체에 무리가 간다. 그런 까닭에 언제나 적절함을 잃지 않고 무엇이든 '적게' 하는 것이 중요하다. 즉, 절제하고 도를 지나쳐서는 안 되며 중용의 도를 유지해야 하는 것이다.

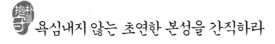
욕심내지 않는 초연한 본성을 간직하라

생 지 축 지　생 이 불 유　위 이 불 시
生之畜之, 生而不有, 爲而不恃,

장 이 불 재　시 위 현 덕
長而不宰. 是爲玄德.

만물을 낳고 키웠지만 가지지 아니하고 만사를 이루었지만
스스로 공덕이라 여기지 않고 성장하게 했지만 지배하지 않으니
이를 두고 가장 높고 깊은 수양의 경지인 '현묘한 덕'이라고 한다.
_도덕경 10장

　천지자연의 도는 만물을 태어나게 하고 천지자연의 덕은 만물을 번성하게 한다. 도와 덕은 만물을 낳고 키워 일정한 형태, 존재, 성장을 이룰 수 있게 한다. 그래서 세상 모든 만물은 도를 우러르고 덕을 귀하게 여기며, 그 어떤 존재도 도와 덕에 강요하고 명령하지 못한다. 도, 덕은 자연 그 자체이고 스스로 그러한 존재이다. 도와 덕은 만물을 낳고 기르지만 자신의 소유로 삼지 않고 만물을 이루어냈지만 공을 스스로에게 돌리지 않으며 만물을 이끌고 있지만 통제하고 구속하지 않는다. 이것이야말로 가장 심오한 덕이라고 할 수 있으며 노자가 생각한 이상적인 도덕의 경지이다.

《도덕경》제10장과 제51장에는 같은 내용이 반복해서 등장한다. 아마도 노자가 이 말을 가장 염두에 두었기 때문에 무의식중에 반복해서 썼을 수 있다. 게다가 '현덕'이라는 글자가 제65장에도 나오는 것을 보면 노자가 이를 얼마나 각별하게 생각했는지를 알 수 있다.

춘추시기, 제나라의 관중管仲과 포숙아鮑叔牙는 절친한 친구 사이였다. 관중은 집안 형편이 어려운데다가 늙은 어머니까지 모시고 있었다. 포숙아가 이를 알고 관중과 함께 돈을 모아 장사를 시작했다. 관중은 낼 돈이 없었기 때문에 장사 밑천은 대부분 포숙아가 조달했다. 그런데도 장사를 하여 남긴 이문을 나눌 때는 관중이 포숙아보다 더 많이 챙겼다. 포숙아의 하인이 이를 보더니 이렇게 말했다.

"관중 어르신은 참 이상합니다. 돈은 주인님보다 덜 내셨으면서 나누어 가질 때는 더 많이 가져가시네요."

그러자 포숙아가 대답했다.

"그렇게 말하면 안 되네! 관중은 집이 가난하고 모친까지 봉양하고 있으니 더 많이 가져가는 것이 당연하지."

제나라의 군주 제 양공齊襄公에게는 두 아들이 있었는데, 관중과 포숙아가 각각 큰아들 규糾와 작은아들 소백小白을 맡아 가르치고 있었다. 제 양공이 피살당하던 당시, 큰아들 규는 관중과 함께 노魯나라에, 작은아들 소백小白은 포숙아와 함께 거莒나라에 있었다. 부왕이 피살된 상황에서 왕위를 계승하기 위해서는 상대방보다 먼저 제나라로 돌아가야 했다.

소백이 다급하게 제나라로 향하는데 어느새 쫓아온 관중이 그에게 화살을 쏘았다. 화살을 맞은 소백은 큰 소리를 지르며 고꾸라지고 말았다. 관중은 소백이 죽은 것으로 알고 아주 느긋하게 규를 데리고 제나라로 돌아왔다. 그런데 죽은 척 연기를 한 소백이 지름길을 통해 먼저 제나라에 도착하여 관중과 규를 기다리고 있을 줄 누가 알았을까. 소백은 이미 제나라의 군주, 제 환공齊桓公이 되어 있었다. 제 환공은 즉시 규를 사살하고 관중을 잡아들이라는 명령을 내렸고, 관중은 죄수 호송 마차로 끌려왔다.

제 환공이 포숙아를 재상으로 임명하려 하자 포숙아는 오히려 제 환공에게 이렇게 말했다.

"관중이 모든 면에서 저보다 뛰어나니 그를 재상으로 삼으셔야 옳으신 줄 압니다."

그러자 제 환공이 화를 벌컥 내며 말했다.

"관중은 나를 활로 쏘았소. 내 목숨을 노린 자인데, 어찌 그에게 재상 자리를 맡긴단 말이오?"

"그때는 관중이 규 공자의 사부였습니다. 폐하를 쏜 것은 규에 대한 충성심에서 우러난 것입니다. 그 솜씨로 보자면 저보다 더 훌륭했지요. 대업을 이루시려면 관중은 꼭 필요한 인재입니다."

제 환공은 도량이 넓고 대범한 사람이었다. 포숙아의 말을 듣고 관중의 죄를 묻지 않았을 뿐 아니라 즉시 그를 재상으로 천거하여 국정을 관리하도록 했다. 이에 관중은 제 환공을 도와 조정의 기강을 바로잡고, 철광 등 지하자원을 개발하여 농기구 생산을 늘려 제나라를 부강하게 만들었다.

제 환공, 관중과 포숙아의 관계는 '낳고 키웠지만 가지지 아니하고, 이루었지만 스스로 공덕이라 여기지 않고, 성장하게 했지만 지배하지 않는' 현덕의 도리를 잘 보여주는 예이다. 포숙아는 관중이 힘을 얻을 수 있도록 옆에서 돕고 재상의 자리에 오를 수 있도록 큰 은혜를 베풀었지만 자신의 공로를 내세우는 말을 입 밖으로 내지도 않고 진심으로 자신을 낮추었다. 관중이 천리마라면 이를 제 환공의 앞에 데려다 놓은 것은 포숙아였고, 제 환공은 훌륭한 말을 잘 알아보는 백낙伯樂이었던 것이다. 관중은 수많은 업적을 쌓은 훌륭한 관리였지만, 관중을 불세출의 재상으로 만든 것은 포숙아와 제 환공이었다. 이는 '낳고 키웠지만 가지지 아니하는 덕'이다.

관중 역시 재상이 되었음에도 자신의 공을 내세우지 않았고, 분수에 넘치는 생각이나 관례에 어긋나는 행동을 하지 않았다. 그리고 진심으로 군왕을 보필하여 '이루었지만 스스로 공덕이라 여기지 않는 덕'을 실천했다.

제 환공은 신하의 잘못을 포용하고 인재를 알아보는 눈을 지녔으며 사람을 적재적소에 쓰는 법을 아는 군주였다. 그는 관중이라는 천리마에게 재갈조차 물리지 않고 마음껏 달리고 기량을 펼칠 수 있도록 가만히 놓아두었다. 이는 '성장하게 했지만 지배하지 않는 덕'이라고 할 수 있을 것이다.

노자는 우리에게 세상에 초연해지고 생명의 근원과 본질로 돌아가라고 말한다. 현대인들은 세상을 벗어나려는 마음으로 세상을 살아가야 한다. 명리를 좇지 않고 세속적이고 속물적인 것을 경계하고 나쁜 계략을 멀리하고 권력을 다투지 않으며, 진실한 마음과 타고난 천성을 간직하기 위해서 노력하는 것이다. 부귀영화를 얻으려고 아등바등하다가 잘못된 길로 들어서 삶의 진정한 목적과 의의를 잊어버려서는 안 될 것이다.

세상에 초연해지고 생명의 근원과 본질로 돌아가라. 세상을 벗어나려는 마음으로 세상을 살아가야 한다. 명리를 좇지 않고 세속적이고 속물적인 것을 경계하고 나쁜 계략을 멀리하고 권력을 다투지 않으며, 진실한 마음과 타고난 천성을 간직하기 위해서 노력하는 것이다.

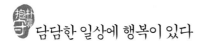

담담한 일상에 행복이 있다

아 독 박 혜 기 미 조
我獨泊兮其未兆,

돈 돈 혜 여 영 아 지 미 해
沌沌兮如嬰兒之未孩,

래 래 혜 약 무 소 귀
儽儽兮若無所歸.

홀로 담담하고 다른 이와 같은 즐거움이 없이
어리둥절한 모습은 아직 웃을 줄도 모르는 어린아이 같고,
지치고 고단한 모습은 마치 돌아갈 곳이 없는 듯하다.

_도덕경 20장

　노자는 천하에 다 이룰 수 없을 만큼 많은 일과 다 벌어들일 수 없을 만큼 많은 돈이 있다고 했다. 이런 일과 돈을 좇아 자신의 시간과 정력을 모두 쏟아부으면 결국은 건강을 해치게 될 것이고 이는 분명히 이익보다는 손해이다. 그래서 노자는 사람들에게 욕심 없는 태도를 지녀야 한다고 주장했고, 수련의 가장 높은 경지는 바로 '무아'에 이르는 것이라고 했다. 그렇지 않다면 욕망으로 인하여 스스로 고통을 감당할 수 없기 때문이다.

세속의 때가 묻어 무지몽매하고 작은 일에 쉽게 흥분하는 보통 사람들과는 달리 노자는 세상의 이치를 깨닫고 자연의 모습 그대로 돌아가 아이 같은 평온함과 순수함을 지닌 사람이었다. 동서고금의 사상가 중에서도 가장 천진난만한 순수함을 지닌 사람은 노자였다. 어린아이와 같은 순수함을 잃지 않은 노자는 평생토록 즐거움을 잃지 않는 묘약을 얻은 것이나 다름없지 않았을까.

인생의 목적은 고관대작의 지위나 천만금의 부귀에 있지 않다. 생명의 즐거움과 행복, 아름다움을 느끼는 데 있다. 일생을 아우르는 즐거움과 행복은 화려한 겉치레가 아닌 욕심 없고 고요한 마음속에서 탄생한다. 그러므로 우리를 고요하고 깊은 마음의 경지로 인도하고 인생의 즐거움과 생명의 아름다움을 체득할 수 있게 하는 것은 오로지 마음을 비우는 방법뿐이다.

인간 세상의 즐거움이란 사실 평범한 우리의 일상 속에 숨어있다. 그러나 안타깝게도 세상 사람들은 복에 겨워 그 행복을 인식조차 하지 못한다. 문명의 이기가 선사한 각종 편리함을 마음껏 누리면서도 그 모두를 지극히 당연한 것만으로 여기는 것처럼 말이다. 행복이 눈앞에 있어도 깨닫지 못하고 손에 잡히지도 않는 뜬구름만 좇는 격이다.

한 젊은이가 물가에서 낚시를 하고 있었다. 그 곁에는 수염이 희끗희끗한 노인 한 분도 낚시를 하고 있었다. 두 사람은 꽤나 가까이 자리를 잡고 앉았는데, 노인은 계속해서 물고기를 낚아 올렸지만 젊은이는 하루 종일 아무런 소득이 없었다.

젊은이가 마침내 짜증을 참지 못하고 노인에게 물었다.

"어르신, 미끼도 똑같은 걸 쓰고 자리도 바로 옆인데, 어찌 그리 쉽게 낚으십니까? 저는 하나도 못 잡았는데요."

노인이 슬며시 웃으며 대답했다.

"자네는 낚싯대로 낚시를 하는 것이고 나는 그냥 드리우기만 한 것이네. 자네는 온통 물고기를 잡을 생각에 미끼를 무는지 안 무는지만 뚫어져라 쳐다보고 있지 않나. 그러니 미끼를 건드리기만 해도 마음이 급해 어쩔 줄을 모르는 게지. 그러니 물고기들이 놀라서 도망을 갈 수밖에. 내가 하는 걸 보게. 나는 여기 낚싯대를 가만히 놓아둘 뿐이네. 낚싯대를 드리우는 것과 낚시를 하는 것은 다르지. 내가 낚싯대를 드리우는 순간에는 오로지 나 혼자일 뿐, 물고기가 오는지 마는지는 상관하지 않는다네. 고기가 와도 그만 안 와도 그만이야. 내 마음이 고요한 물처럼 편안해지고 눈을 깜빡이지도 않을 만큼 여유로울 때, 물고기는 내가 있는지 없는지조차 느끼지 못하지. 그래서 도망가지 않을 뿐이야."

낚시는 심신을 수양하는 좋은 방법이다. 노인은 이를 통해 이미 높은 수양의 경지에 오른 것이다. 노인이 설명한 낚시법은 우리 생활에 적용하더라도 전혀 손색이 없는 훌륭한 인생철학이다. 사실 우리 생에서 일어나는 흥망과 영욕, 득실과 진퇴는 그 누구도 제 마음대로 할 수가 없는 영역이다. 단지 의연하고 담담한 마음가짐을 유지하는 것만이 세상의 풍파로부터 우리가 덜 상처받는 길일 것이다.

욕심을 버리면 마음이 편안해진다. 그런 마음으로 우리 삶의 득실을 바라보아야 한다. 욕심을 버리면 마음이 트이고 환해진다. 그런 마음으로 우리 삶의 나아감과 물러섬을 받아들여야 한다. 욕심을 버리면 삶이 소중해진다. 삶이 소중하면 헛된 꿈을 꾸지 않게 된다. 욕심을 버리고 담담하게 삶을 받아들이는 자세는 인생을 더 풍요롭고 행복하게 만들고 자기 자신을 더욱 충실하게 만든다.

인생의 욕심을 버리고 초연한 사람은 행복한 사람이다. 아이처럼 욕심을 버리면 우리의 마음은 더욱 평온해지고 자유로와지며 모든 속박을 벗어난다. 욕심을 버린 사람은 헛된 명성을 따르지 않고 세속의 소란스러움, 말썽과 멀어지며 초월의 영역으로 나아간다.

욕심 없는 인생이란 인생 자체를 즐기는 것, 어린아이의 순수함을 잃지 않는 것, 자신을 남들에게 과시하지 않는 것이다. 인생을 욕심 없이 사는 사람들은 인생의 덧없음을 알고 흘러가는 시간을 붙잡으려 미련두지 않으며 미래에 허무맹랑한 기대를 품지 않는다. 영욕에도 놀라지 않고 머물고 떠나는 것에도 의연하다. 그러니 무엇이든 개의치 말고 마음에 깊이 담아두려 하지 마라. 마음씨 착한 천사가 하늘을 날아다닐 수 있는 것은 모든 것을 비워 스스로를 가볍게 했기 때문이다. 그런 태도로 삶을 살아가는 사람은 행복이 바로 내 등 뒤에 있었다는 것을 깨닫게 될 것이다.

당나라의 고승 혜종선사慧宗禪師는 난초를 각별히 좋아했다. 그래서 젊은 승려들과 함께 직접 난을 키웠다. 이듬해 봄, 고생해서 키운 난의 꽃이 온 산 가득 피자 젊은 승려들은 스승께 보여드릴 생각에 기뻐서 입을 다물지 못했다. 그런데 뜻밖에 폭풍우가 한바탕 몰아쳤고, 산을 가득 메웠던 아름다운 꽃은 모조리 떨어져 진흙탕 범벅으로 엉망이 되고 말았다. 승려들은 불호령이 떨어질까 안절부절못했지만, 혜종선사는 아주 담담하게 말했다.

"내가 꽃을 심고 키우는 것은 취미와 즐거움을 위한 것이지 분노와 원망을 위해서가 아니네."

고승의 말에 크게 깨달은 젊은 승려들은 그의 넓은 아량에 탄복했다.

그렇다. 즐거움의 꽃을 마음 밭에 심고 아름답고 우아한 마음으로 잘 보살핀다면 마음은 금세 행복과 즐거움으로 가득하고 안녕과 평온함으로 흘러넘칠 것이다. 내 마음을 복잡한 세상사와 거리를 두고 자연과 가깝게 하면 욕심 없는 마음이 금세 피어난다.

인간의 생에는 유혹이 너무나 많다. 하지만 무언가를 얻더라도 담담하고 평온한 마음으로 경거망동하지 말아야 하고, 그것을 잃더라도 크게 슬퍼하거나 아파하지 않아야 몸과 마음을 보전할 수가 있다. 그래야 자신을 둘러싼 것들에 초연해질 수가 있다. 욕심 없는 마음, 초연한 태도가 현실의 도피처가 될 수는 없다. 하지만 바쁜 업무 중에, 힘든 공부 중에 잠깐 짬을 내어 잠시 머리를 맑게 하고 편안한 마음을 가지게 하는 휴식처가 될 수는 있다.

인생이 언제고 생각하는 대로만 흘러갈 수는 없다. 나아감이 있다면 물러섬이 있고 영광스러운 순간이 있다면 치욕적인 순간도 존재한다. 오르막이 있으면 내리막이 있듯이 말이다. 그러나 그 속에서도 언제나 마음의 평온함을 유지하는 것이 인생에서 진정으로 바른 길이라는 것을 안다면, 언제 어디서건 심리적인 균형을 유지하는 올바른 선택을 할 수 있을 것이다.

욕심 부리지 않는 마음을 품는 사람에게는 평범한 일상도 전혀 평범하지 않다. 생활이 선사하는 일상의 즐거움과 작은 성공에서 오는 위안을 마음껏 누릴 줄 아는 사람은 생명의 가장 아름다운 인생의 악장을 온전히 스스로 써내려 갈 수가 있을 것이다.

욕심을 버리면 마음이 편안해진다. 그런 마음으로 우리 삶의 득실을 바라보아야 한다. 욕심을 버리면 마음이 트이고 환해진다. 그런 마음으로 우리 삶의 나아감과 물러섬을 받아들여야 한다. 욕심을 버리면 삶이 소중해진다. 삶이 소중하면 헛된 꿈을 꾸지 않게 된다. 욕심을 버리고 담담하게 삶을 받아들이는 자세는 인생을 더 풍요롭고 행복하게 만들고 자기 자신을 더욱 충실하게 만든다.

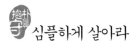 심플하게 살아라

검 고 능 광
儉, 故能廣.

소박하고 욕심 부리지 않기 때문에
넓은 마음을 지닐 수가 있는 것이다.
_도덕경 67장

선진先秦 시기의 제자백가는 '검소함儉'은 긍정적으로, '사치奢'는 부
정적인 시각으로 보았다. 공자는 "예는 사치보다 검소함이 낫다"고
했다. 또 묵자墨子는 이렇게 말했다. "절약하고 검소하면 창성할 것이
되 과하면 망한다." 또한, 관중은 이렇게 말했다. "옷을 입는 데 절약
하고 재물을 쓰는 데 근검하며 사치와 낭비를 금한다. 나라의 위급함
을 위함이다."

이렇듯 고대 사상가들에게는 검소함이 정해진 공식이나 마찬가지
였다. 특히 유가의 근검절약 정신은 후세에도 지대한 영향을 미쳤다.

오천 자로 되어 있는 《도덕경》은 단 네 글자로 줄일 수 있다. '자검
화정慈儉和靜', 자애로움, 검소함, 조화로움, 고요함이 그것이다.

'검소하여 비로소 넓은 마음을 지닐 수 있다'는 도덕경 제67장의 네

글자는 그 속에 무궁한 인생의 의미를 담고 있다.

모든 사람에게는 매일 스물네 시간이 주어지고, 아무리 위대한 사람이라도 생명의 길이를 연장할 수는 없다. 단지 열심히 노력하여 생명의 밀도를 높일 수가 있을 뿐이다. 그러나 우리는 그 한계를 알 수 없는 광활한 우주 속에서 살아가는 보잘것없는 존재이다.

아무것도 하지 않아야 이룰 수가 있다. 세상은 물욕이 곳곳에서 흘러넘치는데 인생은 눈 깜짝할 사이에 흘러간다. 한평생 열심히 거머쥐려 한들 얼마나 손에 넣을 수 있을까? 돈을 벌기 위해 그렇게 오랜 시간 노력을 해놓고, 쓰는 데도 똑같이 오랜 시간 고민을 하며 인생을 낭비할 바엔 차라리 처음부터 적게 벌고 검소하게 지내는 것이 더 간단하지 않을까! 돈은 있어야 하지만 너무 많을 필요는 없다. 배불리 먹을 만큼이면 충분하다. 권력은 조금 있으면 좋지만 너무 큰 권력은 필요 없다. 남에게 괴롭힘을 당하지 않을 정도면 족하다. 욕심을 내려놓아 한가해진 여유 시간에는 자신이 하고 싶었던 일을 찾아서 하자. 예로부터 청빈한 삶에 만족하고 고독을 자처하는 것은 엘리트 정신이며 물질적으로 빈곤하지만 정신의 풍요로움을 추구하는 것은 선비의 자세이다.

소박한 생활습관은 장수의 중요한 요인이고 평범한 사람들이 살아가는 평범한 생활의 미덕이다. 마음속으로 다짐을 하거나 인생의 목표를 세울 때도 최대한 소박한 계획을 세워야 진정으로 이를 이룰 수가 있다. 목표가 너무 많아 방향을 잃은 삶은 산산조각으로 부서져버리고, 욕망이 너무 강한 삶은 스스로를 수렁으로 빠지게 하거나 나쁜 곳에 한눈을 팔게 만든다. 하지만 깨끗하고 욕심 없는 마음은 언제든 자신의 지향점을 명확하게 만들고 우리를 목표지점까지 안착할 수 있게 한다.

무절제함은 우리의 인생을 망치기 위해 끊임없이 유혹의 손길을 뻗친다. 하지만 성공의 진리는 단순함, 심플이라는 것을 명심하자. 사상가 또는 창작을 하는 사람들은 가장 중요한 생활 방식이 바로 주위 환경의 간섭이나 제약을 최소한으로 줄이고 마음의 평온함과 자유를 유지하는 것이라고 입을 모아 말한다. 심플하고 간단한 것이 우리를 자유롭게 하는 것이다!

토마스 파Thomas Parr는 1783년에 태어나 영국 역사상 최장수한 사람으로 기록에 남았다. 그는 80세 때 첫 번째 결혼을 하고 120세 때 두 번째 결혼을 했다. 145세까지도 뛰어다니거나 타작을 하는 등 육체적인 노동을 거뜬히 해냈다. 그의 전기를 쓴 작가는 그의 죽음을 무척이나 애통해하며 이렇게 썼다.

"원래의 방식대로 생활했다면 모든 것이 지금과는 달랐을 것이다. 그가 사망한 주요 원인은 급격하게 변한 식습관과 오염된 공기였다. 그는 맑고 신선한 공기로 가득한 고향을 떠나 오염된 공기로 더럽혀진 런던으로 왔다. 오랜 세월동안 투박한 차를 마시고 담백한 채소만 먹었던 그가 호화스러운 런던으로 오자 사람들은 그에게 맛있는 요리와 향기로운 술을 마시도록 권했다. 그래야 그의 건강이 더욱 좋아지고 더 오래오래 장수할 수 있을 것이라고 믿었기 때문이다. 하지만 결과는 완전히 달랐다. 런던에서의 생활은 그의 자연적인 신체기능에 평소보다 훨씬 큰 부담을 주었고 친환경적인 생활 습관이 완전히 흐트러져 그는 순식간에 죽음에 이르게 되었다. 만약 그의 삶이 아무것도 바뀌지 않았다면 그의 건강상태를 생각했을 때 몇 년은 충분히 더 살았을 것이다."

우리는 때때로 생활 속의 간단한 일도 아주 복잡하고 어렵게 풀어가는데, 이는 잘못된 것이다. 건강한 삶의 최고 비결 중의 하나가 바로 심플한 생활이다. 방만하고 복잡한 라이프스타일은 우리에게 끊임없이 스트레스를 주고 시도 때도 없이 걱정에 시달리게 한다. 근심으로 밤잠을 이루지 못하게 해 마음을 병들게 하고 몸도 지치게 만든다. 일상의 여러 가지 일은 귀중한 시간을 낭비하게도 한다. 사치와 방종은 아름다운 인생을 모두 망치고 심플하고 절제된 습관은 삶의 즐거움을 알게 한다. 심플함은 라이프스타일의 하나일 뿐만 아니라 정신적인 수양의 경지이기도 하다. 절제한다고 해서 모든 욕망을 배척할 필요는 없지만 강한 물욕만은 경계해야 한다. 평생을 득실만 따지는 사람이나 주색잡기에만 빠져 지내는 사람은 심플한 생활을 죽었다 깨어나도 이해할 수 없다. 또한 사회나 다른 사람에 의지해 자기 자신을 스스로 바로 세울 수 없는 사람은 심플 라이프의 맛을 절대로 알수가 없다.

심플 라이프를 즐기고 생활의 소소한 즐거움을 아는 것은 건강한 생활 방식과 태도라고 분명히 말할 수 있다. 간소화된 생활에서 마음은 수양을 얻고 규칙적인 습관에서 체력 또한 건강하고 활기차게 회복되기 때문이다. 이런 삶을 사는 사람의 마음은 자유롭고 편안하다. 생활이 간단해진다는 것은 진정으로 자기의 생활과 공간을 소유한다는 뜻이다. 그리고 동시에 많은 것을 버려야 한다는 뜻이기도 하다. 포기하지 않으면 심플해질 수 없기 때문이다. 하지만 삶이 심플해지는 것이 단조롭고 고독해져야 한다는 것을 의미하지 않는다. 심플 라이프의 진짜 목적은 인생을 더욱 건강하고 즐겁게 누리기 위함이다. 심심함과 외로움은 우리의 목표가 될 수 없으며, 진정으로 우리가 바라는 것은 심플하면서도 재미로 가득한 삶이다. 심플하면서도 풍족한 삶은 어딘가 모순인 듯하지만, 진정으로 삶을 풍족하고 완전하게 누리기 위해서는 삶을 가볍고 단순하게 만들어야 한다.

하루하루가 복잡하게 흘러가는 혼란스러운 세상에서 자신의 삶을 심플하게 디자인할 수 있는 사람만이 자기 삶의 주인이 될 수 있다. 거기에 톡톡 튀는 개성이나 자신의 취향까지 발휘한다면 내가 찾던 풍경은 이미 그곳에 존재하는 것이나 다름없다.

삶이 심플해지는 것이 단조롭고 고독해져야 한다는 것을 의미하지 않는다. 심플 라이프의 진짜 목적은 인생을 더욱 건강하고 즐겁게 누리기 위함이다. 심심함과 외로움은 우리의 목표가 될 수 없으며, 진정으로 우리가 바라는 것은 심플하면서도 재미로 가득한 삶이다. 심플하면서도 풍족한 삶은 어딘가 모순인 듯하지만, 진정으로 삶을 풍족하고 완전하게 누리기 위해서는 삶을 가볍고 단순하게 만들어야 한다.

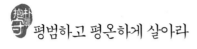 평범하고 평온하게 살아라

부 유 무 이 생 위 자   시 현 어 귀 생
夫唯無以生爲者, 是賢於貴生.

무릇 욕심 없이 아무것도 애써 하지 않는 사람이
삶을 귀하게 여기는 사람들보다 현명하다.

_ 도덕경 75장

노자는 무욕, 고요, 공허, 무위 등이 천지의 균형을 이루게 하는 기초이며 도덕 수양에서 이르러야 할 경지라고 보았다. 그래서 천하를 다스리려면 먼저 자기 자신을 아름답고 고요하게 수련해야 한다고 했다.

도가에서는 슬픔과 기쁨이 덕행에 위배되는 사악한 존재이고 희열과 분노는 대도大道를 거스르는 죄과이며 좋아하고 싫어하는 마음 또한 본성을 망치는 나쁜 잘못이라고 여겼다. 그래서 근심도 즐거움도 없이 언제나 한결같고 외부의 그 어떤 것과도 상충하지 않고 위배됨이 없는 상태를 덕행과 허무, 고요, 무욕의 최고 경지로 보았다. 간결하고 혼란스럽지 않으며, 고요함을 유지하되 그 마음이 변하지 않으며, 욕심을 버리고 아무것도 이루려 하지 않으며, 움직이되 자연의 이

232

치를 거스르지 않는 것. 이는 바로 삶의 최고의 경지인 동시에 양생의
도리이다.

동진 東晉 말기, 남조 南朝의 송대 초기의 시인이자 산문가인 도연명 陶然
明은 몰락한 관료의 가정에서 태어났다. 조부와 부친이 모두 관리 출신
이었기에 가정환경의 영향을 받아 어릴 때부터 책 읽기를 좋아했다. 유
가의 경전에 특히 심취하여 많은 영향을 받았고 선조들의 문학적 업적
과 무공을 무척이나 자랑스럽게 여겨 본보기로 삼았다. 그래서 젊은 시
절에는 나라를 다스리고 높은 업적을 쌓는 것을 인생의 목표로 두었다.
스물아홉에서 마흔한 살까지는 큰 뜻을 품고 다섯 번이나 관직에 나아
갔지만 성품이 강직하여 관료사회의 부패한 분위기에 발 디디지 못했
다. 그래서 임기도 매번 오래 버티지 못하고 자신의 이상과는 상반되는
현실에 좌절하고 스스로 관직에서 물러났다.
《귀원전거 歸園田居》에서 그는 이렇게 읊었다. "세속의 그물에 잘못 떨어
져 삼십 년을 흘려버렸네." 그에게 관료사회는 자신을 옥죄는 그물 같
은 존재였던 것이다. 그는 마흔한 살에 팽택 彭澤의 현령직을 사직하면
서 전원생활로 돌아가기로 마음먹는다. 그때 지은 《귀거래혜사 歸去來兮
辭》에는 이렇게 쓰여있다. "지나간 일은 탓할 수 없고 앞으로 다가올 일
은 좇을 수 있음이라. 길을 헤매었지만 멀리 가지는 않았으니, 오늘은
옳은 길을 찾아 어제의 잘못을 알았도다."
도연명의 인생관과 추구하던 이상이 근본적인 전환기를 맞은 순간이었
다. 시골로 돌아간 도연명은 자신의 모든 생활과 마음가짐을 대자연의

품에 맡겼다. 이후 그의 시에는 자신이 자연을 얼마나 사랑하고 동경하는지가 잘 드러난다. 도연명은 가족들과 함께 농사일을 하여 자급자족하는 생활을 시작하며 평화로운 마음을 갖게 되었다.

도연명은 정통 유가 사상의 영향을 받았을 뿐만 아니라 도가의 자연숭배나 순수함과 진실함을 추구하는 사상과 위진魏晉 시기 현학玄學의 귀무貴無 사상 등에도 영향을 받았다.

그래서 그의 사상은 자연에 순응하며 담담하고 진솔한 생각으로 가득하며 도연명 특유의 평온한 분위기를 자아낸다. 그는 너그럽고 평온한 마음으로 삶을 대하고 여유롭고 태연자약한 태도로 삶의 고난과 역경에 직면했다. 그 어떤 명예나 이익도 탐하지 않고 고결한 지조를 지킨 그의 인생철학은 후세에도 큰 깨달음을 전한다.

인생을 표현할 때, 가장 중요한 글자 중 하나가 바로 '평平'이다. 평범, 평온 등의 말에는 모두 '평'자가 쓰인다. 우리도 평범함을 바라는 마음으로 자신의 생활을 돌아보고, 역시 평온한 마음으로 자신의 감정을 비롯한 모든 사물을 대해야 한다.

평범하고 거짓, 허위가 없는 삶은 억지로 무언가를 이루려고 과장할 필요가 없다. 그래서 평범하기 그지없는 일상이야말로 진짜이다. 대다수 사람들의 시간 대부분 역시 바로 이런 평범함 속에 흘러간다. 물론 하늘이 내린 인생역전의 기회가 생긴다면 누구나 거부하기는 힘들겠지만, 그런 기회는 보통 사람들이 만나기가 좀처럼 힘들다. 그렇기 때문에 이런 기회가 자신에게 생기지 않는다고 해서 더 큰 성공을 바라고 욕심을 부리느라 자기 자신을 벼랑 끝으로 몰아서는 안 된다. 헛된 욕심을 내다가 까딱 잘못하면 패가망신에 웃음거리가 되고 말 것이다.

사람은 맨몸으로 와서 맨몸으로 가는 법, 얻고 잃는 것은 모두 내 신체 외의 것이니 자연의 순리를 따르고 강요해서는 안 된다. 그리고 언제나 가진 것이 많을 때는 적어지도록, 높은 곳에 있을 때는 낮아지도록, 부유할 때는 빈곤해지도록, 자신감에 차 있을 때는 자기 자신을 잃지 않도록, 어려움에 처했을 때는 위축되지 않도록 노력해야 한다. '가난도 나를 옮길 수 없고 위엄과 무력도 나를 굽힐 수 없다'는 고인들의 가르침은 우리가 시시때때로 자기 자신의 바른 뜻을 견지하고 평화로운 삶을 영위해야 한다는 메시지를 담고 있다.

행복은 평온한 마음으로 생활할 때 느낄 수 있는 일종의 만족감이다. 평온한 마음으로 나의 생활을 느끼고 돌아보면, 행복은 바로 내 옆에 있다는 것을 알 수 있다. 담담하고 평온한 마음으로 웃으며 살아가자. 마음은 가벼워지고 자유와 즐거움이 그 빈자리를 채울 것이다.

간결하고 혼란스럽지 않으며, 고요함을 유지하되 그 마음이 변하지 않으며, 욕심을 버리고 아무것도 이루려 하지 않으며, 움직이되 자연의 이치를 거스르지 않는 것. 이는 바로 삶의 최고의 경지인 동시에 양생의 도리이다.

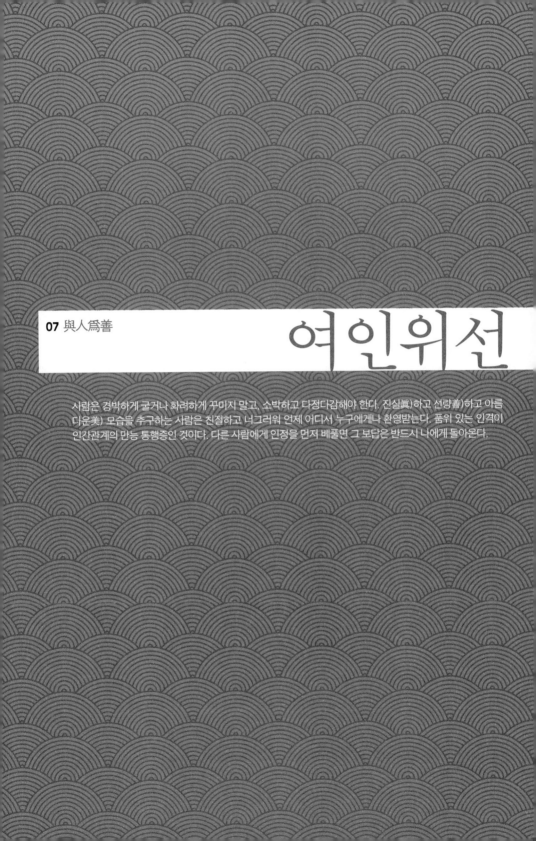

07 與人爲善

여인위선

사람은 경박하게 굴거나 화려하게 꾸미지 말고, 소박하고 다정다감해야 한다. 진실(眞)하고 선량(善)하고 아름다운(美) 모습을 추구하는 사람은 친절하고 너그러워 언제 어디서 누구에게나 환영받는다. 품위 있는 인격이 인간관계의 만능 통행증인 것이다. 다른 사람에게 인정을 먼저 베풀면 그 보답은 반드시 나에게 돌아온다.

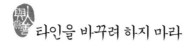 타인을 바꾸려 하지 마라

천 하 신 기　불 가 위 야　불 가 집 야
天下神器, 不可爲也, 不可執也.

위 자 패 지　집 자 실 지
爲者敗之, 執者失之.

천하는 대자연의 신성한 산물이라, 사람의 의지로 바꿀 수 없고
강제로 통제할 수가 없다. 제멋대로 바꾸려는 자는 반드시 실패하고
강제로 통제하려는 자는 반드시 잃는다.

_도덕경 29장

—

　노자는 '유위有爲'의 방식으로 나라를 다스리는 자들에게 경고했다.
"나라를 다스림에 강제적이고 폭력적으로 억누르면 이로 인해 패망
한다. 세상 만물의 물성物性이 각기 다르고 인성人性이 다르므로 위정
자들은 차이와 특수성의 발전을 고려해야 하며 신발에 발을 맞추는
식으로 일을 강행해서는 안 된다."

　이상적인 정치는 자연의 순리를 따르고 현실을 잘 반영하며, 불필
요한 조치와 혹독한 정책을 일절 제외한 정치이다.

　인간 관계에서도 다른 사람에게 내가 바라거나 좋아하는 생활방식
을 요구하지 말고, 그 사람을 나에게 맞게 바꾸려고도 하지 말아야 한

다. 바뀌는 것은 나 자신이어야 한다. 내 마음에 쏙 드는 좋은 것도 다른 사람의 취향에는 맞지 않을 수 있다. 내가 좋아하고 나에게는 잘 맞는 것도 남들은 전혀 관심이 없을 수 있다. 그런데 애써 다른 사람에게 무언가를 강요하면서 너는 이게 나쁘고 저게 잘못되었다고 지적을 해대서 나쁜 사람이 될 필요가 있을까.

사람이 무언가를 좋아하고 싫어하는 것은 지극히 정상적인 현상이다. 내가 좋아하는 것은 물론, 내가 싫어하는 것에도 엄연히 그 이유가 있다. 게다가 내가 그것을 좋아하건 좋아하지 않건 그 존재를 없애버릴 수는 없다. 그러니 좋고 싫음 때문에 괜히 기뻐하고 분노할 필요도 없다. 이는 우리의 정신 건강에 악영향을 미칠 뿐이다.

그런 의미에서 보자면 우리는 다른 사람이 나와 다르다는 것, 즉 다른 사상과 다른 개성, 다른 생활방식 등을 가졌다는 것을 이해해야 한다. 그리고 그들이 자기 자신만의 방식으로 살아가는 것 또한 이해해야 하며, 간섭 따위를 해서는 안 된다.

왕샤오보王小波, 중국 작가_역주의 소설《홀로 길을 떠난 돼지一隻特立獨行的豬》에는 이런 구절이 나온다.

"생활에서 이것저것을 만들려고 하는 것은 인간 특유의 습성이다."

샤오보는 사람이 두 가지 종류로 나뉜다고 했다. 하나는 다른 사람의 생활을 자기 마음대로 계획하는 사람이고, 다른 하나는 그 계획을 생활을 아무렇지 않게 여기는 사람이다.

전자는 언제나 다른 사람이 자신이 바라고 좋아하는 대로 생활하기를 희망한다. 자기가 좋아하는 것은 다른 사람도 당연히 좋아한다고 생각하기 때문이다. 하지만 다른 사람을 그렇게 제멋대로 생각하는 것은 큰 오해일 뿐이다.

예를 들어 부모들 중에는 의식적으로든 무의식적으로든 자기가 이루지 못한 염원을 자기 자식이 이루어주기를 바라는 사람들이 있다. 이는 아이에게 큰 부담이 된다. 어떤 부모는 자식에게 의지해 자기가 이루지 못한 여한을 풀고 싶어서 자기가 옳다고 생각하는 방향으로 자식을 끌고 나가려 한다. 아이의 의사나 적성 등은 전혀 안중에도 없이 억지로 피아노를 배우게 하거나 해외로 유학을 보내는 등이 그 예이다.

아이를 예술가나 음악가로 키우기 위해서 많은 부모들이 물리적, 금전적, 정신적 노력을 투자한다. 하지만 그 과정에서 예술에 대한 아이의 기대감은 취미나 흥미의 범위를 완전히 벗어나게 된다. 이런 스트레스 속에서 가정은 더 이상 즐거운 곳이 될 수 없고, 부모 자식 간의 즐거운 시간은 악몽 같은 갈등의 시간으로 변질될 것이다. 화목한 가족관계를 희생하고 한 치 앞을 알 수 없는 미래를 좇는 것은 사실 부모로서도 바라는 바가 아니다. 그리고 아이들에게는 성인이 된 후에 돌이켜본 어린 시절이 결코 좋은 기억으로 남을 리가 없다.

연인이나 부부를 예로 들어보자. 사랑하는 사이에는 서로 포용하고 수용하는 태도가 더욱 필요하다. 상대방은 죽어도 내가 원하는 모습으로 바뀔 수 없다. 그리고 사실 어쩌면 원래의 그 사람이 나에게 가장 좋은 반려일 수도 있다. 젊은 시절에는 상대방이 좀 더 성숙한 사람이기를 바라지만 정말로 그 사람이 성숙해졌을 때는 좀 더 단순하고 유치하던 때가 좋다고 느낄 수 있지 않을까. 하지만 오랜 시간 서로에게 맞추고 관계를 다듬어 왔는데, 그때서야 다시 예전으로 돌아갈 수도 없는 노릇이다.

　사람들 대부분이 다른 사람을 내 입맛대로 바꾸려고만 한다. 하지만 곰곰이 생각해보면 전혀 그럴 필요 없다. 그냥 자기 자신을 변화시키면 간단하다. 다른 사람을 대하는 나의 생각만 조금 바꾸면, 그 사람의 다른 모습을 금세 만날 수가 있을 테니까!

　좋고 싫음 때문에 괜히 기뻐하고 분노할 필요도 없다. 이는 당신의 건강에 악영향을 미칠 뿐이다. 우리는 다른 사람이 나와 다르다는 것, 즉 다른 사상과 다른 개성, 다른 생활방식 등을 가졌다는 것을 이해해야 한다. 다른 사람을 바꾸려 하지 말고 나 자신부터 변화하는 법을 배우자.

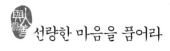 선량한 마음을 품어라

살 인 지 중   이 애 비 읍 지
殺人之衆, 以哀悲泣之,

전 승   이 상 례 처 지
戰勝, 以喪禮處之.

전쟁에서 사람을 많이 죽일 때는 비롱한 마음을 가져야 한다.
승리하더라도 상례喪禮를 다하여야 한다.

_도덕경 31장

사람은 선량한 마음을 품어야 한다. 만약 모든 사람들이 선량한 마음을 품을 수 있다면 이 세계는 훨씬 평화롭고 아름다워질 것이다.

노자는 전쟁이 사람을 죽이는 것일 뿐, 전혀 좋은 일이 아니라고 여겼다. 그래서 전장에서 승리한다면 많은 사람을 죽였으니 흡족해하거나 자랑스러워할 것이 아니라 오히려 슬픈 마음으로 함께 울어주어야 한다고 했다. 전쟁에서 승리하고 기뻐한다면 사람을 죽이고서 기뻐하는 셈이니 이런 사람은 '살인광'이나 마찬가지이다.

조조와 원소袁紹가 동탁董卓에 맞설 때는 운명을 함께 하는 전우였지만, 훗날 각자의 길을 가게 되면서는 적으로 만나게 되었다. 우여곡절 끝에 조조는 원소를 격파했고, 원소는 병사들을 잃고 처참한 최후를 맞이했다. 그런데 전쟁에서 승리한 이후에 조조가 가장 먼저 한 일은 바로 원소의 무덤을 찾아가 제사를 지낸 일이었다. 조조는 원소와 우애로 똘똘 뭉쳤던 지난 일을 떠올리며 진심으로 구슬프게 울었다. 수하의 병사들은 이해할 수가 없었다.

하지만 조조의 행동이 전혀 의외는 아니다. 한 번 전우의 연을 맺은 이상 두 사람 사이에는 당연히 의리가 싹텄을 것이고, 나중에야 어찌되었든 간에 당시 나누었던 우애와 의리는 머릿속에 생생하게 남아 쉽게 없애버릴 수가 없었을 것이다. 이미 전쟁으로 원수지간이 되기는 했지만 옛날 생각을 하니 마음이 힘들었을 것은 당연하다. 게다가 서로 맞서 생사를 걸고 싸우다 보니 옛 정이 더욱 생각나 고통은 배가되었을 것이다. 적이라 할지라도 상대의 죽음을 슬퍼하는 것은 군자의 기개이며 대가의 품격이니 소인배들은 전혀 이해할 수 없을 것이다.

조조에게는 원소가 패배한 적장이었지만 여전히 존경하고 예를 갖추어 대해야 할 상대였다. 조조가 약육강식의 혼란한 세상에서 부득이하게 흉악하고 냉혈한 면을 보이기도 했지만, 그 역시 사람이기에 타인을 잘 대해야만 자기 자신에게 그 은혜가 돌아온다는 도리를 잘 알고 있었다. 조조는 목숨을 건 전장에서 자신의 적장에게까지 선한 마음을 품었는데, 우리라고 왜 그렇지 못하겠는가?

그러고 보면 "전쟁에서 사람을 많이 죽일 때는 비통한 마음을 가져야 한다"라는 노자의 말은 적에게 선량하며 이 모든 세상을 향해 선량한 마음을 품어 스스로를 이롭게 해야 한다는 메시지를 전한다고 해석할 수 있다.

세상 사람들 전부가 서로 사랑하는 마음과 선량한 태도로 대한다면 참으로 좋겠지만, 이는 실로 어려운 일이다. 언제나 남을 사랑하기 위해서는 나로부터 마음의 수양을 해야 한다.

첫째, 나를 사랑해야 한다

나를 사랑하는 마음은 인간의 본성이고 한 개체가 생존해 나가는데 기본적인 요건이다. 나를 사랑하는 마음이 한 단계 발전을 하면 자존심, 수치심, 책임감과 자신감 등이 나타나고 자아의 올바른 도덕 개념이 형성되는 데 도움이 된다.

사람에게 자신을 사랑하는 마음이 없다면 살아갈 근거를 잃는 것과 같다. 루쉰은 이렇게 말했다. "어느 나라 누구라도 자기를 사랑하는 것을 당연한 일로 여긴다. 이는 생명을 보존할 의의이며 생명을 계속해나갈 근거이다." 스스로를 사랑하는 것은 사람으로서 지켜야 할 규범, 삶의 의의, 도덕 신앙, 가치관념, 인격 등을 이해하고 믿고 실천하는 것을 모두 포함한다.

둘째, 남을 사랑해야 한다

오로지 자기 자신만 사랑할 줄 아는 것은 편협한 사랑이다. 타인을 자신처럼 사랑할 수 있어야 진정으로 사랑이라 할 수 있다. 옛 성현들은 이렇게 말씀하셨다. "자기 자신을 사랑하는 마음으로 타인을 사랑해야 인仁에 도달한다."

셋째, 타인을 이롭게 해야 한다

사회생활을 하다 보면 다른 사람을 기분 좋게 하는 칭찬이나 애정 표현 등이 분위기를 전환시키고 모두를 즐겁게 하는 경우가 있다. 심지어는 한 마디 말로 천 냥 빚을 갚는 경우도 있다. 하지만 사람 사이의 애정은 말로만 머물러서는 안 된다. 실제 행동으로 옮겨 표현해야 한다. 불교에 이런 격언이 있다.

"한 생명을 구하는 것, 순수한 사랑의 마음에서 나온 행동은 코끼리와 말을 제물로 바쳐 부처님을 봉양하는 것보다도 더 위대하다."

인간관계는 콩 심은 데 콩 나고 팥 심은 데 팥이 나며, 뿌린 대로 거두는 자연의 법칙과 꼭 닮아있다. 이는 묵자가 〈겸애兼愛〉편에서 이렇게 말한 것과 일맥상통한다. "무릇 타인을 사랑하는 사람은 필히 타인의 사랑을 받고, 타인을 이롭게 하는 사람은 자신도 이로워진다. 타인에게 악한 사람은 자신도 악한 대우를 받고 남을 해하는 사람은 자신도 해를 입는다." 우리 생활의 다양한 인간관계에서 감정적인 교류와 커뮤니케이션은 항상 발생한다. 이때, 자신의 순수한 감정을 상대방에게 성심성의껏 전하고 표현한다고 해서 자신의 감정이 줄어드는 것은 아니다. 반대로 다른 사람에게 좋은 감정을 표현하면 할수록 오히려 자기가 얻는 만족감과 행복감 또한 커진다. 또한 이로 인해 자신의 생각이나 감정의 경계는 한층 더 깊고 풍부해진다.

무릇 타인을 사랑하는 사람은 필히 타인의 사랑을 받고, 타인을 이롭게 하는 사람은 자신도 이로워진다. 타인에게 악한 사람은 자신도 악한 대우를 받고 남을 해하는 사람은 자신도 해를 입는다. 자신을 사랑하고 적을 사랑하고 이 세상을 사랑하자.

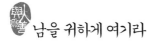

남을 귀하게 여기라

만 물 부 음 이 포 양
萬物負陰而抱陽,

충 기 이 위 화
沖氣以爲和.

만물은 음을 짊어지고 양을 안고 있는 격이니
음양의 기가 서로 상충하여 조화를 이루는 것이다.

_도덕경 42장

우주 만물은 음양에서 생겨나고, 음양이 대립하고 통일되어 한데 어우러지는 융합의 도를 따른다. '기가 서로 상충한다'는 것은 만물에 아주 중요한 제어작용이다. '조화'는 음양이 서로 증감하여 평균을 이룬 결과이다. 그래서 '기가 상충하여 조화를 이룬다'는 말은 객관 법칙이 사물 내부의 모순에 각각 영향을 미쳐 높은 것은 낮추고 낮은 것은 높이며 남는 것은 덜어내고 모자라는 것은 보완하며, 이 변화를 통해서 새로운 단계에 이르고 잘 어울리게 된다는 뜻이다. 그래서 자연계 전체이든 아주 작은 사물이든 모든 자연은 자연 법칙이 상충하여 일어나는 제어작용으로 균형을 유지하고 있는 것이다.

노자는 도덕경 제55장에서 "조화의 도리를 아는 것은 세상의 법칙 常을 안다는 것이고, 세상의 법칙을 안다는 것은 현명하다는 뜻이다" 하고 말했다. 《순자, 천론 荀子. 天論》에는 "만물은 그 조화를 얻어서 성장한다"라고 했고 《논어 論語》에서는 "예의 쓰임은 조화가 귀중하다. 선왕의 도는 이를 아름답게 여겨 큰일과 작은 일에 이를 따랐다"는 구절이 나오는데, 이 역시 현명한 군왕이 나라를 통치할 때 작은 일이든 큰일이든 가리지 않고 조화와 화합의 기준을 존중하고 그에 따랐다는 뜻이다.

'조화'는 하나의 정신이면서 동시에 이르러야 할 경지이다. 조화는 이천 년 동안 사람들의 마음에서 마음으로 전해지며 그 속에 깊숙이 스며들었다. 그래서 중국 사상 문화 발전의 수많은 과정을 관통하는 동안 각 시대의 주요 사상가, 학파들의 사상에 영향을 끼치며 누적되어 왔다. 조화는 중국 사상에서 가장 주요한 가치이자 정수인 동시에, 중국 사상문화에서 가장 완벽하고 가장 풍부하게 생명력을 표현하는 형식이 되었다.

한비자 韓非子는 '구맹주산 狗猛酒酸'이라는 표현을 썼다.

송나라에 술 장사꾼이 하나 있었다. 그가 만든 술은 아주 향기롭고 맛이 좋은데다가, 그가 손님들한테 친절하고 정직하게 장사를 하는데도 이상하게 장사가 시원치 않았다. 가게 밖에 손님을 끄는 술도가의 깃발이 하늘 높이 나부낄 뿐, 가게 안은 파리만 날렸다. 팔리지 않은 채로 남아 있는 술은 점차 시큼하게 변해갔다. 그는 아무리 고민을 해보아도 이유가 무엇인지 알 수 없었다. 그래서 이웃의 어르신을 찾아가 이유를 알고자 도움을 청했다. 그러자 그 어르신이 그에게 이렇게 말했다.

"자네가 키우는 그 개가 그렇게 사나우니 사람들이 물릴까봐 겁이 나서 어디 술이나 사러 올 수 있겠나, 술이 쉬는 건 그 때문이네."

한비자는 간신배가 있으면 충신들이 나서지 않는다는 사실을 장사가 되지 않는 술도가에 빗댐으로써 통치의 도리를 정확하게 꼬집었다. 그리고 이는 비즈니스를 하는 사람에게도 좋은 교훈이 될 것이다.

당신이 누군가를 웃게 만들면 다른 사람도 나에게 웃음을 준다. 다른 사람을 열심히 도우면 당신이 어려움에 처했을 때, 자연히 누군가의 도움을 얻을 수가 있다. 남을 잘 대하면 그 보답이 반드시 돌아오기에 다른 사람과 화기애애하고 돈독한 관계를 유지하는 것은 결코 나쁜 일이 아니다.

아주 오랫동안 장사를 해 온 가게가 있었다. 그 가게 주인장은 손님이라면 남녀노소를 가리지 않고 누구에게나 항상 웃는 얼굴로 예의바르게 대했다. 가끔 아무것도 모르는 철부지들이 그를 대놓고 무시했지만 전혀 개의치 않았고, 오히려 젊은이들을 잘 타일러 돌려보냈다.

괜히 트집을 잡아 말썽을 부리는 손님들이 생기면 점원들이 참지 못하고 폭발해 충돌이 일어나기도 했다. 하지만 주인장은 화내지 말라며 직원들을 말리고 손님을 잘 돌려보냈다. 점원들이 분노를 삭이지 못하면 큰 소리로 호통을 치기도 했다. 새로운 점원들에게는 이해할 수 없는 모습이었고, 오래된 점원들도 속이 답답해지기는 마찬가지였다. 그러나 시간이 한참 지난 후에는 그들도 주인장의 마음을 이해하고 손님을 대하는 태도가 주인장과 꼭 같아졌다.

한번은 과일을 사려는 손님이 "여기가 이렇게 문드러졌는데도 한 근에 십 위안元이나 받아요?" 하고 물으며 과일을 이리저리 뒤적였다.

"이 정도면 아주 괜찮은 거지요. 다른 집하고 비교해보셔도 됩니다."

"한 근에 팔 위안에 팔 거요, 안 팔 거요?"

주인장은 연신 웃는 얼굴로 대답했다.

"손님, 제가 이걸 팔 위안에 팔면 방금 십 위안에 사신 손님은 어떻게 합니까요?"

"그래도, 여기도 다 뭉개졌잖아요."

"뭉개지지 않고 싱싱한 거라면 한 근에 십오 위안은 받겠지만 이건 십 위안 밖에 안 합니다."

손님이 아무리 억지를 부려도 주인장은 웃음을 잃지 않았다. 시종일관 처음과 똑같은 미소였다. 손님은 이리저리 고민하다가 결국은 한 근에 십 위안을 주고 과일을 사갔다.

조화는 이 세상을 더욱 아름답게 만든다. 국가를 다스릴 때, 중요한 것이 바로 정치와 국민의 소통과 '조화'이며 사회를 이루는 가장 작은 세포인 가정을 말할 때도 가정이 '화목'하면 모든 일이 잘 이루어진다고 한다. 사람과 사람의 교류에서도 서로 '화합'하는 것이 가장 귀중한 덕목이며, 비즈니스나 기업의 경영에서도 '화기애애'한 분위기가 부를 가져다준다. '화和'라는 글자 하나가 국가, 가정, 인간관계 등 세상만사 모든 자리에 쓰여 선사하는 큰 깨달음을 잘 새기고 소중하게 여기자.

국가를 다스릴 때, 중요한 것이 바로 정치와 국민의 소통과 '조화'이며 사회를 이루는 가장 작은 세포인 가정을 말할 때도 가정이 '화목'하면 모든 일이 잘 이루어진다고 한다. 사람과 사람의 교류에서도 서로 '화합'하는 것이 가장 귀중한 덕목이며, 비즈니스나 기업의 경영에서도 '화기애애'한 분위기가 부를 가져다준다. '조화'는 하나의 정신이면서 동시에 우리 모두가 추구해야 할 경지이다.

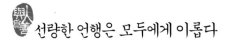

선량한 언행은 모두에게 이롭다

도 자 만 물 지 오
道者, 萬物之奧.

선 인 지 보   불 선 인 지 소 보
善人之寶, 不善人之所保.

미 언 가 이 시 존   미 행 가 이 가 인
美言可以市尊, 美行可以加人.

도는 만물을 굽어 살피니 선한 사람에게는 보배요,
선하지 못한 사람도 그 비호를 받을 수 있다.
아름다운 언사는 널리 존경을 받고 아름다운 행위는 자연히 사람이 따른다.

_도덕경 62장

노자는 인간과 천지만물이 모두 도를 좇아 이루어진다고 했다. 선한 사람은 도의 객관법칙에 따라 덕을 이룸으로써 구하는 바를 얻어 이를 수신修身의 보배로 삼고, 선하지 못한 사람도 도를 뚜렷이 알고 난 후에는 선하게 바뀌어 다시는 제멋대로 굴지 않고 자신을 평안히 보전하게 된다는 것이다. 진심으로 듣기 좋은 말은 다른 사람이 나를 존중하게 하고, 선량한 행동은 나를 가치 있게 만든다. 노자는 도가

단지 선량한 사람의 보배일 뿐만 아니라 그렇지 못한 사람도 가지고 있는 덕목이라는 점을 들어서 도의 좋은 점과 그 작용을 재차 강조하고 널리 알렸다. 도는 우리의 인간관계에서도 모순의 지혜로운 해결책으로 다양하게 활용할 수 있다.

어떤 사람이 말을 하고 행동으로 옮기는 것은 단순히 자신의 말을 실현하는 것이기도 하지만, 한편으로는 자신의 이미지를 형성하는 것이기도 하다. 당신이 스스로를 어떤 사람으로 만들어갈지는 다른 사람이 대신해줄 수 없는 것이다.

말과 행동은 처세의 기술이다. 공개된 장소에서 한 마디 말로 큰 실수를 하는 것은 휘황찬란한 열 마디 말을 단숨에 무색하게 만들어버리고 주변 사람들에게 좋지 않은 인상을 남기는 동시에 자신의 이미지에 다시는 되돌릴 수 없는 타격을 준다.

당신의 행동거지는 시시각각으로 당신의 인성과 소양을 구현해낸다. 그래서 교양 있는 사람은 타인에게서 자연히 귀한 대접을 받지만, 그렇지 못하면 배척당하거나 미움을 받게 된다. 말가짐은 마음가짐을 그대로 보여주는 그림이고 몸가짐은 당신을 표현하는 가장 우수한 자기소개서이다. 무슨 일에 임하든지 언행에 만전을 기하고 환영받는 사람이 되도록 하자.

한 기업체에서 사무직원을 뽑기 위해 채용공고를 냈다. 원서 접수 당일, 소식을 듣고 찾아온 지원자가 약 백여 명이나 되었다. 채용업무를 맡은 인사부장은 필기시험으로 일부 인원을 선별하여 최종 면접으로 직원을 선발할 계획이었지만, 사장이 갑자기 모든 중간 단계를 생략하고 자신이 직접 모든 지원자의 면접을 진행하겠다고 했다.

그렇게 면접에 불려온 지원자들은 모두 두꺼운 자기소개서나 증명서를 한아름 안고 들어왔다. 어떤 사람은 회사 임원의 친구가 써주었다며 추천서를 제출하기도 했다. 그러나 사장은 그런 자료들을 거들떠보지도 않았고, 한 명 한 명 면접이 끝날 때마다 집무실 문밖에 선 인사부장에게 고개를 가로저었다.

실망스러운 면접이 계속 되던 찰나, 한 청년의 차례가 돌아왔다. 양 손에 변변한 추천장은커녕 자기소개서도 없이 빈손으로 문 앞에 선 지원자의 모습에 인사부장은 왜 아무것도 준비하지 않았냐며 한숨 섞인 소리를 했다.

그럼에도 청년은 당당하게 집무실 문 앞에 섰다. 예의 바르게 똑똑똑 노크를 하고, 안에서 "들어오게!"라는 소리가 들리자 조심스럽게 문을 열었다. 그리고 행여나 신발에 흙이 묻었을세라 깨끗이 털어내고 방 안으로 들어가 문을 닫았다. 사장의 집무 책상 쪽으로 걸어가는데 책 한 권이 바닥에 떨어져 있는 것을 본 청년은 아무 거리낌 없이 자연스럽게 책을 집어 들어 책상 위에 올려두었다.

사장이 청년과 간단하게 인사를 나누고 있는데, 누가 인기척을 냈다. 문이 열리고 몸이 불편한 노인이 절뚝거리며 들어섰다. 그러자 면접을 보던 청년이 얼른 달려가 노인을 부축하여 자리에 앉혔다. 청년의 행동은 부자연스러운 꾸밈이 아니었다. 다른 사람을 위한 배려와 자상함이 몸에 배어 자연스럽게 나온 행동이었다.

청년이 면접을 마친 후 나가고, 인사부장은 다음 면접자를 들여보내라는 사장의 지시를 기다렸다. 그러나 사장은 미소 띤 얼굴로 고개를 끄덕이며 말했다.

"방금 그 젊은이가 마음에 들었네!"

인사부장은 깜짝 놀라 물었다.

"방금 전 그 지원자 말씀이십니까? 자격증도 추천서도 없이, 심지어 가장 기본적인 자기소개서도 없었지 않습니까."

"그렇지 않다네. 그 젊은이는 아주 충실한 자기소개서를 가져 왔어. 그것도 이 지원자들 중에서 가장 우수한 소개서를 말일세!"

인사부장은 그 청년이 혹시 사장의 친척이거나 특별한 관계가 아닌지 의심이 되었다. 그러나 사장은 빙그레 웃으며 말했다. "저 청년의 언행 자체가 아주 훌륭한 자기소개였어. 노크를 세 번 한 것은 예의가 바르고 매사에 조심성이 있다는 뜻이지. 문 앞에서 발에 흙을 턴 것도 아주 주의 깊고 디테일을 중시한다는 뜻이고. 일부러 준비시킨 노인 테스트에서도 그 청년은 곧바로 다가가 부축하고 자리에 앉게 도와주었다네. 그건 그 사람이 아주 선량하고 열정적이기 때문이야. 내가 일부러 바닥에 떨어뜨려 놓은 책도 다른 지원자들은 모두 그냥 지나쳤는데 그 젊은이만은 집어 들어서 책상에 올려놓았다네. 아주 자연스럽고 침착한 모습이었어. 나와 가까이서 이야기할 때도 시원시원하고 강단 있었네. 머리를 빗어 넘긴 모양이며 손톱을 단정하게 정리한 것까지…… 이 정도로 세심하게 신경을 썼다면 자기소개로 충분하지 않나? 나는 그렇다고 생각한다네!"

인사부장은 그제야 사장님의 말씀에 마음속 깊이 탄복하며 활짝 웃었다.

노자는 아름다운 말과 행동이 나를 존경받게 하고 가치 있는 사람이 되게 한다고 했다. 평소에 자신의 언행에 주의를 기울이고 조심하기만 한다면 충분히 교양 있는 사람이 될 수 있다. 말과 행동만으로 다른 사람에게 환영받는 사람이라면 그 사람은 이미 교양 있고 예의 바른 사람이라는 뜻이다. 반대로 다른 사람을 불편하게 하는 사람은 분명히 교양 없는 사람일 것이다.

한 사람의 말과 행동은 인생에서 굉장히 중요하다. 서한의 대유학자 양웅楊雄은《법언의소法言義疏》에서 이렇게 서술했다.

"말이 무거우면 법이 있고, 행동이 무거우면 덕이 있다言重則有法, 行重則有德."

언행은 독립적인 인간이 되기 위한 기본 요건이다. 이로운 사람이 되어 사회적인 인간으로 발전하기 위해서는 자신의 입과 몸가짐에 수양을 게을리하지 말아야 할 것이다.

진심으로 듣기 좋은 말은 다른 사람이 나를 존중하게 하고, 선량한 행동은 나를 가치 있게 만든다. 바른 말과 행동거지는 그 사람의 정신 상태를 그대로 드러낸다. 그래서 교양 있는 사람은 남들에게 환영받기 마련이다. 좋은 생각, 좋은 말, 좋은 행동은 자신과 타인 모두에게 이로운 일이다. 아름다운 언행을 하기 위해 언제나 노력하자.

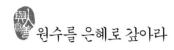
원수를 은혜로 갚아라

위무위 사무사 미무미 대소다소 보원이덕
爲無爲, 事無事, 味無味. 大小多少, 報怨以德.

무위로써 행하고, 일이 없음을 일삼고, 맛이 없음을 맛보라.
크고 작은 많은 일을 따지지 말고 덕행으로써 원한을 갚아라.

_도덕경 63장

노자는 다른 사람이 자기에게 준 원한을 참된 은덕으로 갚으라고
했다. 하지만 넓은 아량과 이해심을 가지지 않았다면 이는 무척 어려
운 일이다.

공자의 《논어》에도 "원한을 덕으로 갚는다"는 서술이 등장한다. 명
나라 초기 성리학에서 주장한 '불념구악不念舊惡'이 바로 그것이다. 지
난 일을 따지지 않고 양보하는 마음으로 상대방에게 은덕을 베푸는
것은 인간관계를 화목하게 만드는 기술이다. 역사적으로도 원수에게
은덕을 베푸는 지혜를 이미 알았던 사람들이 많다.

전국戰國 시기, 위나라에 송취宋就라는 선비가 초나라 접경 지역의 고을
에 현령으로 부임했다. 위와 초의 농민들은 모두 수박을 키우고 있었다.

위나라 쪽 수박은 사람들이 물도 많이 주고 잘 돌보아 무럭무럭 자랐다. 그런데 초나라 쪽 수박은 사람들이 키우기를 게을리하여 비쩍 마르고 잘 자라지 못했다. 초나라 사람들은 위나라 쪽 수박이 아주 잘 자라는 것을 질투하여 밤에 몰래 가서 수박밭을 엉망으로 헤집어 놓았다. 위나라 사람들이 이를 발견하고는 화가 나서 초나라의 수박밭을 똑같이 망치러 가려고 했다. 그런데 송취가 나서서 그들을 말리고는 오히려 밤에 몰래 초나라 수박밭에 가서 물을 대주라고 했다. 그렇게 하자 초나라의 수박 역시 무럭무럭 자라게 되었다. 초나라의 왕이 이 소식을 듣고 부끄러워하며 송취에게 고마움을 표현했고, 위나라와도 사이좋은 이웃이 되길 청했다.

손권이 황조黃祖를 토벌하러 갔을 때, 손권의 장수인 능조凌操가 황조의 장수인 감녕甘寧이 쏜 화살에 맞아 죽었다. 그리고 얼마 지나지 않아 적의 장수이던 감녕은 손권의 대오에 합류하게 되어 오의 장수로써 뛰어난 공을 세웠다. 하지만 능조의 아들 능통凌統은 아버지의 원수를 갚기 위해 감녕을 만날 때마다 호시탐탐 죽일 기회를 노렸다. 그러다가 능통이 악진樂進과 교전을 벌이던 도중에 말에서 낙상했고, 악진이 능통에게 창을 겨누던 찰나, 감녕이 악진에게 화살을 쏘아 능통의 생명을 구했다. 능통은 이에 크게 감동받아 머리를 조아리고 감녕에게 감사의 인사를 했다.

송취와 감녕은 원수를 덕으로 갚았다. 그 덕분에 서로를 해칠 수 있는 부정적인 상황을 긍정적으로 돌려놓았고 격한 충돌을 화목하게 해결했으며 적을 좋은 친구로 만드는 효과를 발휘했다.《신서, 잡사사新序, 雜事四》에는 이런 기록이 나온다. "양나라위나라와 초나라의 사이가 좋아진 것은 송취로부터다."《삼국연의》제 68회에도 이런 기록이 있다. "감녕이 능통을 구한 후, 능통은 감녕과 생사의 인연을 맺었으니 다시 악한 마음을 품지 않았다."

이처럼 원수를 은혜로 갚은 이야기들은 우리가 어떻게 인간관계의 모순과 논쟁들을 원만하게 해결할 수 있는지에 관해 깊은 교훈을 준다.

사람들은 어느 정도 사리분별이 가능하고, 자기가 하는 행동이 옳고 그른지에 관해서도 얼마든지 정확하게 판단할 수가 있다. 그래서 타인에게 미안한 일이 생기면 양심의 가책을 느끼거나 창피함을 느끼게 된다. 예상치 못한 일이 생겨서 다른 사람의 용서를 구하거나 진심 어린 관심과 도움을 받는다면 마음속 깊은 곳에서부터 후회와 감사의 마음이 우러나는 동시에 자신의 잘못을 고치기 위해서 노력하는 법이다. 그래서 원수를 은혜로 갚는 행위는 단순히 개인과 개인 사이의 문제를 해결하는데서 그치지 않고 사람들이 앞으로 조화롭고 원만한 인간관계를 맺는 가장 좋은 방법이 되는 것이다.

사실 사람과 사람 사이에 일어나는 충돌을 근본적으로 뿌리뽑을 수는 없다. 학교, 직장, 일상생활에서 접촉하는 수많은 사람들과의 관계에서 오해와 갈등, 마찰이 일어나는 것은 피할 수 없는 일이다. 그런데 어떤 사람은 이런 마찰이 생길 때마다 분을 참지 못하고 잘잘못을 따지고 든다. 그래서 원수를 원수로 갚으려 하다가 모순을 격화시키고 관계를 더욱 나쁘게 만들며 끊이지 않는 싸움에 얽매인다.

한 농부가 밭에 심은 작물들을 이웃집 소가 밟아 다 망가뜨려놓았다. 그런데 농부는 소를 끌어다가 시원한 그늘 아래 묶어 풀을 먹였다. 소가 웅크리고 앉아 쉬는 동안에는 소를 위해서 모기와 파리까지 쫓아주었다. 이웃집 사람이 이를 보고는 너무나 미안해 크게 사과를 하고 감사의 인사를 전했다. 그리고 농부의 밭에 입은 손해를 모두 물어주었다.

만약, 이 농부가 한 순간의 분노를 참지 못하고 소를 때리기라도 했다면 결과는 어떻게 되었을까? 아마도 새로운 갈등이 불거졌을 것이고 끝내 두 사람이 원수가 되었을지도 모른다. 원수를 은혜로 갚는다면 원한은 자연스레 사라진다.

물론 누군가를 용서하고 선량하게 대하는 것은 고의가 아닌 실수를 한 사람에게 해당되는 것이다. 악의적인 의도를 가진 나쁜 사람에게 무조건 아량을 베풀어야 한다는 말이 아니다. 남을 곤경에 빠뜨리는 것을 즐기는 악인에게는 올바른 비판과 교육이 필요하고, 악행을 일삼고 자신의 잘못을 뉘우치지 않는 무뢰한들에게는 법의 심판으로 죗값을 치르게 해야 한다.

무위로써 행하고 일이 없음을 일삼고 맛이 없음을 맛보라. 크고 작은 많은 일에 덕행으로 원한을 갚아라. 사람은 응당 타인을 선량한 마음으로 대하는 넓은 아량과 기백을 가져야 한다.

용기 있게 뉘우치고 즉각 선을 행하라

행 선 자 불 교 변
行善者不巧辯,

교 변 자 불 량 선
巧辯者不良善.

선량한 사람은 자신의 잘못을 말로 감추지 아니하고 변명하지 않는다.
자신의 잘못을 말로 감추고 변명하는 자는 선량하지 아니하다.

_도덕경 81장

모든 도덕적인 품성 중에서도 선량한 본성은 으뜸으로 꼽는다. 예나 지금이나 선량함은 사람으로써 가장 기본적으로 추구해야 할 원칙이라 할 수 있다.

노자는 "선량한 사람에게는 선하게 대하고 선량하지 않은 사람에게도 선하게 대하라"고 했다. 하지만 실생활에서는 나에게 호의적이지 않은 사람에게 선하게 대하기란 쉽지 않다. 누구도 손해 보기를 원하지 않는 상황에서 먼저 선하게 대하는 것은 손해를 자초하는 길이 될 수 있고, 이미 틀어진 사이에 원수는 원수로 갚아야 한다는 생각이 만연해있기 때문이다. 세상이 단 하루도 평화롭지 못한 것은 아마 이런 이유일 것이다.

진심으로 선량한 사람은 자신의 행동을 변명하지 않는다. 그래서 선량한 사람의 말은 솔직, 순박하고 꾸밈이 없으며 상대에게 성실함과 신뢰감을 심어준다. 인간관계에서는 진실한 대화와 솔직한 태도가 중요한데, 이는 바로 이런 선량한 진심이 있어야만 가능한 것이다.

또한 진실한 인간관계를 위해서는 솔직하게 자신의 잘못을 인정해야 한다. 괜한 억지를 부리고 핑계를 대고 발뺌을 하는 태도는 상대방에게 거부감을 줄 뿐만 아니라 문제를 더 복잡하게 만들기 때문이다. 자신의 과오를 조금도 숨기지 않고 솔직하게 인정하면 사람들은 이를 이해하고 용서하게 마련이다. 하지만 변명은 자신의 책임을 회피하는 행위이다. 자기 자신만 생각하고 변명을 지껄이는 것은 후안무치한 행동일 뿐, 덕을 쌓은 사람이라면 절대 해서는 안 될 행동이다.

어느 마을의 사람들이 다 같이 남의 야크소를 훔쳐다가 잡아먹었다. 소를 잃은 사람이 단서를 발견해 이 마을까지 오게 되었고 길에서 마을 사람들을 만나게 되었다. 주인이 물었다.
"혹시 내 야크소가 이 마을에 있소?"
그러자 마을 사람들이 대답했다. "여기는 마을이 없소."
주인이 반문했다. "웅덩이 옆에 나무가 있지 않소?"
"나무는 없소이다."
"혹시 내 야크소를 훔친 게 마을 동쪽이 아니오?"
마을 사람들은 이번에도 발뺌을 했다.

"여기는 동쪽이 없소."

"소를 훔친 게 정오가 맞지요?"

"여기는 정오가 없소이다."

그러자 소를 잃은 주인이 이렇게 말했다.

"마을도 없고, 웅덩이도 없고, 나무도 없는 것은 혹시 말이 된다 치더라도, 이 세상에 어디 동쪽이 없고 정오가 없는 곳이 있을 수 있단 말이오? 모든 게 다 거짓말에 믿을 게 하나도 없다는 것 정도는 당장 알겠구만. 내 소는 당신들이 훔친 게 분명해. 안 그렇소?"

마을 사람들은 더 이상 잡아뗄 수가 없다는 것을 알고 자신들이 소를 잡아먹은 사실을 털어놓았다.

말도 안 되는 우스운 이야기라 치부할 수도 있지만, 많은 사람들이 이 마을 사람들처럼 자신의 잘못을 알고도 인정하려 들지 않는다. 오히려 어떻게든 잘못을 덮으려고 얼토당토않은 말을 둘러대고 책임을 떠넘기려 한다. 그리하여 거짓말이 거짓말을 낳는 실수를 반복하고 결국에는 감당할 수 없을 정도로 일이 커져버리기도 한다.

잘못을 저질렀을 때는 솔직하게 시인하고 순순히 받아들여야 한다. 거짓 변명은 오히려 자기 자신을 다치게 할 뿐이다. 게다가 계속해서 다른 사람과 자신을 속이면서 살 수는 없지 않은가. 감히 거짓을 말하고 남에게 교활하게 변명할 생각을 하면서 왜 용감하게 자신의 잘못을 인정하지 못하는 것일까?

중국의 항일지도자 저우타오펀鄒韜奮, 추도분 선생은 〈억지로 삼킨 바나나껍질硬吞香蕉皮〉이라는 재미있는 글을 썼다.

중국 헤이룽장성省의 장관을 지낸 관리 한 명이 초대받은 파티에서 처음으로 바나나를 먹게 되었다. 그는 별 생각 없이 바나나를 집어 껍질째로 씹어 먹었다. 그런데 잠시 후, 같은 테이블에 앉은 다른 손님이 바나나의 껍질을 벗기고 먹는 것이 아닌가. 하지만 때는 이미 늦었다. 그런데 그는 자신의 실수를 시인하지 않으려고 정색하고 이렇게 말했다.
"나는 원래 바나나를 먹을 때 껍질까지 한꺼번에 먹는다오!"
그는 순식간에 사람들의 웃음거리가 되었다.

바나나를 처음 먹는 사람이 실수로 바나나 껍질을 먹는 것쯤은 아무것도 아니다. 하지만 안타까운 것은 스스로의 오류를 부인하고 제대로 된 방법을 배우려 하지 않는 고집스런 태도이다.
현명한 사람은 잘못을 뉘우치고 스스로를 바꾸려고 노력한다. 하지만 어리석은 사람은 자신의 잘못을 교묘하게 숨기려 한다. 용감하게 잘못을 인정하고 받아들이면 민망함은 잠깐이지만 앞으로 사람들에게 부끄러울 일은 없어진다.
사람들 대부분은 용기 있게 자신의 실수를 인정하는 사람을 관대하게 용서한다. 진심으로 "내가 실수했네, 내가 잘못했어" 하고 이야기하는데 이를 받아들이지 못할 사람은 없다. 세상을 살아가면서 실수하지 않는 사람이 어디 있겠는가? 그런데 잘못을 인정하지 않고 뻗대기만 하는 사람들이 있다. 이를 본 사람들은 겉으로 어찌할 도리가 없지만 속으로는 분명히 그 사람을 업신여기고 혐오하게 될 것이다. 잠깐의 체면을 생각하다가 인격과 품성에 오점을 남기고 마는 것이다.

살면서 실수는 응당 생기기 마련이지만, 이때 중요한 것은 그 즉시 잘못을 고치고 옳은 방법을 찾는 태도이다. 이를 깨닫고도 행동으로 옮기지 못한다면 스스로를 벽 속에 가두는 것이나 다름없는 고통을 받게 될 것이라는 점을 명심하자.

사람들은 자신의 잘못을 시인하는 용감한 사람을 존중하는 법이다. 잘못을 시인하는 사람은 스스로를 바꾸는 용기 있는 사람이고 앞을 내다 볼 줄 아는 현명한 사람이다.

현명한 사람은 잘못을 뉘우치고 스스로를 바꾸려고 노력한다. 하지만 어리석은 사람은 자신의 잘못을 교묘하게 숨기려 한다. 살면서 실수는 응당 생기기 마련이지만, 이 때 중요한 것은 그 즉시 잘못을 고치고 옳은 방법을 찾는 태도이다.

위곡구전

후퇴는 더 나은 전진을 위함이다. 이는 누구나 알고 있지만 실제로 이런 상황을 맞닥뜨리게 되었을 때, 실제로 이를 행할 수 있는 사람은 많지 않다. 그래서 과감하게 후퇴할 수 있는 사람은 무작정 앞으로 나아가는 사람보다 더 현명하고 용기 있는 사람이다. 이렇게 슬기로운 사람은 주변 환경에 따라 굽히기도 하고 펼치기도 하며 나아가기도 하고 물러서기도 하는 도리를 터득해 일생을 물처럼 살아간다.

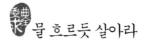 물 흐르듯 살아라

상 선 약 수
上善若水.

수 선 리 만 물 이 불 쟁
水善利萬物而不爭,

거 중 인 지 소 악 고 기 어 도
居衆人之所惡, 故幾於道.

최고의 선은 물과 같다.
물은 만물을 적시는 본성을 지니고 있지만
만물과 이해를 다투지 않고 사람들이 싫어하는 낮은 곳에 머문다.
그러므로 도에 가깝다.

_도덕경 8장

—

　노자는 세상에 물처럼 부드러운 것이 없다고 했다. 물은 고정된 형상이 있지 않은 덕분에 담은 그릇에 따라 형태를 바꿀 수가 있다. 아무리 작은 틈이라도 비집고 들어갈 수가 있고 아무리 제멋대로 생긴 돌이라도 휘감아 흐를 수가 있으며 깨끗하건 더러워지건 그대로 존재한다.

　사람은 적자생존의 자연법칙을 잘 알아야 한다. 자연의 이치에 통달한 사람들이 영웅이 될 수 있는 것은 그들이 순전히 물과 같이 새로운 환경에 잘 적응해 다양한 생존 방식을 강구하고, 물러서야 할 때와 나아가야 할 때는 잘 알기 때문이다. 《귀곡자鬼谷子》에서도 물을 이렇게 설명한다.

"혹은 음에 속하고 혹은 양에 속하며, 혹은 부드럽고 혹은 강하다. 혹은 열려 있지만 혹은 닫혀있고, 혹은 너그럽고 혹은 엄격하다."

초와 한의 전쟁 시기는 항우項羽와 유방이 천하를 놓고 다투던 시기였다. 유방은 평민 출신이고 항우는 초나라의 귀족 출신이었다. 양측이 막상막하로 겨루던 당시, 두 사람은 모두 한신韓信을 손에 얻고자 했다. 한신은 지략이 뛰어난 인재로 그를 얻기만 한다면 비등한 세력의 균형을 깨고 우세를 점할 수가 있을 것이었다.

결국 유방 쪽에서 한신을 설득하는 데 성공했고, 한신의 활약으로 유방은 해하垓下에서 항우를 사면초가의 곤경에 빠뜨렸다. 유방에게 포위당한 항우는 빠져나갈 길을 찾지 못하고 자결을 선택하고 만다.

한신은 훗날 제나라의 왕에 책봉되기도 한 인물이지만, 그에게도 남의 가랑이 사이를 기었던 치욕적인 순간이 있었다. 한신이 아직 중용되지 못하고 고향에서 농사를 짓고 있던 젊은 시절, 길에서 불량배와 시비가 붙었다. 불량배는 자신들의 가랑이 사이를 기지 않으면 죽여 버리겠다고 으름장을 놓았다. 이 말을 들은 한신은 화가 치밀어 올랐지만 꾹 참고 그 사람의 다리 아래로 기어서 지나갔다. 만약 그 상황에서 홧김에 칼로 그를 찔러버렸다면 감옥에 가게 되었거나 심하게는 정말로 목숨을 잃었을지도 모를 일이었다.

이런 역사 속 인물들의 지혜는 우리에게 많은 교훈을 준다. 굴욕을 견뎌낸 한신처럼 자신이 굽혀야 할 때와 뜻을 펼쳐야 할 때를 잘 가려야 하며 강직할 때와 유연할 때를 정확하게 판단해야 한다. 보통 사람들의 시선으로는 다른 사람의 가랑이 사이로 기어들어가는 것은 결코 참을 수 없는 굴욕이다. 하지만 한신은 기꺼이 자신을 낮추었고 기어나간 이후에도 태연자약하게 몸에 묻은 흙을 털고 아무렇지 않게 당당하게 걸어갔으니, 이 얼마나 패기 있는 인물인가.

이에 비하자면 《수호전》에 등장하는 양지楊志는 한신과 같은 기백을 전혀 갖고 있지 못했다. 양지는 무공이 뛰어나고 얼굴에 커다란 푸른 점이 있다고 하여 청면수青面獸라고 불리었다. 충동적인 성격 탓에 우이牛二와의 실랑이에서 참지 못하고 그를 칼로 베어 죽여버렸다. 당시에는 무척이나 속 시원했겠지만 관부에서 그가 저지른 짓을 곧 알게 될 것이었고, 양지는 하는 수 없이 제 발로 관아로 갈 수밖에 없었다.

그리고 보면 잠깐 손해를 입거나 남에게 지더라도 사소한 일에 양보하고 인내하며 최대한 너른 마음을 갖는 것이 얼마나 중요한지 알수 있다. 물은 작은 돌을 만나도 맞부딪히지 않고 굽이쳐서 흐르듯이 불화 앞에서는 먼저 자신을 굽혀야 한다. 그렇게 하면 사소한 번거로움이나 분쟁을 줄일 수 있고 불필요한 희생도 피할 수가 있다. '푸른 산을 남겨두면 땔나무 걱정은 없다'는 말처럼 일부를 내어주더라도 전부를 잃지 않으면 이후의 일은 언제든지 도모할 수 있지 않을까?

물처럼 돌아서 가라는 이유는 두려워하라는 말은 아니다. 단지 인생에서 일어날 수 있는 두 가지 상황을 모두 경험해보라는 뜻이다.

그중 하나는 역경이다. 우리가 삶에서 만나는 각종 어려움과 스트레스는 몸과 마음을 지치고 힘들게 만든다. 이때 우리가 알아야 할 것이 화를 잠시 참고 유연하게 대처하는 미덕이다. 지금은 잠시 양보하고 실력을 갈고 닦은 후에 기회가 오기를 기다리는 것이다. 그리고 두 번째 경지는 순경順境이다. 일이 잘 풀릴 때는 행운과 주변의 모든 상황이 나에게 유리하게 돌아간다. 이럴 때는 기세를 몰아 멀리 나아가고 높이 날아올라 재주를 마음껏 펼쳐보여야 한다.

우리가 환경에 적응하기 위해 자기 자신을 변화시켜야 하는 경우는 흔히 있다.

A와 B는 갓 회사에 입사하여 사회에 첫발을 디딘 사회 초년생이었다. 두 사람은 신입사원으로 불합리한 회사의 대우와 선배들의 텃세에 시달리고 있었다.

A는 좌절을 경험할 때마다 불공정한 처사에 원망하는 마음이 치밀어 올랐고 답답한 마음에 스트레스가 극심하여 일에 집중할 수가 없었다. 그러자 실적은 당연히 형편없었고, 그렇게 후회만 하는 가운데 청춘이 흘러가고 있었다.

반면에 B는 무슨 일이 생기건 관대하게 받아들이려고 노력했다. 마음속으로 참을 '인'자를 새기며 모든 일에 침착하고 대범하게 임했고 새로운 환경에 적응하고자 노력했다. 동시에 자신의 능력을 끌어올리기 위해 적극적으로 경험을 쌓고 빛을 발할 때만을 기다렸다. 그러자 고난과 역경은 그를 더 강하고 성숙하게 만들었고, 하나하나 쌓은 작은 업무실적은 그를 큰 성공으로 이끌었다.

꿋꿋하게 자신의 의지를 지켜나가는 것은 아주 귀중한 자질이지만 한계는 있게 마련이다. 어려움이나 좌절에 직면했을 때, 굴복하지 않는 의지가 필요하지만 무턱대고 끝까지 고집을 부리는 것은 역시 옳지 않다. 완강한 성격의 사람들은 열정이 넘치는 경우가 많아 어떤 문제를 만나면 죽을 각오로 억지로 버티는 경우가 많은데, 그러다 보면 정신력과 체력을 모두 쏟아붓고 완전히 방전되어 다시 일어나기조차 힘들 것이다.

우리는 살면서 무언가 내 마음처럼 되지 않는다고 생각할 때가 종종 있다. 주위 환경이 열악하다든지 다른 사람과의 관계에 트러블이 생긴다든지 회사에서의 업무 스트레스가 너무 심하거나 보수가 너무 적다든지 하는 경우들이다. 이런 골치 아픈 근심, 걱정 때문에 많은 사람들이 운명을 원망하고 넋두리를 늘어놓는다. 그런데 마음을 가라앉히고 가만히 생각해보면 알 수 있듯이, 세상을 호령하는 황제라 해도 주위의 모든 것을 제 마음에 들게 할 도리는 없다. 우리는 그저 나에게 불만족스러운 부분을 최대한 줄이기 위해서 노력할 수 있을 뿐이다. 그런데 환경을 바꾸는 것은 생각처럼 그리 호락호락한 일이 아니다. 그렇기 때문에 나를 변화시키고 상황에 유연하게 대처하는 방법으로 주어진 환경에 적응해야만 하는 것이다.

사람은 그릇의 모양에 따라 모습을 바꾸는 물처럼 주위 환경의 변화에 따라 자신을 맞추는 법을 배워야 한다. 끊임없이 자신을 갈고 닦아 물러설 때는 물러서고 나아갈 때는 나아가 주위의 환경에 자신을 맞추어 변화시켜야 한다.

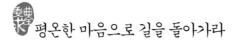
평온한 마음으로 길을 돌아가라

곡 즉 전　왕 즉 직
曲則全, 枉則直,

와 즉 영　폐 즉 신
窪則盈, 敝則新.

굽으면 보전하게 되고 굽으면 곧게 뻗게 된다.
움푹 패이면 가득 차게 되고, 낡으면 새롭게 된다.

＿도덕경 22장

노자는 많은 사람들이 노력하는데도 결과를 얻지 못하는 것은 그저 좇아가기만 할 뿐 그 본질을 꿰뚫지 못해서라고 생각했다. 만약 어떤 장애물을 만나게 된다면 우선 마음을 가라앉히고 최대한 본질에 접근해 문제의 해결 방법을 찾는 것이 가장 최선의 선택이다. 굳은 머리로 고리타분한 방식만 붙잡고 있는 것은 일을 해결하는 데 아무런 도움이 되지 못하고 괜히 애꿎은 골치만 아프게 하는 격이다.

고택에는 공통적인 특징이 있다. 크지도 않은 방에 처마와 문지방이 여러 개씩 있는 것이다. 그곳에 사는 사람들은 커다란 광주리를 머리에 이고 문간을 쉴 새 없이 드나드는데도 처마에 부딪히거나 문지방에 걸려 넘어지는 경우가 없다.

이것을 본 한 외지 사람이 신기하게 여겨 동네 어르신에게 물었다.

"이렇게 장애물이 많은데 어떻게 부딪히지도 않고 넘어지지도 않으시는 건가요?"

그러자 노인이 대답했다.

"이런 집에 드나들 때는 이 말을 잘 기억해야 한다네. '고개는 숙이되 허리는 굽히지 마라.' 고개를 숙이면 위쪽에 있는 처마도 피할 수 있고 발아래 문지방도 잘 볼 수가 있지. 하지만 허리는 굽히지 않아야 머리에 인 광주리를 받칠 수가 있다네."

어르신의 말씀을 들은 외지 사람은 깊은 생각에 잠겨들었다.

고개는 숙이되 허리는 굽히지 마라. 우리가 삶을 대하는 태도도 이와 같아야 하지 않을까? 우리의 삶 역시 오래된 집처럼 곳곳에 처마와 문지방 같은 장애물이 널려 있어 발걸음을 자꾸만 가로막는다. 하지만 우리의 어깨에는 사람으로서 지켜야 할 존엄성이 광주리처럼 매달려있다. 존엄을 올러메고 높낮이가 다르고 울퉁불퉁한 길을 걷는 우리는 사방의 위험을 언제나 경계해야 한다. 이마를 부딪히거나 넘어져 곤두박질치지 않기 위해서 고개를 숙이는 법을 배워야 한다.

사람은 고개를 숙일 줄도 알아야 하고 길을 돌아서 갈 줄도 알아야 한다. 좌절이라는 벽에 부딪히더라도 방향만 바꾸어 보면 인생의 또 다른 풍경이 눈앞에 펼쳐진다. 길은 발 아래에 있지만 우리 마음속에도 있어서 발걸음을 새로운 곳으로 옮기면 마음도 따라 넓어진다. 그래서 새로운 길을 찾아 돌아가는 것처럼 마음을 활짝 여는 것도 우리가 인생에서 꼭 배워야 할 지혜이다. 위기가 기회라는 말처럼 좌절 또한 때때로 전환의 기회가 되는 것이다.

굽으면 보전할 수 있는 '곡즉전曲則全'의 도리는 우리가 사고하고 말하고 행동할 때, 언제 어디에나 적용할 수 있다. 예를 들어 한곳에서 다른 곳으로 이동할 때, 가장 시간과 수고를 절약할 수 있는 것은 당연히 직선이겠지만 중간에 도랑이나 구덩이가 있다면 길을 돌아가야만 한다. 이를 잘 알고 돌아가는 길을 잘 찾는 사람에게 구덩이는 더 이상 문제가 되지 못한다. 바꾸어 말하면 사람은 곡선이 주는 아름다움을 잘 활용할 줄 알아야 한다는 말이다.

평소에 말을 할 때도 완곡하게 돌려서 말하는 지혜를 발휘해보자. 자신의 의도를 무작정 강하게 내세우고 직설적으로 말하면서 밀어붙이면 일은 오히려 틀어지기 쉽다. 두루뭉술한 화젯거리로 화기애애한 분위기를 만들고 자신이 말하고자 하는 쪽으로 주제를 전환하면 목적은 쉽게 달성할 수 있을 것이다.

사람 사이의 관계나 어떤 일을 진행하는 과정에서 일어나는 모든 일이 내가 생각한 대로 간단명료하게 풀리지는 않는다. 때로는 알맞은 때를 기다려야 하고 때로는 누군가와 함께 힘을 모아야 하고 때로는 뛰어난 테크닉이 필요하기도 한다. 어려움에 부딪혔을 때마다 억지로 버티거나 고집을 부리는 것이 능사는 아니다. 그럴 때 우리는 장애물을 피해 멀리 돌아가는 길을 선택할 수 있다. 사실 지나고 나면 그 편이 오히려 훨씬 더 수월하고 쉬운 길이었다고 느끼기도 한다.

　무슨 일이든 문제가 발생했을 때, 해결하지도 못할 사소한 문제에 집착하고 매몰되어 고집을 꺾지 않는다면 결국 혼자서 어둡고 외로운 고민의 동굴에 갇혀 빠져나올 수가 없다. 그럴 때는 주위로 고개를 돌려 시선을 바꾸어 보자. 그런 사소한 시도만으로도 당신을 기다리고 있는 찬란한 미래와 탄탄대로를 발견할 수 있을 것이다.

굽으면 보전하게 되고 굽으면 곧게 뻗게 된다. 움푹 패이면 가득 차게 되고, 낡으면 새롭게 된다. 사람은 고개를 숙이고 길을 돌아가는 법을 배워야 한다. 고개를 숙이는 법을 알게 되면 당신의 이마는 안전할 것이고 넘어질 위험도 줄어든다. 멀리 돌아가는 법을 안다면 당신 앞에 펼쳐지는 인생의 풍경 또한 완전히 달라질 것이다.

꽃은 반만 피어야 아름답고 술은 반만 취해야 좋다

물 장 즉 노   시 위 불 도   불 도 조 이
物壯則老, 是謂不道, 不道早已.

무릇 사물이 강성하여 그 최고점에 이르면 늙고 쇠락하니,
자연의 법칙, 즉 도에 위배되기 때문이다. 도가 아닌 것은 소멸하고 만다.
_도덕경 30장

—

해가 중천에 떠오르면 한쪽으로 기울고 달도 차면 이지러지듯이 사물의 발전이 극에 달했을 때 거꾸로 변하는 것은 대자연의 법칙이다. 그래서 노자 역시 "사물이 강성하여 최고에 이르면 쇠락한다"고 말했다. 무엇이듯 계속해서 강성하고 발전하는 것은 자연의 법칙에 위배되기 때문이다.

이런 말이 있다. "천 일을 한결같이 좋은 사람은 없고 백 일을 시들지 않고 붉은 꽃은 없다 人無千日好, 花無百日紅-인무천일호, 화무백일홍."

사람의 일생이 언제나 순풍에 돛 단 듯이 나아갈 수는 없다. 게다가 일생 중 가장 아름답고 찬란한 순간은 언제나 순식간에 흘러가버린다. 그렇기 때문에 아무리 화려하고 멋진 사람도 박수칠 때 떠나는 것이 가장 현명한 것이다.

노자는 "강하게 밀어붙이는 자는 제 명에 죽지 못한다強梁者不得其死, 강량자불득기사"라는 말도 했다. 사물이 지나치게 밝고 남성적인 면만 강하게 작용하면, 음양의 균형이 깨어지고 그 본질적인 속성에까지 변화가 일어난다. 이런 변화가 외형적으로 드러나는 것이 바로 사물의 죽음이다. 그러므로 우리 삶에서 무서운 결말을 피하기 위해서는 너무 강경한 태도보다는 온화하고 부드러운 자세를 유지하는 것이 좋다.

송나라의 명장 적청狄青은 추밀사의 자리까지 오른 무관이다. 그는 자신이 올린 군공軍功으로 지나치게 빠른 출세를 하여 스스로를 과신하는 바람에 주변의 미움을 사게 되었다.

당시 권력을 쥐고 있던 문언박文彦博이 인종仁宗에게 적청을 수도에서 멀리 떨어진 지방의 절도사로 보내기를 청했다. 하지만 적청은 이에 불복해 황제에게 자신의 견해를 밝혔다.

"신은 그만한 공이 없는데 어찌 절도사로 부임하겠습니까? 또한 신이 지은 죄가 없사온데 어찌 먼 지방으로 떠나라 하십니까?"

인종은 적청의 말도 일리가 있다고 생각해 어쩌지 못하고, 오히려 적청을 충신이라고 칭찬했다. 하지만 문언박이 재차 인종에게 말했다. "태조께서도 주나라 세종世宗의 충신이 아니셨습니까? 하지만 태조께서 군심을 얻은 후에 진교의 병변이 일어났습니다."

인종은 아무 대답이 없었지만 속으로는 문언박의 말에 동의하고 있었다. 이 일을 모르는 적청은 중서성으로 찾아가 불만을 토로했다. 자신의 군공으로는 절도사 따위를 맡을 수 없다는 것이었다. 그러자 문언박이 그를 타일렀다.

"공에게 절도사를 맡기는 것은 다른 이유에서가 아니라 조정에서 공을 의심하기 때문이오."

이 말을 들은 적청은 깜짝 놀라 뒷걸음질을 치고는 두려움에 벌벌 떨며 즉시 수도를 떠났다.

이후 조정에서는 한 달에 두 번씩 적청에게 사자使者를 보내주었는데, 적청은 조정에서 사람이 온다는 말만 들으면 공포에 휩싸여 어쩔 줄을 몰랐다. 결국 적청은 반년도 채 되지 않아 병을 얻어 죽고 말았다.

적청은 자존심도 너무 강한데다 스스로를 과신하여 오히려 스스로를 해치고 말았다. 이는 '강성하면 쇠한다'는 노자의 철학과 일치한다. 교만하면 반드시 패한다는 진리를 알고 경거망동하지 않는 사람에게는 언제나 행운이 따를 것이다. 하지만 반대로 교만하고 방자한 사람에게는 어떤 일이든 순조롭지는 못할 것이다.

'꽃은 반만 피어야 아름답고 술은 반만 취해야 좋다.' 사람들 사이에서 너무 두각을 드러내는 사람은 흔히 남의 질투를 사기 때문에 이를 스스로 절제할 줄 알아야 한다. 오늘날과 같은 경쟁시대에 자신의 재주를 너무 숨기기만 하면 큰일을 맡을 수가 없다지만, 그렇다고 너무 자신을 드러내고 나대면 곤경에 빠질 공산이 크다. 잠시 벼락성공을 얻을 수는 있겠지만 이는 자기 무덤을 스스로 파는 격이며 자신을 위험하게 만들 씨앗을 스스로 심는 것과 마찬가지이다.

그러므로 남다른 재주나 능력이 있더라도 자신을 스스로 대단하다고 여기거나 남들보다 중요한 사람이라고 생각하는 것은 금물이다. 동시에 내가 가진 재주를 드러내고 발휘하는 데도 그 적절한 수준과 정도를 잘 지키는 것이 중요하다. 무엇이든 극에 달하면 쇠하고 꽉 차면 기우는 법이다. 강대함은 때때로 멸망으로 향해간다는 것을 의미한다. 특히 자신이 강하다고 자만할 때는 더욱 그러하다.

사람에게 가장 중요한 마음가짐이 바로 스스로 부족하다고 생각하는 마음이다. 당신이 아무리 성공한 사람이라도 사실은 섭씨 98도 밖에는 되지 못한다. 99도의 뜨거운 물도 끓는점인 100도에 이른 물과는 완전히 다른데 하물며 98도는 어떨까. 항상 자신이 아직 모자라다고 여기는 겸손한 마음을 가지자. 그렇지 못하고 스스로 자만하여 날뛰면 100도에 이른 물처럼 수증기로 변해 오히려 자신을 망치고 말 것이다.

무엇이든 가장 융성하여 정점에 이르면 그 다음에는 내리막길로 접어드는 일만 남는다. 그러므로 무슨 일을 하든지 그 '정도'를 잘 지켜 세상 사물의 자연 법칙에 따라 살아가야 한다.

무릇 사물은 발전의 정점에 도달하면 쇠락하기 마련이다. 무엇이듯 계속해서 강성하고 발전하는 것은 자연의 법칙에 위배되기 때문이다. 교만하면 반드시 망한다는 진리를 알고 경거망동하지 않아야 한다. 또한 너무 두각을 드러내어 남의 질투를 사지 않도록 하자.

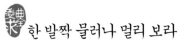
한 발짝 물러나 멀리 보라

명 도 약 매
明道若昧,

진 도 약 퇴
進道若退,

이 도 약 뢰
夷道若纇.

밝은 도는 어둡게 보이고,
나아가는 도는 물러서듯 보이고,
바르고 평평한 길은 굽어보인다.

_도덕경 41장

—

노자가 말하길, "속세의 사람들은 언제나 남들이 자신과 똑같기를 바라고 조금이라도 다른 사람은 싫어하며 남들보다 뛰어난 사람이 되고 싶어한다"고 했다. 이 말대로라면 온통 출세할 생각에만 빠져있는 속물은 속세를 떠날 수 없다.

또한 노자는 성공하려는 마음만 굴뚝같고 실력이 뒷받침되지 않은 사람은 먼저 한 발 물러서서 다른 사람들에게서 가르침을 받아야 바라는 바를 자연스레 이룰 수 있을 것이라고 했다. 역사적으로도 유명한 예가 있다. 삼국시대의 유비는 세 번이나 머리를 조아린 것으로 유명하다. 제갈공명을 얻기 위해 세 번이나 찾아갔을 때부터 손권과 함께 손유연합을 결성할 때까지 매번 자신을 낮춘 유비는 결국 삼국정립三國鼎立, 위촉오가 천하를 셋으로 나누어 서로 대립하는 형세를 말함_역주의 위업을 달성했다. 이를 가만히 살펴보면 한 발 물러나 양보하는데도 기술이 필요하다는 것을 알 수 있다. 마냥 물러나기만 할 것이 아니라 양보를 통해 무언가 가치 있는 것을 얻어내야 한다는 것이다.

넌센스 퀴즈를 하나 풀어보자. 적의 구호물자를 실은 트럭을 목표로 삼은 폭격기가 공중에서 선회하며 점차 목표물을 향해 다가오고 있다. 이 위급한 상황에서 트럭의 앞에는 몸을 숨길 만한 터널이 나타났다. 그런데 터널의 높이가 트럭보다 몇 센티미터 정도 낮아 들어갈 수가 없다. 트럭은 어떻게 해야 터널로 몸을 숨길 수 있을까?

답은 간단하다. 트럭 타이어의 공기를 조금만 빼서 높이를 낮추면 된다. 여기서 우리는 처세의 교훈을 하나 배울 수 있다. 어떤 문제에 직면했을 때 타이어의 바람을 빼는 것처럼 조금만 자기를 낮춘다면 더 먼 미래를 도모할 수가 있다는 것이다.

무슨 일을 할 때, 고민으로 골머리를 앓는 것보다는 어찌되든 상관없으니 부딪혀보자는 사람들도 있다. 무데뽀 정신이 그 사람의 용기를 더욱 드러내보일 수는 있을 것이다. 하지만 일의 해결에 있어서는 그다지 도움이 되지 않는다. 상황을 더욱 복잡하게 만들거나 정반대의 결과를 낼 수 있기 때문이다. 앞뒤 가리지 않고 무턱대고 덤벼들었을 때, 아무런 가치없이 희생되는 것은 결국 자기 자신이다. 그렇기 때문에 일이 감당할 수 없는 방향으로 흘러갈 때는 일단 한 발 물러나 위험을 피하고 기세가 수그러들기를 기다려 다시 해결 방법을 찾는 것이 좋다.

사회생활을 현명하게 해나가는 사람들은 스스로를 굽히고 일어설 때를 알고, 나아갈 때와 물러설 때를 잘 안다. 스스로를 굽히는 것은 결코 부끄러운 것이 아니라 실력을 갈고 닦기 위함이다. 물러서는 것 역시 패배를 인정하는 것이 아니라 돌파구를 찾기 위함이다.

유명 광고 회사에 다니는 A는 혈기왕성하고 충동적인 성격이다. 업무에도 성격이 그대로 드러나다 보니 그만 상사의 눈 밖에 나고 말았다. 그 이후로 회의를 할 때마다 별것도 아닌 일로 야단을 맞는 것이 기본 수순이 되었고, 그렇게 한바탕 욕을 먹을 때마다 회사를 그만두면 모든 게 끝난다는 생각이 자꾸만 들었다. 하지만 정말 회사를 그만둔다면 자신의 억울함은 영원히 씻을 수도 없을 것이었다. 또 자신을 끊임없이 발전하고 성장하게 만드는 잘나가는 회사를 스스로 그만두고 싶지는 않았다. 결국 A는 복잡한 마음은 잠시 미뤄두고 회사일에만 집중하기로 마음먹었다. 그리고 결연한 의지로 부지런하고 성실하게 일에만 매달려 스스로의 상처를 치유하고 정정당당한 업무실적으로 상사를 꼼짝 못하게 만들었다. 프로젝트를 하나하나 끝낼 때마다 점점 자신감이 붙었고 경력도 쌓여갔다. 그리고 어느 순간, A는 깨닫게 되었다. 자신이 성질대로 회사를 박차고 나가지 않고 한 발 물러나 양보하자 자신에게 더 넓은 길이 펼쳐졌다는 것을 말이다.

물러서고 나아가는 지혜는 처세뿐만 아니라 냉정한 비즈니스의 세계에서도 마찬가지로 적용된다. 사실 시장의 흐름은 개인의 역량으로 어찌할 도리가 없다. 그래서 유리할 때는 흐름을 탈 기회를 꽉 잡아야 하고 불리할 때는 냉철하게 상황을 분석해 물러서야 할 때를 정확하게 판단해야 한다.

1960년대 초, 윌슨 해럴Wilson Harrell은 작은 회사를 운영하며 '포뮬라 409'라는 액체 세정제를 생산했다. 포뮬라 409는 큰 성공을 거두며 1967년에 미국 전체 세정제 시장 판매량의 50%를 점유하게 되었다. 해럴의 사업이 승승장구하고 있을 때, 피앤지P&G, The Procter & Gamble Company가 새로운 제품을 생산해 세정제 시장에 뛰어들 준비를 하고 있었다.

피앤지는 오랜 역사와 탄탄한 실력을 기반으로 이미 '아이보리 비누'로 미국 전역에 명성을 날린 회사였다. 그런 피앤지가 세정제 시장을 차지하기 위해서 곳곳에 광고로 도배를 하는 것이었다. 피앤지는 이미 해럴의 작은 회사쯤은 자신들이 쉽게 무너뜨릴 수 있을 것이라고 단정짓고 있었다.

그래서 해럴은 자신의 상대와 시장 상황을 철저하게 분석한 후에 일단 판촉 활동을 줄이고 일부 시장을 보란 듯이 포기했다. 그러자 피앤지에서는 해럴의 시장 점유율이 줄어드는 것을 보고 자신들로 인해 해럴의 회사가 이미 타격을 받았다고 판단했다. 그리고 더 이상 그들을 염두에 두지 않고 자신만만해 했다. 하지만 해럴의 행동은 미리 짜여진 각본이었을 뿐, 겉과 속은 완전히 달랐다. 해럴은 상품의 포장과 색상을 달리해서 피앤지의 눈을 깜빡 속이는 동시에 그들의 일거수일투족을 하나도 빠짐없이 주시하고 있었다.

그리고 드디어 피앤지의 신제품이 출시되려는 찰나, 해럴은 포퓰라 409의 가격을 대폭 할인하여 판매했다. 그러자 저렴한 가격대를 선호하는 소비자들은 기회를 놓치지 않고 포퓰라 409를 일 년치씩 사갔다. 결국 피앤지의 제품은 시장에 나오자마자 판매부진을 겪을 수밖에 없었다.

해럴은 자칫 곤경에 빠질 수도 있었던 상황이었지만 적절한 타이밍에 물러서고 나아가는 지혜를 발휘하여 기존의 시장 점유율을 유지할 수 있을 뿐만 아니라 포퓰라 409의 인지도를 더 크게 높일 수가 있었다.

위험에 처했을 때는 한 발짝 뒤로 물러나 안전을 확보하고 이후에 다시 발전을 도모해야 한다.

골프를 쳐 본 사람들은 벙커샷이 어렵다는 것을 알 것이다. 모래에 빠진 볼을 그 자리에서 계속 쳐서 앞으로 보내려 해보았자 한 번에 멀리 보내기는 어렵다. 그럴 때는 먼저 볼을 벙커 바깥쪽으로 탈출시키는 우회방법을 사용한다. 벙커에서 빠져나온 볼은 쉽게 컨트롤할 수 있고 멀리 보낼 수도 있다.

일 보 후퇴, 이 보 전진이라는 말을 들어보았을 것이다. 우리가 평소에 잘 알고 있는 말이지만 막상 현실에서 이런 상황이 닥쳤을 때 선뜻 후퇴하는 사람은 찾아보기가 어렵다. 하지만 용감하게 후퇴하는 사람이 무모하게 전진하는 사람보다 더 현명하고 용기있다는 점을 잘 기억하고 꼭 실천으로 옮기도록 하자.

일이 감당할 수 없는 방향으로 흘러갈 때는 일단 한 발 물러나 위험을 피하고 기세가 수그러들기를 기다려 다시 해결 방법을 찾는 것이 좋다. 사회생활을 현명하게 해나가는 사람들은 굽히고 일어설 때를 알고, 나아갈 때와 물러설 때를 잘 안다. 스스로를 굽히는 것은 결코 부끄러운 것이 아니라 실력을 갈고 닦기 위함이다. 물러서는 것 역시 패배를 인정하는 것이 아니라 돌파구를 찾기 위함이다.

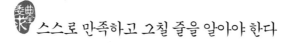# 스스로 만족하고 그칠 줄을 알아야 한다

지 족 불 욕
知足不辱,

지 지 불 태
知止不殆,

가 이 장 구
可以長久.

만족할 줄 알면 욕보일 일이 없고
그쳐야 할 때를 알면 위태로운 일이 없어
오래도록 평안할 것이다.

_도덕경 44장

―

노자는 사람들에게 일어나는 재앙 중에서 많은 부분이 바로 만족하지 못하는 인간의 탐욕스러운 본성으로 인한 것이라고 했다. 이에 사람은 도덕적인 수양이나 인격적인 함양을 계속해야 할 뿐만 아니라 자신의 사고를 제어하는 가이드라인을 스스로 정립해야 한다.

지족知足은 일련의 만족감을 얻은 후에 이를 계속해서 되새기는 정신 상태이며, 지지知止는 만족감을 얻는 과정의 도중에 일정 수준에서 더 이상의 만족감을 얻기를 포기함을 말한다. 즉, 지족은 현재에 만족하여 큰 욕심을 부리지 않는 마음이고 지지는 더 큰 욕심을 따르지 않고 그만두는 것이다. 스스로 만족할 줄 알면 매사가 즐겁고, 스스로 참을 수 있다면 마음이 언제나 편안하다. 그래서 부끄러운 일을 저지를 일이 없고 평생을 욕되지 않게 살아갈 수 있다. 《대학大學》에 이르기를, "그칠 곳을 안 후에 정定할 수 있고, 정한 후에 고요해진다. 고요해진 후에 평안하고 평안한 후에 생각할 수 있으며 생각하고 난 후에는 능히 얻을 수가 있다"고 했다. 이 구절 역시 스스로 그칠 곳을 알아야 바라는 바를 얻어 만족감을 얻을 수 있다는 것을 강조하는 말이다.

흔히 인간의 욕심은 끝도 없다고들 한다. 하나를 얻으면 둘이 갖고 싶고 둘을 얻으면 셋을 갖고 싶은 것이 인지상정이다. 그래서 더 많은 것을 얻고 싶은 욕심을 스스로 극복하는 것은 웬만한 마음가짐이 아니고서는 어림도 없다. 역사 속에도 탐욕에 눈이 멀어 영원히 만족하지 못하고 욕망의 늪에 빠져 헤어 나오지 못한 사람이 셀 수 없이 많다.

남조 양梁나라에 어홍魚弘이라는 사람이 있었다. 그는 소연蕭衍의 정벌을 여러 차례 수행하여 그 공적이 적지 않았다. 훗날 소연은 양 무제梁武帝로 즉위하여 어홍에게 땅과 산을 내리고 팔만 그루의 나무도 상으로 하사했다. 하지만 어홍은 몹시 실망하여 하루 종일 웃는 표정 한 번을 짓지 않았다. 불안해진 부인이 어홍에게 물었다.

"서방님, 혹시 폐하께서 하사하신 상이 적어 기쁘지 않으신 겝니까?

어홍이 한참을 망설이더니 말했다.

"군주라면 논공은 공평하고 징벌은 타당해야 함이 당연한 이치라오. 군주를 따라 전장을 돌며 생사를 넘나들었는데 녹봉이 고작 이 정도로 그쳐서는 안 되지요."

그러자 부인이 말했다.

"저도 서방님의 공로가 적지 않음을 압니다. 그렇지만 부와 관직을 탐하는 관리가 되고자 해서는 아니 됩니다. 그것은 사람의 도리가 아니지요!"

하지만 아내가 아무리 도를 논한 들, 어홍의 귀에는 소 귀에 경 읽기였다. 어홍은 군수郡守 직을 맡고서도 여전히 자신의 직위가 낮고 재산이 부족하다고 불평불만을 늘어놓으면서 양 무제의 위세를 등에 업고 공공연하게 재물을 긁어모았다. 또한 부끄러운 줄을 모르고 이런 말까지 늘어놓았다.

"내가 군수를 맡아 네 가지가 없어졌다. 물 속에 고기가 없어지고 산중에 노루가 자취를 감추었으며 밭에는 곡식이 다하고 마을에 사람들이 줄었다. 세상살이라는 것이 즐겁고 유쾌해야 하는 것인데, 나는 군수가 되어도 즐겁지가 않으니 언제쯤 낙이 올 것인가?"

그는 아랫사람을 시켜 백성들을 협박하고 재물을 갈취했으며 산에서 귀한 나무를 베어오고 고급 화강석을 날라 오라 시켜 풍수 좋은 땅에 호화로운 관청을 지었다. 자신이 타는 마차와 말을 휘황찬란한 비단으로 장식하고 주색에 빠져 첩을 백여 명이나 두는 등, 사치스럽고 방탕한 생활을 즐겼다. 그리고 결국 난잡한 생활과 과도한 욕심 때문에 몇 년 지나지 않아 일찍 생을 마감했다.

어떤 사람들은 자신이 얻은 작은 성과에 만족하지 못하고 여전히 더 큰 것을 바라면서 무리하게 욕심을 부린다. 하지만 자신이 멈추어야 할 적당한 선을 감지하지 못하고 도를 넘어서게 되면 이미 얻은 성과까지 모두 잃을 것을 두려워해야 한다. 권력, 지위, 금전 등에서 기인한 끝을 알 수 없는 욕망은 사람들을 영원히 만족하지 못하게 만든다. 이로 인한 탐욕은 일종의 병적인 상태이다. 그리고 이런 병적인 상태가 계속해서 발전해나가면 그저 탐욕 수준으로만 그치는 것이 아니라 스스로를 완전히 파멸로 이끌고 말 것이다. 특히 물욕은 너무나 강해서 사람의 영혼을 완전히 변모시키기도 한다.

영원히 만족을 알지 못하는 영혼은 일상의 평온함과 안정감을 전혀 느끼지 못하고 삶의 즐거움마저 향유할 수가 없다. 욕심은 작으면 작을수록 인생은 행복해진다. 욕심이 큰 사람일수록 더욱 만족하지 못하고 불화를 일으킨다. 그러므로 사람은 탐욕스러운 마음이 나의 영혼을 잠식하고 나의 눈을 가리지 못하도록 언제나 노력을 기울여야 한다.

노자는 만족할 줄 알면 욕보일 일이 없고 그쳐야 할 때를 알면 위태로운 일이 없어 오래도록 평안하다고 했다. 탐욕이 그만큼 자유롭고 평안한 삶에 부정적인 영향을 미치는 것이다. 모든 욕심을 내려놓은 사람은 평안한 삶을 즐길 수 있고 번거롭고 해로운 일에서 자유로울 수가 있다. 또한 주어진 것에 만족하고 멈출 때를 아는 사람은 우리가 삶에서 만나는 수많은 걱정과 아픔에서 벗어나 즐겁고 살맛나는 삶을 오래오래 즐길 수 있다.

중국 근대의 고명한 승려였던 홍일법사弘一法師는 출가하기 전에 한 친구에게 붓글씨를 써주면서 이 글자가 세상사의 큰 도리를 담고 있다는 말을 남겼다. 그가 종이에 써내려간 글씨는 그칠 때를 알아야 한다는 뜻의 '지지知止', 단 두 글자였다.

모든 일에는 그 한계가 있다. 그런데 절제를 모르고 한도 끝도 없는 욕심으로 명예를 다투고 이익을 좇는 사람은 언젠가 반드시 그로 인한 재앙과 화를 입게 된다. 그러므로 사업에서든 생활에서든 항시 스스로를 돌아보고 적당한 곳에서 멈출 줄 아는 태도를 가져야 한다.

만족을 아는 것이 마음가짐이라면 제때 그치는 것은 실천이다. 그래서 만족을 아는 것이 쉽지는 않지만 그치는 것은 더 어렵다. 그러므로 지족, 지지라는 도덕적인 명제에 관해 우리 모두는 진지하게 사고하고 실천으로 옮기도록 노력해야 한다.

당나라의 고승, 조주선사趙州禪師는 이렇게 말했다. "모자라지 않는 것은 원래 가지지 않은 덕택이고, 가지지 않는 것은 본래 모자라지 않은 연유이다." 인생은 원래 보이지 않는 적과 벌이는 피도 눈물도 없는 잔혹한 싸움이다. 그리고 우리가 필사적으로 싸워 이겨야 할 적은 사람의 마음을 어지럽히는 욕망과 모호한 생각, 나를 타락하고 부패하게 만들고 스스로를 파괴하는 부정적인 마음 등이다. 언제나 자신이 가진 것에 대해 만족하는 마음을 갖고 내가 스스로 멈추어야 할 때를 정확하게 알아야 한다. 그로써 얻는 심적인 자유와 안정, 이는 우리 인생의 가장 큰 행복일 것이다.

사람은 유혹을 이기지 못해 만족을 모르고 멈출 줄을 모른다. 모자라지 않는 것은 원래 가지지 않은 덕택이고, 가지지 않는 것은 본래 모자라지 않은 연유이다. 스스로 만족할 줄 알면 매사가 즐겁고, 스스로 참을 수 있다면 마음이 언제나 편안하다. 그래서 부끄러운 일을 저지를 일이 없고 평생을 욕되지 않게 살아갈 수 있다.

09 淸靜無爲

청정무위

청정무위라 하면 물이 가득 찬 잔에 비유해 설명할 수 있다. 물이 꽉 차있는 잔에는 더 이상 다른 것을 담기가 어렵다. 그동안 소중하게 여긴 많은 것들, 흘러간 옛날의 영광은 마음속의 잔에서 철저하게 비워내야 한다. 속에 있는 것들을 말끔히 비워야 새로운 것을 받아들일 수 있고, 그래야 더 큰 성공을 거둘 수가 있다. 훌륭한 마음가짐은 본래 자신의 내면에서부터 우러나는 것이다. 진정으로 고요하면서도 무엇에도 얽매이지 않는 변화무쌍한 경지에 이르게 되면 마음속의 자질구레한 것들에서 해탈할 수 있다. 그리고 자기 자신과 주변을 둘러싸고 있던 방해요소들에 얽매이지 않고 자유로울 수 있다.

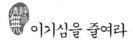 이기심을 줄여라

도를 이룬 성인은 자신을 가장 뒤에 두지만 가장 앞서게 되고,

자신의 목숨을 염두에 두지 않지만 생명을 보전하게 된다.

이는 모두 사사로운 마음이 없기 때문이 아닌가?

그래서 자기 자신을 이룰 수 있는 것이다.

_도덕경 7장

—

　노자는 사사로운 마음, 이기심이 없는 사람이 오히려 크게 이룰 수 있다고 했다. 이는 자연의 도에서 그 답을 찾을 수 있다. 하늘과 땅이 오랜 시간 존재할 수 있는 이유는 바로 자신의 이익과 존재를 도모하지 않기 때문이다. 마찬가지로 성인聖人 역시 자신의 이익보다는 공익을 우선시하여 더 큰 뜻을 이루는 것이다.

　북송北宋의 범중엄范仲淹은 "천하가 근심하기에 앞서 근심하고 천하가 즐거워하고 난 후에야 즐긴다先天下之憂而憂, 後天下之樂而樂 선천하지우이우, 후천하지락이락."고 했는데, 이는 성인이 자신을 가장 뒤에 두고 스스

로를 돌보지 않는다는 견해와 궤를 같이한다. 범중엄은 다른 사람의 마음을 자기 마음처럼 헤아리고 언제나 남을 먼저 생각하여 만인으로부터 존경을 받았다. 흉노족의 침범을 막기 위해 북부 변방 지역을 지키며 지낸 십수 년간, 그는 한결같은 마음으로 공사에 마음을 쏟았고, 사리사욕을 채우려는 마음 따위는 허락하지 않았다. 조정에 나아가서도 반듯한 그의 모습에 위아래로 그를 존경하지 않는 사람이 없어 재상의 자리까지 이르렀다. 그가 평생 무엇에도 욕심을 부리지 않은 덕에 오히려 그의 공명과 영화는 무엇 하나 부족함 없이 성공을 이룬 것이다.

이렇게 반문하는 사람이 있을지도 모른다. 사사로운 욕심이 없는 사람이 어디 있는가? 아무리 크게 성공한 인물이라도 대의를 따르는 것 외에 잡념이나 사심이 어떻게 하나도 없을 수가 있을까? 그러나 노자가 주창한 것은 공익을 우선시하고 그 후에 사익을 돌보라는 뜻이지 오로지 타인만을 위해서 자신을 희생하라는 말은 아니다. 자기가 얻을 수 있는 사적인 이익까지 전부 외면한다면 그건 아마 어리석은 일이 아닐까? 범중엄 역시 청빈하게 살았지만 자신에게 돌아온 부귀를 완전히 거부한 것은 아니었다. 사람이라면 누구나 먹고사는 문제에 직면한다. 게다가 밥도 배불리 잘 먹은 사람이 더 힘을 내어 맡은 바 일에 충실할 수가 있는데, 어떻게 개인적인 이익을 완전히 배제하라고 강요할 수가 있겠는가?

사람들은 누구나 사사로운 마음과 공익을 위하는 마음을 동시에 갖고 있지만 두 마음의 크기에는 차이가 있다. 초등학생이 책을 읽고 대

학생과 대등하게 토론을 벌일 수가 없는 것과 같은 이치로 사람들마다 이기적인 마음의 정도가 천차만별이니 이를 굳이 비교하는 것은 의미가 없다. 그런데 어떤 이들은 모든 사람들의 마음속에는 이기적인 마음이 가득하니 정도를 논하는 것 자체도 무의미하다고 말한다. 그러나 이기적인 마음을 가진 사람에게도 모두를 위한 마음이 어느 정도는 있기 마련이다. 단지 조금 차이가 있을 뿐이다.

사익과 공익의 충돌을 피할 수 없을 때 자신의 이익을 먼저 충족시키는 것은 인지상정이다. 하지만 개인의 이익을 위해서 공익을 해치는 것은 절대 군자의 도라고 할 수 없다. 대로변의 맨홀 뚜껑을 가져가거나 전봇대에서 케이블을 끊어다가 팔아버리는 등의 행위를 예로 들 수 있다. 맨홀 뚜껑이나 케이블이 통행을 방해하는 등 문제가 되지 않는 상황에서 단순히 금전적인 이득을 취하기 위해서 이런 행위를 하는 것은 대다수의 사람들에게 피해를 입힌다. 또 어떤 사람들은 강도질을 하다가 사람을 죽이고, 사기를 치기도 하는데 이는 더욱 안 될 말이다.

이기심이 강한 사람은 욕심을 부리는 만큼 잃는 것도 크다. 자신의 이익에만 몰두하여 타인을 이롭게 하는 일은 아예 관심조차 두지 않는 사람이라면 자신도 똑같은 대접을 당할 확률이 높기 때문이다. 이런 사람은 친구도 등을 돌리고 동료들 사이에서도 불이익을 받을 것이며 심지어 가족 사이에도 냉대를 당한다. 아무리 큰 부귀영화를 누리더라도 아무도 환영하지 않아 홀로 고립될 뿐이라면 이는 인생의 막대한 손실일 수밖에 없다. 또한 사리사욕만 앞세워 법을 어기고 사회의 기강을 어지럽히는 사람은 언제 법의 심판을 받을지 몰라 시시각각 두려움에 떨 수밖에 없고 스스로의 자유와 생명까지 위협받으니 그보다 더한 손해는 없을 것이다.

이기심은 인간의 본성이기에 사람으로서 자신을 위하는 마음을 버리는 것은 굉장히 힘든 일이다. 그러나 인생에서 가장 중요한 일 중의 하나가 자기의 마음을 다스리는 일이다. 이기심을 버리면 더욱더 크게 성장하고 이룰 수 있다. 그러므로 사리사욕을 버리고 도를 깨우치는 마음으로 살아가야 할 것이다.

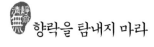
향락을 탐내지 마라

금 옥 만 당　막 지 능 수
金玉滿堂, 莫之能守.

부 귀 이 교　자 유 기 구
富貴而驕, 自遺其咎.

금과 옥이 집에 가득하면 능히 지킬 수가 없다.
부귀하여 교만하면 스스로 화근을 자초하게 된다.
_도덕경 9장

—

노자는 세상사를 대함에 있어 얻을 것을 바라지 말고 잃은 것을 아쉬워하지 않아야 이해득실로 인한 불안감을 극복할 수 있다고 했다. 성인은 명성과 지위, 권력을 얻고자 하지 않고 금은보화를 잃는 것을 두려워하지 않는다. 그러나 욕망이 끝도 없고 부귀로 인해 거만하며 무엇이든 차지하려고만 하는 사람은 스스로를 파멸시킨다. 그래서 노자는 아래 두 가지 사항을 특히 강조했다.

부에 관한 올바른 태도를 가져야 한다

금전이란 내 몸 이외의 것일 뿐이다. 돈이 아무리 많아도 쓰는 데는 한계가 있고 얻은 재물의 대부분은 창고에 쌓아놓는다. 이런 재물은 부의 상징일 뿐, 직접적으로 행복을 가져다주는 것은 아니다. 인생에서 가장 중요한 것은 삶을 즐겁고 품위 있게 즐기는 것이다. 장사하는 사람들이 이리저리 바쁘게 뛰어다니며 재물을 끌어모으는 것도 다 그런 목적 때문이 아니겠는가? 막상 사람이 살아가는 데 필요한 돈은 고작 얼마밖에 되지 않는데, 그렇게 아등바등해서 번 많은 돈이 행복조차 가져다줄 수 없다면 다 무슨 소용이란 말인가? 금고에 처박아두기만 한다면 아무리 훌륭한 금은보화라도 빛을 잃을 수밖에 없다. 금전도 이를 사용하지 않으면 그냥 금으로 된 쇳조각일 뿐이다. 쓰임이 필요한 곳에 알맞게 쓰고 효용을 발휘하게 해야 비로소 가치에 걸맞다 할 수 있을 것이다.

사람은 사치와 향락을 해서는 안 된다

정신적인 즐거움을 누리는 데는 부귀영화와 금전, 이성의 유혹이 일절 필요하지 않다. 이는 모두 자기 자신의 생명과는 동떨어진 존재들이다. 진정한 즐거움과 행복은 삶의 본질에서부터 탄생하는 것이며 본인의 심리 내부에서부터 기원한다. 그러나 향락은 자기 자신의 외부에서 발생하는 자극의 결과물이다. 그렇기 때문에 향락은 종종 방탕, 음탕, 타락 등과 함께한다. 향락과 타락은 종이 한 장 차이일 뿐이다.

진원원陳圓圓은 본래 성이 형邢, 이름이 원沅이며 자가 원분畹芬이다. 소주蘇州 지방의 명기로 노래와 춤에 능했다. 후에 명나라 오삼계吳三桂의

첩이 되었다.

1644년, 명나라 말기에 이자성李自成은 봉기를 일으켜 북경을 함락했다. 북경을 손에 넣자 기세등등한 이자성은 향락을 일삼고 중원을 호시탐탐 노리는 만주인, 즉 청나라를 소홀히 보아 넘겼다. 게다가 이자성의 부하는 산해관山海關의 요동 총병遼東總兵으로 청나라의 공격을 막기 위해 싸우던 오삼계의 애첩 진원원을 강제로 취하고 다른 가족을 모두 몰살시켜 버렸다. 아버지를 죽인 불구대천의 원수를 갚고 첩을 빼앗긴 한을 풀기 위해서 오삼계는 청나라와 결탁하여 북경을 탈환했고, 얼마 지나지 않아 청나라가 전체 대륙을 평정하게 되었다. 갑자기 얻게 된 부귀영화에 도취되어 전투력을 잃은 이자성의 군대는 청나라 군대의 적수가 되지 못한 것이었다.

즐거운 마음은 자유로움과 평온함을 주지만 사치와 향락은 방종만 안겨주며 때로는 이성을 잃게 만든다. 득의양양하다 끝도 없이 마음이 들뜨고, 실의에 빠져 의기소침해지며, 또한 외상을 입게 되어 혼비백산하는 것이다. 향락을 일삼는 사람의 마음은 시종일관 불안하고 어떤 외부 자극을 받는지에 따라 태도가 180도로 달라진다. 어떤 때는 미친 듯이 기뻐하고 또 어떤 때는 광분하며, 때로는 웃음을 참지 못하고 또 때로는 슬픔에 빠진다. 제멋대로 날뛰기도 하고 겁을 내며 소심해지기도 하고 경솔한 행동을 하기도 한다.

사실 사람마다 스스로 생각하는 올바른 생활방식이나 즐거움이 있을 것이다. 중국의 여성 작가 싼마오三毛는 자기에게 서재가 하나 있으면 좋겠다는 말을 한 적이 있다. 창문이 없고 규모가 너무 크지 않으며 그저 책상 하나, 의자 하나, 스탠드 하나가 들어갈 만한 크기의 서재. 책상 위에는 책이 한 무더기, 스탠드 아래에는 진실한 누군가가 자신의 심장 뛰는 소리를 들을 수 있는 그런 작은 서재 말이다.

또 도시의 소란스러움을 피하고자 산골 마을에 은거하는 작가도 있다. 오로지 산만이 연달아 늘어서 그 끝이 보이지 않는 곳이라고 한다. 깎아지른 벼랑에 무성하게 숲이 우거져 있고, 날이 어두워지면 매가 빙빙 선회하며 둥지로 돌아가는 소리만 들리는 곳이다.

진정한 즐거움은 외부의 영향을 받지 않는다. 가난하다고 해서 무조건 고통스럽고 부귀하다고 해서 언제나 여유만만인 것은 아니다. 이는 즐거움이 외부의 자극이 아닌 자기 자신의 영혼에서부터 비롯하기 때문이다. 진정한 즐거움은 삶의 뚜렷한 목적과 신념을 가지고 삶의 기쁨을 이루어낸 사람만이 가질 수 있는 감정이다. 즐거움은 바로 이렇게 인생의 지향점이자 미래의 희망이다.

즐거움, 즉 쾌락을 추구하면서 향락을 좇지 않는 것이야말로 우리가 따라야 할 올바른 삶의 태도일 것이다.

진정한 즐거움과 행복은 삶의 본질에서부터 탄생하는 것이며 본인의 심리 내부에서부터 기원한다. 그러나 향락은 자기 자신의 외부에서 발생하는 자극의 결과물이다. 향락과 타락은 종이 한 장 차이일 뿐이다. 즐거움, 즉 쾌락을 추구하면서 향락을 좇지 않는 것이야말로 우리가 따라야 할 올바른 삶의 태도이다.

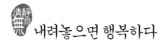 내려놓으면 행복하다

오 색 령 인 목 맹 오 음 령 인 이 롱
五色令人目盲, 五音令人耳聾,

오 미 령 인 구 상 치 빙 전 렵
五味令人口爽, 馳騁畋獵,

영 인 심 발 광 난 득 지 화 영 인 행 방
令人心發狂, 難得之貨, 令人行妨.

시 이 성 인 위 복 불 위 목 고 거 피 취 차
是以聖人爲腹不爲目, 故去彼取此.

화려한 색은 사람의 눈을 어지럽히고 온갖 소리는 사람의 귀를 멀게 하며

여러 가지 맛은 사람의 입을 혼란스럽게 한다.

말을 달려 사냥을 하는 것은 사람을 미치게 하고

희귀한 재물은 사람의 행동을 어긋나게 한다.

그리하여 성인들은 배를 채우려 할 뿐 눈을 즐겁게 하려 하지 않았고

이것을 잃음으로써 저것을 취했다.

_도덕경 12장

무언가를 내려놓는 것은 우리가 행복을 느낄 수 있는 최고의 방법이다. 공자는 평생토록 인仁과 예禮를 궁리했고 천하의 만백성이 인과 예를 알도록 설파했지만, 51세가 되도록 도를 완전히 실현하지 못

했다. 그래서 이를 항상 마음에 담아두고 있었다.

어느 날, 공자가 제자들을 데리고 노자를 찾아가 가르침을 구했다. 노자는 공자를 맞이하여 물었다.

"십수 년이 지난 동안 북방의 현자가 되었다고 들었는데, 어찌 가르칠 것이 있겠는지요?"

공자가 대답했다.

"재주가 없어 부지런히 연구했습니다만, 십 년 넘게 헛걸음만 했을 뿐 대도大道에 이르지 못했습니다. 그리하여 가르침을 받으러 왔습니다."

"대도에 이르기 위해서는 먼저 마음을 만물의 처음에 두어야 합니다. 천지간에 안팎으로 사람이나 해나 달, 산하가 모두 형체와 본성이 다릅니다. 하지만 자연에 따라 생겨나고 소멸하며 왔다가 가는 것은 모두 같습니다. 다르다고 아는 것은 그 겉모습을 보기 때문이며 같다고 여기는 것은 그 본성을 알기 때문입니다. 다름을 버리고 같음을 보는 것이 바로 마음을 만물의 처음에 두는 것입니다. 만물의 시초는 하나로 뒤엉켜 있어 형태와 본성이 없고 서로 다르지 않습니다."

공자가 물었다.

"같음을 보는 것에는 어떤 즐거움이 있는지요?"

"그 같음을 보는 것은 만물을 똑같이 여기는 것인 즉, 사물과 나를 동일시하고 옳고 그름을 구분하지 않는 것이지요. 생사를 밤낮처럼 여기고 재앙을 복과 같이 여기고 길흉을 동등하게 생각하며 귀천이 없고 영욕도 없으니, 마음이 평온하고 제 하고 싶은 대로 하여 무엇이든 기쁠 터인데 어찌 즐겁지 않은 구석이 있겠습니까?”

노자의 말에 공자의 마음이 한결 편안해지고 자신의 형태는 무용지물이며 이름조차 한낱 먼지와 같은 쓸데없는 것이라는 것을 깨달았다. 세상에 나타나기 전에는 아무 형태나 이름도 없었고 세상을 떠난 후에도 어떤 육체나 귀천이 없음을 생각한 것이다.

이런 말이 있다. “무릇 슬픔 중에는 마음이 죽는 것보다 슬픈 것이 없다. 사람이 죽는 것은 그 다음 가는 슬픔이다.” 한 사람의 생각이 빛을 잃고 무감각해지는 것만큼 슬픈 일은 없다는 뜻이다. 사람의 절망과 슬픔을 이야기할 때, 속이 타들어간다고 표현한다. 하지만 가만히 생각해보면 왜 마음이 타들어 가는가? 이는 분명히 외부로부터 극심한 스트레스를 받고 이를 털어내지 못하고 노심초사하면서 가슴에 계속 담아두기 때문이다.

노자는 매사에 전전긍긍하며 마음을 편히 놓지 못하여 밧줄로 마음을 꽁꽁 묶어두게 되면 마음이 그 총기를 잃고 생기를 회복할 수 없다고 여겼다. 내려놓아야 비로소 즐겁고 행복할 수가 있다. 그런데 과연 얼마나 많은 사람들이 그렇게 하고 있을까?

우리는 자신만의 세계에 빠져 하루하루를 눈 코 뜰 새 없이 바쁘게 살아간다. 그 속에서 어떤 사람은 사소한 이익을 따지느라 혈안이 되기도 하고, 사치스럽고 방탕한 생활에 빠져 욕망의 구렁텅이에서 헤어 나오지 못하기도 한다. 마치 실로 자신의 몸을 감싼 누에고치와 같이 스스로를 겹겹이 감싸 웅크리고 있는 것이다.

진정으로 무언가를 내려놓기란 정말 쉽지 않은 일이다. 어쩌면 잠시 동안의 손해나 고통을 수반하는 일일 수도 있다. 하지만 이를 극복하고 정말로 무언가에서 손을 뗄 수 있다면, 마음속의 응어리와 골치 아픈 일이 모두 단숨에 사라지고 마음이 하해와 같이 넓어지는 것을 느낄 수 있을 것이다.

나 자신에게 내려놓아야 한다고 생각되는 것이 있다면 지금 당장 내려놓자. 그것을 내려놓는 만큼 더 유쾌하고 즐거운 인생을 누릴 수 있다. 그리고 스스로 자유롭고 편안한 삶을 추구하고 너그럽고 평온한 마음의 밭을 일구어 후회 없는 삶을 개척해나가자. 티끌과 같은 세상의 근심, 걱정일랑 모두 날려버리고 너른 하늘의 영혼을 가슴 깊이 품자. 그것만이 진정한 행복의 근원이다. 진정한 행복은 돈과 권력, 명성, 지위 따위와는 무관하다. 나에게 진실한 즐거움을 안겨주는 것은 그 어떤 것도 아닌 바로 내 마음이다!

내려놓음은 일종의 깨달음이고 우리가 도달해야 할 삶의 경지이다. 나날이 화려함을 더해가는 물질문명 앞에 명리나 물질적인 이익에서 자유로운 사람이 없다고 할 수는 없지만, 그 수가 극히 드물다는 것은 정말 안타까운 일이다.

사람들은 언제나 무언가를 얻기만을 바란다. 많이 가지면 스스로가 더 행복할 것이라 생각하기 때문이다. 그래서 줄곧 욕망의 길을 걷게 되지만, 언젠가는 그 욕망의 꿈에서 깨어날 것이다. 그리고 우리의 우울감과 무료함, 당혹감, 무력감을 비롯한 모든 불쾌한 감정들이 그동안의 욕망과 무관하지 않다는 것을 알게된다. 우리가 행복하지 않은 것은 바로 우리가 갈망하고 소유한 것이 너무 많기 때문이다.

사실 우리 인생에서 무언가에 얽매이는 것만큼 슬픈 일은 없다. 그런데도 그것을 쉽사리 놓지 못하는 바람에 그동안 우리 곁을 스쳐가는 수많은 행복한 풍경마저 놓치고 만다. 모두가 알다시피 진정한 성공은 어쩌다 한 번 운이 좋아 얻을 수 있는 재물이나 권력이 아니다. 언제 어디서건 내가 중요하다고 생각하는 것을 포기하지 않는 신념만이 우리가 추구해야 할 성공일 뿐이다.

사람들은 언제나 무언가를 얻기만을 바란다. 많이 가지기 위해서 마치 실로 자신을 감싸는 누에처럼 스스로를 옭아매고 가둔다. 내려놓고, 마음을 여는 것. 이것이야말로 행복을 얻을 수 있는 가장 좋은 방법이다. 내려놓는 법을 배우기를 주저하지 마라.

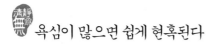

욕심이 많으면 쉽게 현혹된다

소 즉 득　다 득 혹
少則得, 多則惑.

적게 가지면 많이 얻을 것이고 많이 가지면 마음이 어지러워진다.

_도덕경 22장

———

한평생, 걱정 없이 일이 술술 풀리는 사람이 어디 있겠는가? 외적인 조건에 집착하고 사물에 얽매이는 것은 우리 인생에서 생기는 모든 고통의 근원이다. 외물外物을 초월하고 자아를 초월하면 우리의 마음이 외물의 변화에 휘둘리는 것을 막을 수 있다.

노자는 자기 자신을 자유롭게 만들기 위해서는 외물에 속박되지 말라고 했다. 외물은 잠깐 사이에도 쉽게 썩어 없어지는 것이지만 우리의 영혼이야말로 영원한 것이다. 재물의 노예가 되지 말고 주인이 되어야 한다. 그래야 아무런 구속도 받지 않고 자유로울 수가 있다. 그렇지 않고서 물질에 얽매여 한눈을 판다면, 인생이라는 망망대해 속에서 자기 자신도 잃고 인생을 즐길 수 있는 기회마저 잃어버릴 것이다.

옛날에 많은 땅을 가진 대지주에게 부인이 넷이나 있었다. 제일 큰 부인은 영리하고 사랑스러운 사람으로 언제나 그림자처럼 그를 따라다녔다. 둘째 부인은 그가 억지로 데려온 사람이었지만 빼어난 미모를 지니고 있어 모든 사람들이 부러워할 정도였다. 셋째 부인은 그를 위해서 집안의 대소사를 도맡아 처리하여 그가 전혀 신경 쓸 일이 없도록 했다. 넷째 부인은 하루 종일 바삐 돌아다녔는데, 사실 그도 무엇이 그리 바쁜지 알지 못했다.

어느 날 지주가 이웃 고을로 품삯을 거두러 가게 되었다. 그는 힘들고 고된 여정에 누가 자신과 함께 떠날 것인지 부인들의 의향을 물었다.

첫째 부인이 대답했다.

"저는 가지 않겠사옵니다."

둘째 부인이 대답했다.

"여기까지도 억지로 끌려온 마당에…… 나도 안 가요!"

셋째 부인이 대답했다.

"풍찬노숙을 견디지 못할 듯 싶습니다. 성 밖까지만 배웅해드리지요."

넷째 부인이 대답했다.

"어디를 가시든 제가 함께 가겠습니다. 저의 주인이시니까요."

지주가 부인들의 대답을 듣고 탄식하며 말했다.

"이리 결정적인 순간에 넷째뿐이라니!"

그리고 넷째 부인을 데리고 머나먼 여정을 떠났다.

사실 이 이야기에 나오는 네 부인은 모두 우리 자신이거나 우리를 둘러싼 것들을 비유한 것이다.

첫째 부인이 가리키는 것은 우리의 육체이다. 사람이 죽고 나면 육신은 자기 자신과 그만 이별하게 된다. 둘째 부인은 금전과 재산을 의미한다. 수많은 사람들이 재산을 모으기 위해 한평생을 고통스러워하지만 죽고 나면 가져갈 수 없으니, 다 부질없는 짓이다. 셋째 부인은 현실의 배우자를 뜻한다. 살아생전에는 서로 의지하며 운명을 함께하지만 죽고 나면 역시 이별이다. 마지막으로 넷째 부인은 나의 참모습이며 나의 천성天性이다. 나는 평소 나의 참모습을 알지 못하고 별로 신경을 쓰지 않을 수도 있지만, 나의 본성만은 영원히 나를 따르는 존재이다. 내가 빈곤할 때도 부유할 때도 언제든지 나를 버리거나 배신하지 않는다.

하나를 얻으면 그만큼 생각도 많아지고 무언가를 덜어내면 쓸데없는 잡념도 사라진다. 그래서 우리는 외물에 구속되지 않아야 한다.

초조함과 걱정 따위는 모두 사라지고 외물의 속박에서 완전히 자유로와서 우리의 마음을 평온하게 만들 수 있는 곳이 있다면, 그곳은 꿈에도 이룰 수 없는 이상 세계가 아닐까? 그렇다면 우리가 절대 찾을 수 없는 것이 아닐까?

아름다운 꽃이 생기발랄하게 피어있는 자그마한 뜰, 하늘 높은 줄 모르고 우뚝 솟아 있는 커다란 산, 잉크 냄새가 아직 스며있는 새 책 한 권… 우리 주변을 돌아보면 모든 사소한 일상들이 우리를 자유롭게 만든다. 그리고 제멋대로 날뛰는 마음과 갈 곳을 잃은 나의 의지를 감싸 안는 안식처가 되어준다.

자유의 안식처에서는 화려한 가식을 버리고 고독과 적막을 견디며 스스로 물物의 경지를 뛰어넘어야 한다. 마음이 들떠 시끌벅적하고 소란스러운 것을 버리지 못하면 영혼의 안식은 얻기가 힘들 것이다. 부귀영화를 좇는 데만 급급하고 물질에만 얽매여있는 사람이 어떻게 세속을 떠나 홀로 고독을 씹을 수가 있겠는가? 평생을 마차에 매여 죽을힘을 다해 앞으로 달려 나가기만 하는 말에게 어디 자신의 삶과 생명에 대해 생각해볼 기회가 있을 것인가? 물질문명에 현혹되어 자신을 삶을 너무 가혹하게 몰아세우지 말자. "적게 가지면 많이 얻을 것이고 많이 가지면 마음이 어지러워진다." 노자의 이 말은 그 자체로 큰 지혜이며 후세 사람들에게 전하는 포기의 철학이다. 지혜는 우리 생활을 더욱 유쾌하고 충실하게 만들고, 포기는 우리 생활을 더욱 심플하고 자유롭게 한다. 포기가 두려워 심플한 생활을 버리지 말자. 그렇다면 삶의 무게는 견딜 수 없을 정도로 무거워질 것이고, 걱정과 근심거리는 점점 더 우리를 억눌러 심신이 고달파지는 것은 물론 결국에는 어떤 것도 내 마음대로 하지 못하고 방향을 잃고 말 것이다.

많이 가지면 마음이 어지러워진다는 말은 잡념을 버리고 목표를 명확하게 가리키라는 뜻도 내포하고 있다. 생활이 너무 복잡하게 얽혀있을 필요가 무엇이 있겠는가? 복잡한 일은 많으면 많을수록 마음의 부담만 가중되고 부정적인 감정을 일으켜 일을 나쁜 방향으로 이끌 뿐이다. 내 인생에서 가장 본질이 되는 지점을 내가 명확하게 알고 있다면 복잡한 일은 있을 수 없다. 앞으로 가야 할 길만 드넓게 펼쳐질 뿐이다.

간혹 어떤 사람들은 인생에 바라는 것이 너무 많고 그로 인해 스스로에게 채찍질만 하다 보니 행복이나 만족, 기쁨이 무엇인지도 모른채 살아간다. 그런 삶은 언제나 무언가에 쫓기는 듯 초조하고 분주하며 공포심이나 걱정 근심이 끊일 날이 없다. 해가 중천에 떠오르면 한쪽으로 기울고 달은 차면 이지러지듯, 모든 일에는 피할 수 없는 숙명이 있다. 이를 어떻게 사람의 힘으로 바꿀 수가 있을까? 내려놓자. 그리고 나의 삶에 여유와 안식을 찾아주자.

외적인 조건에 집착하고 사물에 얽매이는 것은 우리 인생에서 생기는 모든 고통의 근원이다. 마음이 들떠 시끌벅적하고 소란스러운 것을 버리지 못하면 영혼의 안식은 얻기가 힘들다. 적게 가지면 많이 얻을 것이고 많이 가지면 마음이 어지러워진다. 자유의 안식처를 찾기 위해서는 외물에 구속되지 말아야 한다. 그래야 진정한 자유를 얻을 수 있을 것이다.

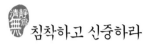
침착하고 신중하라

경 즉 실 근   조 즉 실 군
輕則失根, 躁則失君.

처신이 가벼우면 근본을 잃고 성질이 조급하면 주인의 자리를 잃는다.

_도덕경 26장

—

노자는 무슨 일을 하더라도 냉철하게 관찰하고 진지하게 임해야 하며, 다른 사람들과 앞을 다투거나 무작정 여론을 따라 무모하게 움직이는 것을 피해야 한다고 여겼다. 그래서 "욕심이 없으면 고요함이 깃들고 천하가 제자리를 찾는다不欲而靜, 天下將自定"고 했다.

고요함을 지키면 경솔해지지 않고, 침착함을 유지하면 조급하여 안절부절못하지 않는다. 경거망동은 우리에게 해를 끼칠 뿐이며 스스로의 뿌리까지 잃게 한다. 자기 자신을 잃고 어찌할 바를 몰라 그릇된 행동을 한다면 일을 망치게 되고 큰 사업을 실패로 이끌고 말 것이다.

노자는 '정靜, 고요함'을 강조했지만 '동動, 움직임'을 반대하지는 않았다. 오히려 적시에 움직여야 한다고 했다. 달관하는 마음으로 자연의 순리에 순응하고 사물이 발전하는 규칙에 따라 움직여야 한다. 그래야 고요함으로 움직임을 다스릴 수 있고 스스로 불변하면서도 세상

의 모든 변화에 대응할 수 있다. 상황을 명확하게 파악하고 부화뇌동
하지 않으며 적절한 타이밍에 움직여야 그 움직임이 타당하고 다스
림이 제 역할을 할 수 있다.

한 노인이 두 손으로 옷깃을 여미고 눈을 감은 채, 말없이 길가에 앉아
골똘히 생각에 잠겨 있었다. 그런데 갑자기 한 장군이 나타나 쉰 목소리
로 부탁을 했다.

"어르신, 무엇이 천국이고 무엇이 지옥인지 좀 알려주십시오!"

하지만 노인은 아무 것도 듣지 못한 사람처럼 꼼짝도 하지 않았다. 잠시
후, 노인이 느릿느릿 눈을 뜨더니 입가에 미소를 머금었다. 장군은 뜨거
운 가마 속에 들어간 개미처럼 잠시도 참지 못하고 초조한 모습이었다.

"천국과 지옥의 비밀을 알고 싶은 겐가?" 노인이 마침내 입을 열었다.

"이런 경박하고 상스러운 꼴 좀 보게. 손발은 온통 흙투성이에 빗지도
않은 쑥대머리, 덥수룩한 수염을 달고 나타난 꼴이라니. 척 보니 칼은
제대로 닦지도 않아 녹이 슬었군. 자네같이 초라한 꼬락서니의 애송이
가 나한테 와서 천국과 지옥을 알려달라고?"

노인의 말을 들은 젊은 장군은 화가 나서 욕을 퍼붓더니 칼을 뽑아 노인
의 머리 위로 치켜들었다. 얼굴까지 시뻘겋게 달아올라 목에 핏대가 터
질 듯이 부풀어 오른 장군은 까딱하면 노인의 목을 단칼에 내리칠 기세
였다.

칼이 내리꽂히려는 찰나, 노인이 담담하게 말했다.

"지금이 바로 지옥이네."

깜짝 놀란 장군은 일순간 숙연해졌다. 그리고 생명을 담보로 자신을 깨우치려 한 노인에게 경건한 마음이 일었다. 허공에 칼을 멈춘 장군의 눈에서 감격의 눈물이 흘러내렸다.

그러자 노인이 말했다.

"그리고 지금은 천국이지."

노인은 자신의 생명이 위급한 순간까지 마음을 차분히 가라앉히고 평정심을 잃지 않았다. 그래서 오만방자한 장군의 기세를 단숨에 제압했다. 만약 이 노인이 당황하여 장군과 덩달아 언성을 높이거나 대꾸조차 하지 않았다고 상상해보자. 과연 결과는 어떠했을까?

"기쁨과 노여움은 계절이 변하는 것과 같고 온갖 사물과 자연스레 어울려 그 끝을 알 수가 없다."

다른 사람의 속마음을 꿰뚫어보면, 그 마음에 초점을 맞추어 공략이 가능하다. 그렇기 때문에 남에게 속마음을 간파당하는 것은 생명줄을 위협당하는 것보다도 겁나는 일이다. 더욱 무서운 것은 마치 무슨 약점이라도 잡힌 것처럼 수동적으로 다른 사람의 말만 듣고 다른 사람이 시키는 대로 따르는 것이다.

"세상 풍파에도 심중은 굳건하다. 가슴으로 여전히 날아오를 꿈을 꾼다世事滄桑心事定, 胸中還岳夢中飛" 세상에는 온갖 풍파와 변화가 존재하지만, 내 마음은 이미 단단하게 정해져있으며 무엇이 어떻게 변하든 나는 이미 계산이 서 있다는 뜻이다. 동서고금을 막론하고 위대한 사람들을 살펴보면 하나같이 그러하였다. 스스로 정한 바에 흔들림이 없이 침착함을 잃지 않았다. 그렇게 정세를 올바르게 판단하고 맞이한 국면에 대처하며 성공할 수 있었던 것이다.

스스로를 차분하게 가라앉히는 것은 성공에 꼭 필요한 요소이다. 건강하고 정상적인 사고와 심리상태는 우리를 행복하고 안정적이며 기분 좋게 만든다. 게다가 어려움이 닥쳤을 때도 위기를 기회로 만들 수 있는 전화위복의 자신감을 불러일으키는 데 도움을 준다.

고요함을 지키면 경솔해지지 않고 침착함을 유지하면 조급하여 안절부절못하지 않는다. 경거망동은 우리에게 해를 끼칠 뿐이며 스스로의 뿌리까지 잃게 한다. 자기 자신을 잃고 어찌할 바를 몰라 그릇된 행동을 한다면 일을 망치게 되고 큰 사업을 실패로 이끌고 말 것이다.

조급함을 버리고 고요함을 찾아라

조 승 한　정 승 열
躁勝寒, 靜勝熱,

청 정 위 천 하 정
淸靜爲天下正.

조급하게 움직이면 추위를 이길 수 있고
고요하게 있으면 더위를 이길 수 있다.
청정무위, 즉 맑고 조용하면 천하는 저절로 바르게 된다.
_도덕경 45장

　도가에서는 '청淸'과 '허虛'를 아주 중시했다. '청'은 맑음에 이른 경지를 뜻하고 '허'는 그 경지가 변화무쌍함을 상징하는 것으로, 따지고 보면 같은 개념이다.

　노자는 도덕경에서 "만물은 무성하게 자라나지만 뿌리로 돌아간다. 뿌리로 돌아감은 고요함靜이고, 고요함은 명령에 따름命이다. 명령에 따름은 항상 그러함常이고 항상 그러함을 아는 것이 밝음明이다"라고 했다. 만물은 아주 복잡하고 다양하게 발전하지만 결국에는 각자 그 본성으로 돌아가 자신을 존재하게 하는 '자연의 도'에 순응하기 마련이다. 그 본성으로 돌아가 도에 순응하면 모든 것이 평화롭고 고요靜해진다. 도에 순응해 고요해지는 것은 자연법칙의 명령에 따르는 것命이며 하늘이 내린 본연의 모습으로 돌아가는 것이라고 할 수 있다. 자연의 법칙에 따르는 것은 사물의 발전과 변화에서 일어나는 당연하고 평상적인 규칙常이다. 이러한 만물의 변화가 사물의 진화에서 빈번하게 일어나는 상식이라는 것을 이해하는 것은 밝은 지혜明라 할 수 있을 것이다.

《대학大學》에는 이런 구절이 나온다. "안정된 후에는 고요하고 고요한 후에는 평안하다. 평안한 후에 능히 생각하니 생각한 후에는 얻을 수 있다定而后能靜, 靜而后能安, 安而后能慮, 慮而后能得, 정이후능정, 정이후능안, 안이후능려, 려이후능득." 여기에서 말하는 정定, 정靜, 안安, 려慮, 득得은 매사에 평온한 마음으로 임해야 한다는 것을 강조한다. 마음이 안정되고 편안한 사람은 생각도 주도면밀하고 일처리도 허투루 하는 법이 없다. 반면에 마음이 차분하게 가라앉지 못하고 조급하여 경솔한 사람은 다 된 밥에도 코를 빠뜨리기가 일쑤다.

전쟁에서는 여유만만하고 편안한 쪽이 조급하게 서두르는 쪽을 이긴다. 날씨로는 시원하고 선선한 기운이 무더위를 몰아내는 것과 같은 이치이다. 우리 생활에서 일어나는 다툼에 이를 적용하면, 고요하고 편안한 쪽이 화가 나 길길이 날뛰는 쪽을 거뜬히 이긴다는 말이 된다. 그러므로 언제나 지혜롭게 생각하고 차분한 행동이 몸에 배도록 수양을 게을리하지 말아야 한다.

한 여성이 있었다. 그녀는 젊었을 때, 연기에 관심이 있어서 영화 여주인공을 뽑는 오디션에 참가한 적이 있었다. 당시 영화감독은 원석을 알아보는 예리한 감각을 가진 사람이었는데, 그녀는 오디션의 맨 마지막까지 살아남아 최후의 두 명에 들게 되었다. 그녀의 외모와 연기력으로 보았을 때, 주인공 자리는 따 놓은 당상이었다. 감독 역시 그녀의 얼굴에 난 여드름 때문에 약간은 망설이고 있었지만 그녀를 놓치기가 아까워 마음이 기울고 있었다. 그런데 하필이면 그녀와 감독이 부적절한 관계라는 소문이 나돌았다. 두 사람은 결백했지만 마음이 상할 대로 상한 그녀는 일이 더 커질 것을 두려워해 스스로 오디션을 포기하고 말았다. 그로부터 십 년 후, 그녀는 자신의 재능을 펼칠 연예계와는 완전히 동떨어져 보통 직장인으로 살아가고 있었다. 자신의 꿈을 잃고 좋아하지도 않는 일을 하며 살아가는 그녀의 마음속에 쌓인 답답함과 억울함은 어떻게 풀 수 있을까?

안타깝게도 이 여자는 노자가 말한 청정무위의 경지에 이르지 못한 상태였다. 생각해보라. 자기 스스로 떳떳하다면 외부의 잘못된 평가나 유언비어가 나에게 어떤 해를 입힐 수가 있겠는가? 중국 속담에 '몸이 바르면 그림자가 비뚤어질까 두려워하지 않는다'는 말이 있다. 내 마음이 평안하고 고요하면 나의 본 모습을 그대로 간직할 수가 있고 옳은 판단 또한 내릴 수가 있는 법이다.

흥분하고 들떠 있을 때와는 달리 평안하고 고요한 상태에서는 각종 의문점들을 충분히 고려하고 이런저런 시도를 해볼 여유가 생긴다. 까다롭고 곤란한 일이 벌어졌을 때, 한번 시험해보자. 일단, 한꺼번에 너무 많은 생각을 하지 않아야 한다. 쓸데없는 유혹과 고요함을 방해하는 잡념들을 의식적으로 걷어내고 되도록 한 가지 일에만 집중하는 것이다. 그리고 무슨 일이 없더라도 평소에 평온한 심리상태를 유지하도록 노력하는 것이 좋다.

차분한 마음으로 사물을 대하고 상대의 마음을 들여다보는 것은 진리를 탐구하고 자기 자신을 수양하는 데 가장 기본이 되는 방법이다. 그래서 옛 선현들은 고요함 속에 조용히 문제를 궁리하고 이로써 사물의 본질과 법칙을 파악하기를 게을리하지 않았다. 일상생활에서 항상 평화로운 상태를 유지하고, 초조해하거나 조급해하지 않아야 일을 그르치지 않는다. 혹시 어떤 좌절이나 힘든 일을 겪더라도 평상심만 있다면 문제의 해결방법을 찾는 것은 어렵지 않다. 평소와 똑같이 차분한 마음만 먹는다면 낙심하여 의기소침해지거나 자신감을 잃을 일도 없다.

많은 젊은이들이 급한 성미를 참지 못하고 불같이 화를 내며 자신을 제어하지 못하고 날뛴다. 예컨대 시도 때도 없이 언성을 높이고 다른 사람에게 상처 주는 말을 내뱉으며 동료들과 어울리지 못하는 경우이다. 이런 사람들이 일도 잘 해낼 리가 없다. 평정심은 인간관계를 원활하게 하고 수많은 일을 매끄럽게 처리하는 기본적인 조건이다.

모든 삶에는 목표가 있고 추구하는 바가 있다. 자신이 설정한 인생의 목표를 실현하기 위해서는 확고부동한 자세로 조금도 망설임 없이 앞으로 나아가야 한다. 이 산 저 산으로 우왕좌왕하면서 불확실한 환상을 좇지 않아야 한다.

업무에 문제가 생기거나 연애가 잘 안 풀릴 때 또는 가족들과 갈등이 벌어졌을 때 역시 평온한 마음가짐을 잃지 말고 서두르거나 조급하지 않아야 한다. 평온하고 안정적인 태도로 직면한 문제와 모순을 해결할 방법을 찾는 것이다.

아무리 화가 나는 상황이라도 스스로를 컨트롤하고 마음을 진정시키도록 노력하자. 덤벙대거나 경솔하게 덤비지 않고 상황을 타개할 만한 가장 효율적이고 최우선적인 방법을 생각해야 한다.

내 마음을 고요하게 다스리는 것이 잘못된 일을 못 본 체하거나 못 들은 체하라는 말은 아니다. 불의를 보고 화를 내는 것은 당연하지만, 그 흥분이 다른 사람을 위한 것인지 나를 위한 것인지, 정의를 위함인지 나의 체면 때문인지, 악행을 나무라기 위함인지 나의 잘못을 변명하기 위함인지를 다시 한 번 더 고심해보라는 뜻이다. 그 사이 우리는 잠깐의 충동을 가라앉히고 가장 좋은 해결책을 강구할 수 있게 된다.

평안하고 고요한 상태에서는 각종 의문점들을 충분히 고려하고 이런저런 시도를 해볼 여유가 생긴다. 사람이나 일을 대할 때, 한꺼번에 너무 많은 생각을 하지 않아야 한다. 쓸데없는 유혹과 고요함을 방해하는 잡념들을 의식적으로 걸어내고 되도록 한 가지 일에만 집중하는 것이다. 그리고 평소에도 평온한 심리상태를 유지하도록 노력하는 것이 좋다.

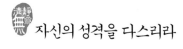 자신의 성격을 다스리라

선 위 사 자   불 무
善爲士者, 不武.

선 전 자   불 노
善戰者, 不怒.

선 승 적 자   불 여
善勝敵者, 不與.

훌륭한 장수는 무력을 뽐내지 않고
잘 싸우는 사람은 화내지 않으며
적을 잘 이기는 사람은 어울려 싸우지 않는다.
_도덕경 68장

　　—

　　노자는 사람이 어떤 경지에 이르면 외부의 어떤 영향에도 방해받지
않고 다른 사람의 공격에도 지지 않는다고 여겼다. 무력과 분노, 싸움
등은 모두 부정적이며 경쟁적인 기질이다. 이런 부정적인 영향에 군
건하게 버티기 위해서는 자신의 성격을 잘 다스려야 한다.

　　프랑스의 명장 나폴레옹은 백만 군사를 거느리고 가는 곳마다 승전
보를 울리는 대단한 장군이었지만, 이렇게 털어놓았다.

　　"내가 내 성질만은 이길 수가 없군!"

인간이라면 누구나 마찬가지일 것이다. 감정적으로 좌절을 겪거나 마음이 힘들어질 때는 아무리 노력해도 부정적인 감정을 털어버리기가 쉽지 않고 괜히 고집을 부리게 된다. 어떤 경우에는 불타오르는 분노의 감정을 억누르지 못해 자기 자신을 극단적으로 몰아가기도 한다. 하지만 우리는 알아야 한다. 감성지수, 즉 EQ에서도 가장 중요한 것이 바로 자신의 감정을 받아들이고 참는 능력이며 성질은 부리면 부릴수록 그만큼 좋은 일이 사라진다는 것을 말이다. 그러므로 우리는 끊임없이 화가 치밀어 오르는 상황을 가능한 사전에 차단하고 나의 감정을 아예 다른 쪽으로 향할 수 있도록 의식적인 노력을 기울여야 한다. 내 악감정의 암세포가 분열하고 성장하는 것을 절대로 두고 보아서는 안 된다.

한 자객이 웰링턴 공작의 서재로 불쑥 난입했다.

"너를 죽이러 왔다."

그러자 공작이 대꾸했다.

"나를 암살하러 왔다고? 정말 이상하군."

머쓱해진 자객이 다시 한 번 말했다.

"너를 죽이고 말 거야."

"꼭 오늘이어야만 하는가?"

"언제 죽여 달라는 말은 없었지만, 반드시 죽여야만 하지."

"그럼 지금은 일단 안 되겠군. 나는 지금 써야 할 편지가 너무 많이 밀려서 바쁘거든. 다음에 다시 오게. 기다리겠네."

공작은 아무렇지 않게 대답하고는 쓰던 편지를 마저 쓰기 시작했다.

태연자약하고 침착한 공작의 태도에 자객은 당황해 어찌할 바를 몰랐다. 그 길로 사라진 자객은 다시는 공작을 찾아오지 않았다.

분노는 잠시 스쳐가는 감정일 뿐이다. 우리는 시시때때로 찾아오는 분노를 컨트롤하는 EQ 고수가 되는 법을 배워야 한다. 충돌이 발생하거나 화가 날 때는 심정마음을 먼저 다스리고 사정상황을 살펴야 한다. 또한 매사에 먼저 충분히 생각하고 화부터 벌컥 내지 않는다. 그리고 함부로 다급하게 말을 내뱉지 말고 천천히 생각을 하면서 말을 한다.

결국 사람이 살아가는 것은 남과 다투기 위해서가 아니라 뜻을 이루기 위해 자기 자신과 싸우기 위해서가 아닌가! 잠깐의 승부를 다투기 위함이 아니라 최후의 승리를 위해서가 아닌가!

한자 중에 나 아我 자는 어떤 글자들의 조합인지 생각해보라. 손 수手와 창 과戈가 합쳐진 글자이다. 사람은 언제나 자기 자신만을 생각하고 방어적이며, 누가 나를 괴롭히거나 건드리기만 해도 당장 무기를 들어 죽을힘을 다해 싸우는 존재이다. 손으로 무기를 든 존재를 '나'로 표현한 옛 사람들의 생각이 참으로 창의적이면서도 절묘하다.

수명의 길고 짧음은 하늘이 정하지만 얼마나 폭넓은 생을 사는지는 우리의 손에 달려있다.

눈에 보이는 쓰레기는 손쉽게 처리할 수 있지만 형태가 없는 쓰레기를 처리하는 것은 녹록치가 않다. 그렇다면 둘 중에 진짜 버려야 할 쓰레기는 무엇일까? 원망, 증오, 번민, 분노, 짜증 등 우리 마음속에 있는 보이지 않는 나쁜 감정들이야말로 우리가 꼭 버려야 할 쓰레기이다. 만약 당신이 이 쓰레기들을 말끔히 정리해 청소차에 실어 보낸다면, 남은 오늘 하루는 자신의 삶과 일을 신나게 즐길 수 있을 것이다.

우리의 감정을 철부지처럼 제멋대로 뛰어 놀게 방치하지 말자. 심기일전하여 생각을 전환하는 법을 당장 배우자. 원망을 줄이면 긍정적인 생각을 그만큼 더 많이 포용할 수 있다. 부정적인 감정을 몰아내고 낙관적이고 긍정적인 기분으로 다가올 하루를 환하게 맞이하자.

사람이 어떤 경지에 이르면 외부의 어떤 영향에도 방해받지 않고 다른 사람의 공격에도 지지 않는다. 충돌이 발생하거나 화가 날 때는 심정을 먼저 다스리고 사정을 살펴야 한다. 외부의 부정적인 영향에 굳건하게 버티기 위해서는 자신의 성격을 잘 다스려야 한다.

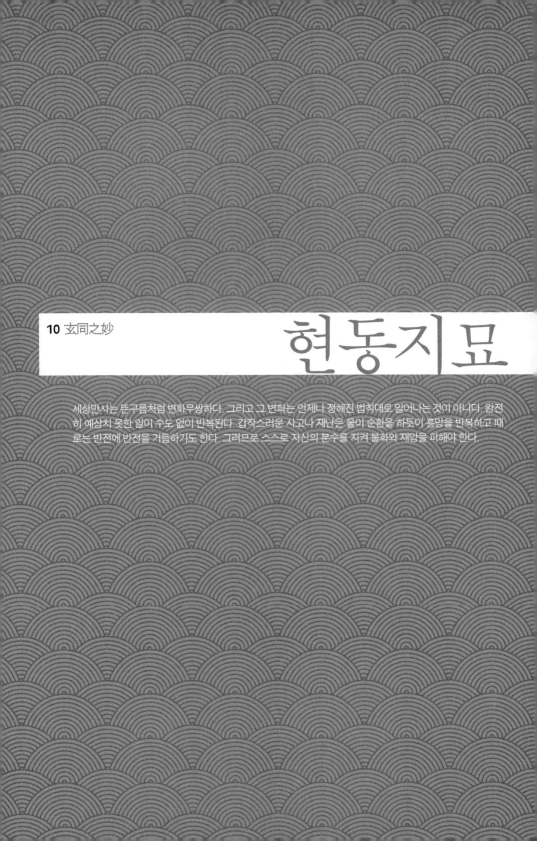

10 玄同之妙

현동지묘

세상만사는 뜬구름처럼 변화무쌍하다. 그리고 그 변화는 언제나 정해진 법칙대로 일어나는 것이 아니다. 완전히 예상치 못한 일이 수도 없이 반복된다. 갑작스러운 사고나 재난은 물이 순환을 하듯이 흥망을 반복하고 때로는 반전에 반전을 거듭하기도 한다. 그러므로 스스로 자신의 분수를 지켜 불화와 재앙을 피해야 한다.

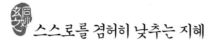# 스스로를 겸허히 낮추는 지혜

공 수 신 퇴   천 지 도 야
功遂身退, 天之道也.

일을 이루면 뒤로 물러나는 것이 하늘의 도리이다.

_도덕경 9장

—

노자는 공을 세우고 나면 스스로 물러나는 것이 가장 옳은 도리라고 보았다. 예부터 노자처럼 자신을 낮추는 인간의 도리를 아는 사람은 많았지만 진정으로 이를 실천한 사람은 극히 드물었다.

특히 요즘에는 우리 주변에서 스스로를 아주 고결하고 대단한 인물인 냥 생각하며 자아도취에 빠진 사람들을 쉽게 찾아볼 수 있다. 그들은 자신이 아주 잘났다고 생각해 교만하기 그지없고 안하무인으로 다른 사람들을 무시한다. 세상에 자기보다 잘난 사람이 수도 없이 넘쳐난다는 사실을 전혀 깨닫지 못하는 무식한 사람들이다.

우수한 재주가 있다는 것은 그 사람에게 좋은 일임은 틀림이 없지만 그 재능으로 인해 건방지고 잘난 체하는 사람이 된다면, 훌륭한 재능은 곧 무용지물이 되고 말 것이다.

예형禰衡은 젊어서부터 재주가 비범했는데 몹시 건방져서 남을 업신여기기 일쑤였다.

건안建安 연간 초, 스물을 갓 넘긴 예형이 허창許昌에 머무르게 되었다. 당시 허창은 한왕조의 도성으로 사공연司空掾, 진군陳群, 사마랑司馬朗 등 자신의 꿈을 펼치려는 당대의 저명한 인사들이 운집한 곳이었다. 한 사람이 예형에게 조조의 부하인 진군, 사마랑을 찾아가 보라고 하자 예형은 대답했다.

"내가 어떻게 돼지나 잡고 술이나 파는 인간들과 한데 어울리겠소?"

그렇다면 순욱荀彧이나 조융趙融은 어떤가 묻자 이번에는 이렇게 답했다.

"순욱은 얼굴이 반반하니 초상집에 문상 갈 때나 필요한 인물이고, 조융은 식충이 같아서 주방에서나 볼만한 인물이잖소."

이 오만방자한 예형은 그나마 공융孔融, 양수楊修, 두 사람과는 친분이 있었다. 하지만 자신보다 한참 연장자인 두 사람에 대해서도 사람들에게 이렇게 떠들었으니 그가 얼마나 안하무인이었는지를 알 수 있다.

"큰아들 공융하고 작은아들 양수 말고 다른 녀석들은 더 말할 가치도 없지!"

헌제獻帝 초년, 공융이 예형을 추천하자 조조가 관심을 가져 그를 한번 보고 싶어 했다. 예형은 조조마저 우습게 보고 있던 지라 병을 핑계로 만나러 가지 않았고 사람들에게는 조조에 관한 비방을 서슴지 않았다. 조조는 출중하다는 그의 재주를 직접 확인하고 싶기도 하고 민심을 잃고 싶지도 않았기에 예형을 북을 치는 고수로 임명하여 콧대를 꺾으려고 했다. 하루는 조조가 성대한 잔치를 열어 손님들을 초대하고 예형에게 사람들 앞에서 북을 치라고 명했다. 그러나 예형은 사람들 앞에서 실오라기 하나 걸치지 않은 나체로 북을 치며 흥을 완전히 깨어버렸다. 조조는 자신을 욕보인 예형이 뼈에 사무치게 미웠지만, 그를 죽여서 자신의 명성에 먹칠을 하고 싶지 않았다. 하지만 건방진 예형을 그대로 놔둘 수는 없었기에 아예 유표劉表에게 보내기로 했다. 유표는 환영하며 일을 맡겼고 예형 역시 뛰어난 재주로 유표의 기대에 부응하는 듯 보였다. 하지만 또 얼마 지나지 않아 무례한 행동으로 주변 사람들에게 미움을 샀다. 화가 난 유표도 더 어쩌지 못하고 예형을 강하江夏의 태수인 황조黃祖에게로 보냈다. 예형은 황조의 서기가 되었고, 일을 아주 만족스럽게 처리했다.

하지만 오래지 않아, 황조가 손님들을 모아놓고 연회를 여는 자리에서 예형이 또다시 말을 함부로 하자 황조는 예형을 크게 꾸짖었다. 그러자 예형도 이에 맞서 욕을 하고 나섰다.

"다 죽어가는 늙은이 같으니라고, 당신이야말로 입 다물어!"

성질 급한 황조는 화가 머리끝까지 나, 그 자리에서 예형의 목을 베어버렸다. 이때, 예형의 나이는 겨우 스물여섯이었다. 예형은 글 쓰는 재주가 다른 사람에 비할 바 없이 뛰어나 그 재능만으로는 사람들의 존경을 받을 만했다. 하지만 고집스럽고 오만한 성격 탓에 젊은 나이에 세상을 하직하고 만 것이다.

사실 학식을 많이 쌓고 똑똑할수록 그 사람이 더 건방지고 오만한 것은 아니다. 이는 오로지 그 사람의 태도에 달려있다. 딱히 배우지 못하고 멍청한 사람이라도 스스로를 최고라 생각하고 다른 사람을 업신여길 수 있다는 말이다. 이렇게 인성이 가다듬어지지 않은 사람들은 공허한 자신의 영혼을 거만함으로 대신 채우고 허영심으로 가득한 마음을 오만한 태도로 달래려 한다.

숲에는 사자, 호랑이, 늑대, 여우 등 육식동물에서부터 모기, 개미, 거미 등 아주 작은 곤충들까지 셀 수 없이 많은 동물들이 살아간다. 한 숲에 모기 한 마리가 있었다. 이 모기는 매일같이 생각했다.

"밀림의 왕은 사자잖아. 사자보다 더 강한 동물은 없지. 만약 내가 사자를 이기기만 하면 밀림의 제왕이 될 수 있어."

모기는 나름대로 열심히 준비한 끝에 사자를 찾아가 결투를 신청했다.

"사자, 난 네가 두렵지 않아. 넌 나보다 강하지 못하니까. 못 믿겠다면 나와 실력을 겨루어 보자."

하지만 사자의 귀에 눈곱만한 모기의 목소리가 들릴 턱이 없었다. 두 눈을 감고 여전히 여유를 즐기는 사자의 모습에 화가 난 모기는 젖 먹던 힘을 다해 소리쳤다.

"이 멍청한 사자야! 나와 붙어보자고! 네 실력을 보이란 말이다! 네가 발톱을 세우든 이빨을 드러내든 나는 너보다 강하다고!"

그리고 모기는 있는 힘을 다해 사자에게 달려들었다.

모기에게 물린 사자는 얼굴이 어찌나 가려운지 깜짝 놀라 두 눈을 크게 뜨고 보았지만, 모기가 달려드는 방향조차 알 수가 없었다. 모기는 아주 악독하게 사자의 얼굴을 계속해서 물어뜯었고, 특히 털이 없는 콧잔등을 집중 공략했다. 사자는 이리저리 머리를 휘저으며 입을 크게 벌리고 모기를 잡으려 했지만 모기가 너무 재빨라서 도저히 잡을 수가 없었다. 손톱을 세우고 앞다리를 열심히 휘둘렀지만 역시 헛발질만 할 뿐이었다.

잔뜩 신이 난 모기는 또다시 사자를 위협했다.

"어서 패배를 인정해, 안 그러면 너를 물어 죽일 거야."

이런 말도 안 되는 공격을 처음 받아본 사자는 모기를 향해 미친 듯이 달려들었지만 안타깝게도 모기 그림자도 잡을 수가 없었다. 화가 치민 사자는 큰 소리로 포효했다. 모기는 사자가 당황한 틈을 타 다시 한 번 공격을 재개했다. 사자는 이제 이성을 잃고 발톱으로 제 얼굴까지 할퀴어댔다. 그러고는 도저히 어찌할 도리가 없었던지 황급히 도망을 가버렸다.

"내가 이겼다!"

모기는 득의양양하여 쾌재를 부르며 날아다녔다.

"내가 사자를 이겼어! 내가 제일 대단해. 이제 내가 밀림의 왕이다!"

너무 기쁜 나머지 이성을 잃은 모기는 주변에 도사리는 위험을 완전히 망각해버렸다. 아니나 다를까, 모기는 부드럽고 폭신한 무언가에 찰싹 달라붙어버렸다. 빠져나오려고 몸부림을 쳤지만 움직일수록 몸이 더 옥죄어왔다. 그제서야 모기는 자신이 거미줄에 걸려버렸다는 것을 알았다.

거미 한 마리가 자신을 매섭게 쏘아보면서 다가오고 있었다. 그런데 모기는 아직도 승리감에 도취되어 자신이 얼마나 큰 위험에 빠졌는지를 깨닫지 못하고 거미에게 큰소리를 쳤다.

"거미 네 놈, 나는 방금 사자와 싸워 이기고 온 몸이야. 어서 나를 풀어 줘. 나는 너 따위와 싸우고 싶지 않으니까."

거미는 모기의 말을 듣고 코웃음을 쳤다.

"모기야, 괜히 힘 빼지 말거라. 네가 누구를 이기고 왔든지 지금은 나한 테 붙잡힌 몸이니까. 넌 이제 내 저녁밥일 뿐이란다."

모기는 탄식하며 말했다.

"최고로 강한 사자하고도 싸워서 이겼는데 거미 같은 놈에게 붙잡힐 줄 이야."

언제 어디서든 무턱대고 덤벼들어서는 안 된다. 남을 자만하고 깔 보는 것은 더더욱 금물이다. 세상에는 나보다 더 강한 존재가, 그리고 그보다 더 강한 존재가 얼마든지 있다는 사실을 알아야 한다. 쓸데없 는 승부욕으로 남을 이기려 들면 한 번쯤 영광을 맛볼 수는 있겠지만 이는 오래가지 않는다. 이런 사람은 언젠가 자신이 초래한 나쁜 결과 를 맞이할 수밖에 없을 것이다.

다른 사람의 감정은 배려하지도 않고 자신을 뽐내는 데만 열심인 사람 은 어디서도 환영받지 못한다. 당신에게 장점이 있다면 스스로 내세우지 않아 다 른 사람이 이를 발견하고 칭찬하도록 하자. 자기 자신의 재능만 믿고 다른 사람을 깔보는 행동은 훗날 큰 화를 부르는 화근이 될 것이다.

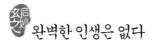

완벽한 인생은 없다

부 물 운 운   각 복 귀 기 근
夫物芸芸, 各復歸其根.

귀 근 왈 정   시 위 복 명
歸根曰靜, 是謂復命.

복 명 왈 상   지 상 왈 명
復命曰常, 知常曰明.

부 지 상   망 작   흉
不知常, 妄作, 凶.

만물은 무성하게 자라나지만 뿌리로 돌아간다.

뿌리로 돌아감은 고요함靜, 정이고, 고요함은 명령에 따름命, 명이다.

명령에 따름은 항상 그러함常, 상이고 항상 그러함을 아는 것이 밝음明, 명이다.

항상 그러함을 알지 못하면 도리에 어긋나고 위태로워진다.

_도덕경 16장

—

　완벽한 사람은 없다. 외모든 성격이든 혹은 살아온 이력이든 누구
에게나 부족한 점은 있게 마련이다. 이런 자신의 불완전함을 인정함
으로써 사람은 더욱 성숙해진다. 단점이 있다고 해서 두려워할 필요
는 없다. 진짜 두려운 것은 이를 감추고 기만하는 것이다.

A여사는 스스로의 단점을 속이려 들지 않는다. 누구 앞에서건 솔직하게 자신의 부족한 점을 드러내고 인정한다. 진심에서 우러나는 그녀의 태도는 당연히 상대방에게 신뢰감과 존경심을 심어준다. 특히 그녀는 다른 사람에게 자신을 내보이는 동시에 자신의 진심을 조금도 남김없이 털어놓는다. 사실 부끄러운 자신의 단점을 숨기려 하면 할수록 피곤해지는 것은 자기 자신이다. 까딱 잘못하다가는 나도 상대방도 곤란한 일이 벌어지기도 한다. 단점이라는 것은 숨길 수 없는 객관적인 사실이므로 괜히 이를 덮으려다가 오히려 일을 더 망칠 수 있기 때문이다. A여사는 오히려 자신의 부족한 결과물을 내보임으로써 상대방이 자신의 약점을 이해하고 수용하게 한다. 그리고 한 술 더 떠 자신의 능력 밖의 일에서 그들에게 도움을 받는다. 그녀의 이런 태도는 언제나 원만하고 조화로운 관계와 행복한 생활의 기초가 된다.

크든 작든, 혹은 많든 적든 사람마다 단점이 있다. 그런데 사람들 대부분이 자신의 단점을 가리려고만 한다. 아마도 단점을 숨기는 것은 인간의 본성일지도 모른다. 그래서인지 많은 사람들 앞에서 솔직하게 자신을 드러내는 사람은 극히 드물다. 사실 자신의 단점을 인정하고 받아 들이는 데는 큰 용기가 필요하다. 스스로의 나약함과 싸워 이겨야 하고 허영심을 극복해야 하며 세상의 편견에 맞서야 하기 때문이다. 그래서 스스로 치부를 드러내는 것은 보통 용기가 아니고서는 정말 힘든 일이다.

타이완의 저명한 화가 류용劉墉이 그림을 가르칠 때였다. 자기 작품의 결점을 드러내기를 꺼리는 몇몇 학생들은 그림을 잘 못 그렸다는 이유로 류용에게 그림을 보여주고 싶어 하지 않았다. 이런 학생들에게 류용은 이렇게 말해주었다.

"처음 그림을 배울 때는 부족한 점이 있을 수밖에 없어요. 그렇지 않다면 여러분이 그림을 배울 필요가 없겠죠! 우리가 의사에게 진료를 받을 때를 생각해보세요. 몸이 아파서 병원에 가면 의사가 병을 잘 치료할 수 있도록 자기의 증상을 최대한 자세하게 이야기하겠지요. 그림 과제를 제출하는 것도 선생님이 잘못된 점을 발견하고 바로잡아주기 위함입니다. 그런데 단점을 왜 굳이 숨기려고 하나요?"

한 남자가 있었다. 그는 반평생을 혼자 살아오다가 마흔 셋에 갑자기 결혼을 했다. 신부는 나이가 비슷하긴 했지만 젊은 시절에 가수 생활을 하면서 두 번이나 결혼을 했다가 이혼한 이력이 있었다. 남자의 친구들이 보기에는 신부의 흠이 너무 커서 그가 훨씬 손해 보는 선택을 하는 것 같았다.

하루는 그가 친구와 함께 차를 타고 가는 중에 웃으면서 이야기를 꺼냈다.

"젊었을 때는 BMW 한 번 몰아보는 것이 그렇게 소원이었는데 말이야, 돈이 없어서 꿈도 꿀 수 없었지. 지금도 새 차는 못 사고 주인이 두 번이나 바뀐 중고차나 모는 신세지만."

아닌 게 아니라 그가 지금 몰고 있는 차는 구식 BMW였다. 친구가 차를 이리저리 둘러보더니 말했다.

"중고차라고? 좋기만 한데! 힘도 좋고 말이야!"

"당연하지!"

그는 큰 소리로 웃으며 말을 이었다.

"중고라고 나쁠 게 뭐가 있나? 우리 마누라도 그렇다네. 광저우 사람하고 한 번, 상하이 사람하고 한 번, 결혼도 두 번이나 하고 이십 년 넘게 연예계에 있으면서 별의별 일도 다 겪었지. 그래서인지 지금은 마음을 딱 잡고 예전처럼 그렇게 겉치레에 신경 쓰지도 않아. 요리도 잘하고 살림 솜씨도 좋지. 사실대로 말해서 그 사람이 가장 아름다운 때가 바로 지금이야. 그런데 나를 만난 거지. 나는 정말 행운아야!"

친구는 그 말을 듣고 무언가를 깨달은 듯 고개를 끄덕였다.

"그것 참 일리 있는 말이군."

"사실 나라고 해서 뭐 완벽한 사람인가? 나 역시 엉망진창으로 살아왔지. 힘들었던 일, 방황했던 일도 참으로 많았네. 그런데 우리 둘 다 쉽지 않게 여기까지 오다 보니 점점 성숙해지고 참을 줄도 알게 된 거야. 서로 귀한 줄도 알게 되고. 이렇게 흠집투성이에 불완전한 인생이 바로 가장 완벽한 아름다움이 아니겠나!"

남자는 자신 역시 불완전하다는 사실을 인정하고 받아들였기에 아내에게 완벽함을 요구하지 않았다. 그렇기 때문에 부족한 두 사람이 만나 행복한 가정을 꾸릴 수 있었다. 어떻게 보면 참으로 이상하다. 사람은 항상 옳고 그름, 선과 악, 완전과 불완전에 둘러싸여 살아가면서, 왜 옳고 아름답고 완전한 것에서만 무언가를 얻으려 하고 그릇되고 악하고 불완전한 것에서는 아무것도 깨닫지 못하는 것일까? 나에게 부족한 점이 있다는 것이 결코 나쁜 일만은 아니라는 사실을 우리는 알아야만 한다.

언제나 부족한 점을 동반하며 완벽할 수 없는 것이 바로 인간의 숙명이다. 그래서 불완전 역시 일종의 완벽이나 마찬가지이다. 자기 자신의 불완전함을 인정하는 것, 이는 대인배의 너그러운 마음가짐, 성숙함에 다름 아니며 훌륭한 삶의 지혜이다.

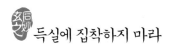

득실에 집착하지 마라

天長地久, 天地所以能長且久者, 以其不自生, 故能長生.

是以聖人後其身而身先. 外其身而身存.

非以其無私邪? 故能成其私.

하늘과 땅은 장구하다. 이는 하늘과 땅이 스스로 억지로

생존하려 하지 않기 때문이다. 그래서 오래 살아남는 것이다.

성인 역시 마찬가지로 자기 자신을 뒤에 두지만 사람들을 이끌게 되고

자신의 생명을 도외시하지만 더욱 잘 생존하게 된다.

이는 아무것도 이루려 하지 않기 때문이 아닌가?

그럼으로써 스스로를 이루게 되는 것이다.

_도덕경 7장

노자는 천지가 유구하게 살아남는 이유를 억지로 무언가를 이루려

고 하지 않기 때문으로 보았다. 반면에 사람들은 대부분이 인생의 사

소한 득실에 크게 연연한다. 명예와 이익에 집착하고 높은 지위를 얻

기를 갈망하며 수만금의 재산을 얻고자 한다. 하지만 이런 집착은 크

고 작은 스트레스를 비롯해 자기 자신의 건강까지 해치는 고통스러

운 결과만을 가져올 뿐이다.

세상에는 엄청난 재산을 쌓고도 인생의 즐거움을 모르는 사람들이 참으로 많다. 그들은 오로지 더 큰 부를 축적하고 싶은 욕망만이 가득할 뿐이다. 하루 온종일 더 많은 돈을 벌 생각만 하는 그런 사람들은 아마 영원히 행복이라고는 느낄 수 없을지도 모른다.

인색하기로는 둘째가라면 서러울 구두쇠 엄감생嚴監生 이라는 사람이 앓아 누워 임종 직전에 이르렀다. 말 한 마디도 제대로 하지 못할 정도로 위급한 상황에서, 그는 손가락 두 개를 치켜세운 채 두 눈을 동그랗게 뜨고 차마 숨을 거두지 못하고 있었다. 평생을 갖은 고생을 하고 스스로 어마어마한 가산을 모은 사람이라면 성취감과 만족감 속에 편안하게 떠나갈 법도 했지만, 그는 웬일인지 죽을힘을 다해서 마지막 숨을 고르고 있었다. 그를 둘러싼 가족들은 엄감생이 두 손가락을 세우고 무슨 뜻을 전하려는지 알 길이 없어 답답할 뿐이었다. 결국, 그의 작은며느리가 엄감생의 부릅뜬 두 눈이 탁자 위의 등잔을 향하고 있다는 것을 눈치 챘다. 등잔에는 심지 두 개가 불을 밝히고 있었는데, 엄감생의 손가락 두 개가 바로 그 심지 두 개를 가리키는 것이 아닌가? 평소 엄감생의 집에는 불문율이 있었는데 근검절약을 위해서 등잔의 심지는 하나만 켜야 한다는 것이었다. 작은며느리는 얼른 등잔 곁으로 가서 심지 하나를 꺼트렸다. 과연 며느리의 예상이 맞아떨어졌다. 심지가 꺼진 것을 본 엄감생은 곧바로 편안하게 숨을 거두었다.

엄감생처럼 자신의 운명이 꺼지는 상황에서까지 지독하게 재물을 탐하는 사람은 세상에 사실 얼마 없을 것이다. 하지만 명리를 위해서라면 물불을 가리지 않고 뛰어드는 사람은 적지 않다. 돈과 명예가 잠깐의 만족과 쾌락은 줄 수 있을지 모른다. 하지만 이는 모두 흘러가는 구름과 같이 생겼다가도 흔적도 없이 사라져버리는 것들이다. 그러므로 평소에 마음을 내리누르는 부담을 조금이라도 덜고 자신을 조금만 더 자유롭게 만들자. 모든 삶은 앞으로만 나아가는 일방통행의 여정이고 다시 과거로 돌아갈 수 있는 길은 없다.

사람이라면 누구나 돈을 벌고 출세하고 싶은 것이 인지상정이다. 하지만 부귀영화를 추구하더라도 자연의 도리를 따르고 그 정도를 지켜야 한다. 사실 삶의 가치 면에서 보자면, 세상의 풍파를 겪으면서 세월을 헛되지 않게 충실하게 산 사람은 가난함, 부유함과 상관없이 자신의 삶에 만족하게 된다.

부귀영화는 태어날 때부터 주어진 것도 아니고 죽을 때 갖고 갈 수 있는 것도 아니다. 이 점을 간파한다면 우리도 세상의 모든 부귀영화에 미련을 버리고 고요한 물처럼 평안한 마음을 얻을 수 있을 것이다.

무슨 수를 써서라도 돈과 지위를 얻으려고 하는 사람들이 있다. 그들은 일이 생각대로 흘러가지 않으면 처지를 원망하고 나쁜 마음을 품어 결코 해서는 안되는 어긋난 행동을 일삼기도 한다. 그리고 종국에는 자기 자신을 파멸로 이끌고 만다. 장자는 "최고의 명예는 명예를 하나도 얻지 않는 것이다至譽無譽, 지예무예"라고 주장했다. 세상의 명예를 대수롭지 않게 여기고 지위나 돈, 명성을 얻는 것을 전혀 대단할

바 없는 일로 생각한 것이다. 장자의 무욕, 무예 정신이 현대의 삶과
는 어느 정도 거리가 있을 수 있다. 하지만 직장생활과 돈벌이에 지친
당신의 삶에 충분히 귀감이 되는 지혜가 아닌가?

사람이 삶을 영위하는 것은 즐거움을 누리기 위해서이다. 하지만 욕심
이 과한 사람은 하루 종일 돈과 지위만을 좇느라 전전긍긍하며 삶의 진정한 즐거
움을 모르고 살아간다. 그렇기 때문에 우리는 지나친 욕심을 부리고 있지는 않은
지, 헛된 명리에 정신이 팔려 스스로를 힘들게 하고 있지는 않은지 스스로를 돌아
보아야 한다. 마음속에 자신만의 비밀스러운 욕망을 간직하는 것은 지극히 당연
한 일이다. 누구에게나 이루고 싶은 것이 있기 때문이다. 단지 문제는 이런 다양한
욕망을 어떻게 푸느냐는 것이다. 올바른 욕망이라면 최선을 다해서 이루도록 노
력하고, 자신의 능력으로 불가능한 일이라면 현실을 직시하고 포기할 줄도 알아
야 한다. 만약 마음속의 욕망이 올바르지 못하고 비뚤어진 것이라면 스스로 양심
의 가책이나 부끄러움을 느낄 것이다. 그럴 때는 스스로 마음속 깊이 반성하고 이
욕망이 더 이상 잘못된 길로 접어들지 않도록 깨끗이 단념해야 한다. 하지만 스스
로 자신의 욕망을 제어하지 못한다면 그로 인해 자기 자신의 인생에 크나큰 오점
을 남기게 될 것이다.

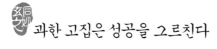

과한 고집은 성공을 그르친다

장 욕 취 천 하 이 위 지　오 견 기 부 득 이
將欲取天下而爲之, 吾見其不得已.

천하를 휘어잡고 제 마음대로 하려는 것은 내가 보기에 절대 이룰 수 없다.

_ 도덕경 29장

어떤 사람들은 불빛을 보고 날아드는 나방처럼 자신을 불태우는 것을 아름다운 열정이라 표현하기도 한다. 그러나 생각해보라. 불타오르는 그 순간은 나방이 세상 그 누구보다 결연할지 모르나 결국은 허무하게 한 줌 재로 변해버리고 만다. 고집스러운 나방에게는 융통성이라는 것이 없으나 우리가 인생에서 수많은 문제를 만날 때는 이를 떠올려야 한다.

고집과 융통성은 모순관계에 있다. 고집스럽다는 것은 일을 한 방향으로만 밀고 나가는 불도저 같은 성질을 말하고 융통성은 변화에 발맞추어 언제든지 방향을 전환할 수 있는 성질을 일컫는다. 이 두 단어는 얼핏 반대말로 생각되지만 모순이란 언제나 일정한 조건 아래에서 하나로 귀결되는 법이다. 우리가 어려움에 부딪혔을 때, 해결책을 찾기 위해서는 옳다고 생각하는 방향으로 끈질기게 나아가야 한다. 만약 그 방향이 털끝만큼도 도움이 되지 않는다면 길을 잘못 들어선 것이다. 그럴 때는 최대한 머리를 굴려 방향을 전환해 문제해결에 나서야 한다. '일정한 조건 아래'라는 말이 가리키는 것이 바로 기존의 방향이 아무 도움이 되는 않는 상황이다. 융통성에는 언제나 그 필요성이 전제되어야 하며 그렇지 않다면 영원히 답을 찾지 못하고 헤매기만 하게 될 것이다.

두 사람이 동굴에 숨겨져 있다는 보물을 찾으러 떠났다가 동굴 속에서 그만 길을 잃었다. 식량도 다 떨어져가고 가진 것은 손전등 하나뿐이었다. 둘 중 한 사람이 혼자만 살겠다는 욕심에 다른 사람 몰래 식량과 전등을 챙겨 도망을 갔다. 산중의 동굴 속은 칠흑같이 어두웠다. 아무것도 없이 맨몸으로 남겨진 사람은 혹시라도 넘어질까 두려워서 더듬거리며 한 발 한 발 조심스럽게 앞으로 나아갔다. 그런데 손전등도 없이 동굴 속을 헤매다 보니 오히려 어둠에 눈이 익숙해지면서 출구를 찾아 기어 올라올 수가 있었다. 하지만 식량과 전등을 가지고 도망간 사람은 식량이 다 떨어지고 나자 결국 출구를 찾지 못하고 동굴 속에서 굶어죽고 말았다.

어둠 속에서는 빛이 있어야 앞을 볼 수 있지만 남겨진 사람은 빛이 사라지자 오히려 자신의 눈에 의지하는 융통성을 발휘했다. 또한 그 사람이 끝까지 살아나가겠다는 신념과 불굴의 의지를 불태우지 않았다면 동굴에서 살아 나오기는 힘들었을 것이다.

우리가 살아가는 현대사회는 눈 깜짝할 사이에도 끊임없이 변화하고 진화하지만, 인간의 능력으로는 한 치 앞도 알 수가 없다. 그렇기 때문에 우리는 위험에 직면했을 때도 당황하지 않고 차분하게 상황을 제압하는 마음가짐을 갈고 닦아야 한다. 그래야 위험한 파도에 휩쓸리지 않고 안전하게 인생의 항해를 계속해나갈 수 있다. 그리고 변화에 신속하게 대응하는 적응력과 임기응변 능력 또한 갖추어야 빠르게 변화하는 현실에서 도태되지 않을 수 있다.

인생에서 빠질 수 없는 한 가지가 자신의 의지를 끝까지 견지하는 고집이다. 다른 말로는 신념이라고도 한다. 하지만 빠르고 복잡하게 변화하는 현대사회에서는 상황 변화에 따라 재빨리 태세를 전환하는 융통성이 더욱 적합해 보이기도 한다. 융통성은 적절한 타이밍에 그 빛을 발하며 기존의 법칙과 규율이 정한 속박을 벗어나는 센스이다. 계속해서 자신의 규칙을 고수하는 사람은 외골수나 고집쟁이라는 딱지가 붙는다. 그렇기 때문에 우리는 언제나 열린 마음으로 사물을 대하고 다양한 문제 해결방법을 찾도록 노력해야 한다.

우공愚公이라는 노인이 아들, 손자들을 동원해 자기 집 앞을 가린 산을 옮긴다는 '우공이산愚公移山'이라는 이야기를 들어보았을 것이다. 사람들은 뜻을 굽히지 않고 끝까지 밀고 나가 자기가 마음먹은 바를 이루는 우직한 우공의 정신을 칭찬한다. 이런 집중력은 대단히 중요한 덕목이다. 하지만 생각을 달리해보면 참으로 어리석은 행위가 아닐 수 없다. 온 가족 남녀노소를 동원해 산을 옮기는 데 열중한다면 먹고사는 문제는 어떻게 할 것인가? 사람의 미미한 힘으로 커다란 산을 옮기느니 차라리 산 위에 길을 내어 집을 짓고 그 경치를 구경하는 것이 낫지 않을까?

우리에게 융통성이 없이 고집스러운 성격만 남아있다면 이는 우리가 무모하고 어리석은 행동만을 하게 만들 것이다. 또한 이런 아집은 스스로를 곤경에 빠뜨리고 고립시켜 사회생활에서도 심각한 문제를 초래한다.

삶의 여정에는 평탄한 대로가 펼쳐지기도 하고 깎아지른 협곡의 좁고 위험한 길이 나타나기도 한다. 꽃이 활짝 핀 아름다운 봄이 오는가 하면 살을 에는 추위도 닥쳐온다. 삶에 고난이 닥쳤을 때는 어떻게든 극복하겠다는 의지로 끝까지 버티는 정신이 필요하지만, 눈앞에 깊고 너른 물이 나타났는데도 뒤로 물러서지 않고 앞으로 나아갈 생각만 한다면 이는 곧 죽음을 자초하는 것이나 다름없다. 이렇듯 사소한 생각의 차이 하나로 우리의 삶과 죽음은 운명을 달리하기도 한다.

나무를 키워서 파는 농장의 주인이 있었다. 그가 운영하는 대규모의 산림 농장은 아버지로부터 물려받은 것이었다. 그는 매일같이 숲으로 차를 몰고 가 자신에게 막대한 부를 안겨줄 나무들을 지켜보며 흐뭇해했다. 그런데 숲에서 갑자기 원인을 알 수 없는 큰 불이 나 백 년도 넘은 나무들을 모두 집어삼켜 버렸다. 그는 실성한 사람처럼 이곳저곳을 발길이 닿는 대로 정처 없이 떠돌았다. 그러다가 하루는 사람들이 줄을 서서 난방용 목탄을 사는 것을 보고 좋은 아이디어가 떠올랐다. 자신의 숲에서 불에 바싹 타버린 나무를 사람들에게 필요한 목탄으로 만드는 것이었다. 결과는 대성공이었고 그는 큰돈을 벌 수 있었다.

똑똑한 농장 주인은 나무가 모두 불타버리자 계속해서 나무를 심을 생각만을 하지 않고 불탄 나무를 숲으로 이용할 생각을 하여 재산을 지켜냈다. 순간의 임기응변이 그를 부자로 만든 것이다.

임기응변과 융통성은 위기를 기회로 만들고 새로운 삶을 부여한다. "궁하면 변하고 변하면 통하며 통하면 영원하다窮則變, 變則通, 通則久-궁즉변, 변즉통, 통즉구"라고 했다.

역사적으로도 이런 예가 많다. 두 차례에 걸친 상양商鞅의 변법變法은 통일 진나라의 기초를 마련했다. 당 태종과 당 현종의 변법개혁은 태평성세를 이루어 정관의 치라는 칭송을 얻게 되었다. 일본의 메이지유신은 일본이 급속도로 발전을 이루는 계기가 되었다. 반면에 청조의 쇄국정책은 청나라가 역사의 흐름을 거스르고 봉건제를 답습하며 반식민지 체제로 빠져들게 했다. 그리하여 제국주의의 침략으로 인해 국부를 유출하게 만들고 중국인들에게 굴욕적인 역사를 남겨주었다.

살면서 어느 정도는 자신의 소신과 고집이 있어야 한다. 그러나 융통성 또한 없어서는 안 된다. 우리가 어떤 문제를 정확하게 파악하고 바르게 평가하기 위해서는 고정관념을 깨고 언제나 열린 마음으로 옳고 그름을 살펴야 한다. 그래야 이상적인 해결방법을 찾을 수 있고 끝까지 흔들리지 않고 목표를 향해 나아갈 수가 있다. 어떠한 상황에도 굴하지 않는 고집스러운 끈기, 상황에 맞추어 유연하게 대처할 수 있는 융통성을 조화롭게 운용할 수 있다면 우리는 기대했던 것보다 더 큰 것을 얻을 수 있을 것이다.

　　융통성이 있는 사람이 성공하고 위기에 유연한 기업이 큰 이익을 얻으며 변화를 두려워하지 않는 민족은 발전을 거듭한다. 위기 속에 발휘되는 융통성은 눈 깜짝할 사이에 우리를 곤경에서 구하고 희망을 안겨준다.

서른, 노자를 배워야 할 시간

1판 1쇄 인쇄 2016년 12월 17일
1판 1쇄 발행 2017년 1월 3일

지은이 둥리즈
옮긴이 박미진
펴낸이 임종관
펴낸곳 미래북
편 집 정광희
본문디자인 디자인 [연:우]
등록 제 302-2003-000026호
주소 서울특별시 용산구 효창원로64길 43-6 효창동 4층
마케팅 경기도 고양시 덕양구 화정로 65 화정동965 한화 오벨리스크 1901호
전화 02 738-1227 대 | 팩스 02 738-1228
이메일 miraebook@hotmail.com

ISBN 978-89-92289-89-4   03820